朱伟 ○ 著

四季小品

中华工商联合出版社

图书在版编目（CIP）数据

四季小品 / 朱伟著. -- 北京：中华工商联合出版社，2015.8
ISBN 978-7-5158-1399-8

Ⅰ. ①四… Ⅱ. ①朱… Ⅲ. ①小品文－作品集－中国－当代 Ⅳ.
① I267.3

中国版本图书馆 CIP 数据核字（2015）第 188848 号

四季小品

作　　者：朱　伟
出 品 人：徐　潜
项目统筹：王宝平
责任编辑：熊　娟　于建廷
营销总监：曹　庆　郑　奕
营销推广：万春生
责任审读：郭敬梅
责任印制：迈致红
出版发行：中华工商联合出版社有限责任公司
印　　刷：唐山富达印务有限公司
版　　次：2016 年 1 月第 1 版
印　　次：2022 年 2 月第 2 次印刷
开　　本：710mm×1020mm 1/16
字　　数：246 千字
印　　张：17.75
书　　号：ISBN978-7-5158-1399-8
定　　价：48.00 元

服务热线：010-58301130
销售热线：010-58302813
地址邮编：北京市西城区西环广场 A 座 19—20 层，100044
　　　　　http://www.chgslcbs.cn
E-mail：cicap1202@sina.com（营销中心）
E-mail：gslzbs@sina.com（总编室）

序

我出生于一个安静闲适、四季分明的江南水乡小城，小桥流水人家，农田四处环绕。春雨如丝、春水泛绿时，碧桃似火，一丛丛怒放在青青田野与农舍的粉墙黛瓦之间。夏云如山、蝉声满树时，木屐声叩击青石路的孤寂声隐在浓荫中，槿花在小巷深处时时探出娇红。等到秋夜虫声鼎沸，星象满天，小城里金桂、银桂的甜香如水，到处漫溢。而静谧的冬晨，河上飘起乳白色的雾，霜花就覆盖了大半鳞次栉比的屋脊。下雪后，一切都包裹在银白中，人迹踩出的路就像歪歪斜斜缠绕的粗线。

随后我下乡到东北，领略与江南水乡截然不同的四季：晚秋时节已飘雪，一年中有半年的冰雪世界，暴风雪遮天蔽日，晴雪后阳光停留在凝固的雪原上，另有一种玫瑰红的梦幻。短暂的夏，白桦树娟娟而立的山坡上，开满各种各样的野花。白夜过去就是局促的秋，姹紫嫣红，层林尽染，就秋水孤寒了。

人生就这样，沉浸在一年年的四季更迭中。颤悠悠举着竹竿粘知了的儿童，一晃眼，屋脊上升起的白云，船头迎面而来浓荫里结满的野杨梅，都已经在梦境里，或者在梦醒后的回味中了。

年轻时往往忙于与时间赛跑，不知道珍惜一年年的春花秋月。等意识到还拥有的岁月其实已经无多时，回顾已走过的路途，才看到所有的酸甜苦辣都在一个个春夏秋冬清晰的画框里，才意识到人生其实是航行在四季航道中的一叶扁舟，若不在意途中风景，看不到航标，时时都会怅然若失的。

引导我走进中国传统文化的是汪曾祺汪先生。他在张家口下乡时写过一篇散文《葡萄月令》，极简炼的文字，准确写出葡萄的四季农事，务农的枯燥、被舛误的辛酸都成为诗意化生机勃勃地娓娓道来。这篇小品令我折服于先生的功底，先生因此而引我走进晚明散文，读到了张岱的《湖心亭看雪》《西湖七月半》；归有光的《寒花葬志》与《项脊轩志》。走进中国传统文化有各种各样的途径，汪先生引我走的是诗意化表达的一路。他自己就是个兴趣所致的人，兴随趣走，随性而为就不必沉溺于系统，也就不为系统所累。诗意化表达这一路，从晚明小品溯宋词唐诗，汪先生的说法，唐诗宋词，按自己所好，精读几家即可，以自己之好，才会挑剔而不为浩瀚所累。这种率性而为的读书法使我受益匪浅，因此也才拥有了游曳于浩淼之间的乐趣。从唐诗宋词溯汉魏六朝诗，从汉魏六朝诗再溯《诗经》楚辞，发觉悠远壮阔的一条历史长河，一年年，一季季，无数代人以不断承续着的生命，在丰富着循环往复四季的讴歌。从《诗经》中的"春日载阳，有鸣仓庚"，六朝诗中的"池塘生春草，园柳变鸣禽"；到唐诗中的"林花著雨燕支湿，水荇牵风翠带长"，宋词中的"花满市，月侵衣，少年情事老来悲。沙河塘上春寒浅，看了游人缓缓归"，构成无数良辰美景。再兴致勃勃前溯，《抱朴子》《淮南子》《吕氏春秋》，最后是《周易》，发觉古人认识一年四季自身与天地万物的关系，有一套完整的哲学。这套哲学其实是认识天地万物关系非常优越的一套方法论，其中凝结着了不起的生存智慧。由这套方法论衍生出顺应每一季而赏悦其中，非常具体的诗意化生存方式——在天时地利中认识自我，时时以天时地利的馈赠为滋养，它其实才是中华民族顺应天时地利，一代代繁衍生息的根。

寻到了这样的根，就有幸成为中华五千年文明丰茂巨树上一片被光照抚慰的小叶了，迎面而来每一季每一天的每一瞬间，都能领略到前人触觉过的那种美妙——春雨如丝时，抬头是"天街小雨润如酥",低头便是"随风潜入夜,润物细无声";夏云如山时,抬眼想到"白云千载空悠悠",转眼便会感叹"云想衣裳花想容"了。此四季前人一辈辈读过,虽然时过境迁,依然历久弥新。这是一部一辈辈读下去,每天都必读,永远都读不尽的大书。

这些年开始有意识一点点去感知这部大书中一个个能感觉清楚的细节。以汪先生那样兴趣所致的方法,点点滴滴,草蛇灰线,兴之所至,不求系统,能在柳暗花明中有意趣淋漓的酣畅便好。寄望于这样的感觉能累积下去,由一个个细微枝桠去触摸巨树伟岸的枝干质感。

但愿这本小书对读者珍惜自己的四季能有帮助。每一个四季,都是自己的人生。

是为自序。

Chun

Xia

Qiu

Dong

春

Chun

立春时节

　　天寒到了极点，就立春了。

　　立春是春破土而出。从冬至始，那是一种在皑皑白雪、冰冻三尺下不断孕育、冲动着的青青之力。它冲破还封冻着的地面是一种怎样的感觉？寒月当空，当一切都在厚厚的冬被中熟睡时，反射着月寒的冰面悄然而被龟裂，镌刻着冰冷的大地素肌瞬间就被穿透，于是，当鸡鸣在远方树梢上飘拂的时候，我们就听到了那种神秘的啼啭。

　　那是青鸟。按古人的说法，春便是在青鸟啼啭中重回我们身边的。在四季中，青鸟司启，丹鸟司闭。那是一种什么样的鸟呢？青取之于蓝，古人们说，它是西王母的使者，从西方飞来，西王母是西华至妙之气化成的女神。青鸟以它的鸣声，告知我们岁月即将相隔，随后，我们推门出屋，发现凛冽的西北风忽然就变成和气娴袅的东北风了，那淡青已经抹到东方的天边去了——青是春之标志，青春就由青鸟飞过梅香衔来。等青鸟飞回，杨花雪落覆白萍，炎夏就该在感伤中来了。

　　有意思的是，青鸟本来自西方，它的啼啭，却引导风移东方，吹醒万物。春对应五行中的木，风生木，木为生气之本；

木生酸，酸为五味之始。那是自下而上之风，淡青是从解冻的地面，借着青鸟扇动的翅膀，点染到天边去的。在北方，此时冰河才刚被龟裂，鱼儿已经感知到暖意，争相拥挤到了冰面之下，群集而负冰，冰下已摇曳出万鳞缤纷。在南方，河水也还饱含着灰白的寒意，但那浅青已经潜隐进细纹横吹之中。此时，春水还瘦，白鸥还未来，蒲影尚深，但水边篱落忽横枝，竹风里忽然就渗入了青新，竹径枯叶间漏出的笋尖唤起濛濛雨丝，便雨风缥缈迷烟村了。

一旦立春，飞雪已像轻盈的梦蝶，开始传递还乡的暖意。它们翩翩追逐在被雨风洗净的屋瓦上，又款款旋融进被细纹染绿的池心里。在雪蝶飘飞中，结穗的檐冰开始滴溜了，那滴溜被玫瑰红的阳光照成珠线，珠线相连而为水帘，风吹帘动，珠红点点，琳琅满目。此时田野尚还袒露着，但已散发出初醒的唇香；岗上的荆丛在不知不觉中繁密成了青紫丛丛，且有了青涩的气息。风拂动那些垂柳的柔枝，柳眼已经含金，短茸已经含风。而在那些高耸的树梢上，栖鸦已经乱了，一片呼哨，天色便变成含情脉脉的了。

立春之美，没有桃花肉红、萱草绿肥的艳俗，完全是一种淡雅的静静等待着的含蓄美——此时东风已蓄满了霁青色，残雪虽还未消尽，背阴处还留着浅蓝之光，但早梅已经在山坳中疏影横斜，占尽了风情。冰销泉眼泪泪，水泉已经晶亮晶亮地在返青的石隙间蜿蜒，流经之处，星星璀璨，草芽实际已经密集在枯茎之下了。迎春花还未结蕾，但风已经吹干了山里的寒湿；蛰虫们还未出土，但一个个细小的孔洞都已经钻通。鸢在高处，羽毛正翔风；鹊在枝头，已经窝在筑实的巢内喜噪暖巢了。

此时，春牛图挂在墙上，土牛鞭春仪式后，春牛依然在栏中不紧不慢地刍食，春耕还早，一年的辛劳还在远方耐心地堆积。炉火还暖，尚能慵懒延迟在暖被之中，看残冬煦阳在窗户上流连难去，将自己浸沉在残梦半醒之中。依稀中，"郎骑竹马来，绕床弄青梅"、"低头向暗壁，千唤不一回"皆在瞬间，而满屋尽是弥漫着水仙花的香气。它在窗前，尽情享有着即将被替换的阳光，翠条招摇，金盏簇拥。本是素馨之花，竟也会被激发出、拥挤成甜俗的浓香。这令人想到，梅也好，水仙也好，其实本质都是免不了争春的，冰清淡雅，无非也是先占春机的一种手段而已。真正唯一不争的，倒还独数春兰，只有她依然故我，仍然静静地只甘居墙角架上一隅，缓缓地只孕育珍重一花。与梅或水仙比，它绝不怒放，漫长地孕育良久，才偷开半朵，浅碧之中，香空自秘，只为自由之赏。因只为自赏，不与其静处，就难觅其香。

总之，春便在此争或不争的幽妍或芳馨中，在潜入之蓝已变浅、青已变绿的春风里，真正地降临了。由此，所有的树，又新添了一圈年轮；所有的人，又年长了一岁。尽管"开眼犹残梦，抬身便恐融"，但新岁总比旧岁好。

幽 兰

幽兰之名出自屈原的《离骚》，在《离骚》中有两处用幽兰，先说："纷总总其离合兮，斑陆离其上下。吾令帝阍开关兮，倚阊阖而望予。时暧暧其将罢兮，结幽兰而延伫。世溷浊而不分兮，好蔽美而嫉妒。"描写一种茫然在人间的情态：纷纷然忽散忽聚，斑驳陆离而飘浮不定，我让上帝开门，守门人却倚着天门漠然望而不顾。此时日已昏沉，人将散罢，只能靠幽兰之素为借口木然站在那里。这世界本就污浊不分，好遮蔽美德而嫉妒贤能。后又说："世幽昧以眩曜兮，孰云察余之善恶。民好恶其不同兮，惟此党人其独异。户服艾以盈要兮，谓幽兰其不可佩。览察草木其犹未得兮，岂珵美之能当。苏粪壤以充帏兮，谓申椒其不芳。"这"眩曜"是指混浊而迷乱——谁能辨别真假善恶？民众好恶本来不同，朋党间更好标新独异。家家户户竟以艾蒿替代幽兰佩在腰间为香，连草木都不识香臭，岂能辨别美玉价值？以粪土充塞香袋，反而说申椒这种香木不香。申椒其实就是花椒。

这里的幽兰其实是一种佩带在身上的香草。据三国陆玑的解释，《诗经·郑风·溱洧》"溱与洧，方涣涣兮。士与女，方秉蕳兮，女曰观乎"中的"蕳"，就是这种作为香草的兰。这首诗，后人认为是讽刺淫乱——描写春水荡漾，未婚男女捧着兰，女子问，去看看吗？河边是无数男女在拥挤着相互嬉戏。为什么称"蕳"？蕳又为什么是兰？古人解读，蕳是间，兰是阑，所谓"蕳而间之，兰而阑之"，间是空隙，引申为阻隔；阑是门遮，引申还是阻隔。这种香草可阻隔邪气，这首诗实则描写的是农历三月三男女到水边共浴，参与祓除仪式，通过祓除消灾去邪。

《左传》中"刈兰而卒"的典故，则是另一种解读。《左传·宣公三年》记载，郑文公有妾燕姞，早时曾梦见天使赠她兰，告诉她，你要以它为子，兰有国香，人人服媚，你的儿子就可为王。随后，郑文公临幸她时真赐她兰，燕姞就说，"妾不才，要是真怀上您的孩子，世人不信，请大王以兰为证"。郑文公允诺，生下孩子就名为"兰"。公子兰后来怕郑文公杀他，逃到晋国，后晋文公伐郑，22岁时真的当上了国君。他执政22年，最后得病时说，"我为兰而生，兰死，我也要死了"。兰有王者之香，典就出于此。

芷兰芳香，《礼记·内则》中说，女子接受别人赐予的饮食、衣服、布料、围巾、芷兰，要转送给舅姑，以获舅姑欢心。这芷是白芷，夏天开花的另一种香料。《荀子·宥坐》中说，"芷兰生于深林，非以无人而不芳"，这也是原始幽兰之意。荀子是引孔子对子路疑问的回答，为说明"君子之学，非为通也，为穷而不困，忧而意不衰也，知祸福终始而心不惑也"。

这里的"通"指世俗仕宦的通达，兰的品质本在"我自独芳"中。到三国王肃所注《孔子家语·六本》中，茝变成芝，说君子须慎其相处——"与善人居，如入芝兰之室，久而不闻其香，即与之化矣。与不善人居，如入鲍鱼之肆，久而不闻其臭，亦与之化矣。"古时称腌咸鱼为鲍鱼，王肃将茝为芝，在香草的称谓上，茝芝就可混肴。

其实陆玑在解释蕳时，就已经说，这兰似药草泽兰，茎有节，颜色是红的，高四五尺。泽兰是菊科，秋天开花，茎叶皆芳香，可提炼为香料，当然非今天的兰花。南宋罗愿后来在专门考究动植物的《尔雅翼》中，认定这种可佩香草其实是"都梁香"，都梁是地名，此地水边长满兰草，"都梁香"也是南朝齐梁时名医陶弘景集注《神农本草经》时给泽兰的命名。

关于古时兰草与现时兰花的区别，大约直到明代，医家们才认真辨别清楚。我读到区别最清晰的是明代卢之颐完成于明末1643年的《本草乘雅》（比《本草纲目》晚65年），它说兰草其实也非泽兰，是千金草、孩儿菊，而现今的兰花本来生在幽谷中，分春兰、秋兰两种。兰花是否为兰草盆栽，畸形培植的结果呢？无文人有过考证。

兰花的最早记载，始见于日本学者青木正儿引用的文献，是五代末北宋初陶谷《清异录》中的"香祖"条："兰虽吐一花，室中亦馥郁袭人，弥旬不歇，故江南人以兰为香祖。"陶谷在《清异录》中其实还记载，"兰无偶，称为第一"，将它排在百花第一位，但我总觉得，这种浓香之花仍非现今兰花。相反，南北朝时周弘让《山兰赋》中"产于空崖之地，仰鸟路而裁通，视行踪而莫至，挺自然之高介，岂众情之服媚"，"入坦道而销声，屏山幽而静异"的描述，倒似更为接近。这个周弘让博学多通，早年曾隐居于山中，作有《续高士传》，他仅留存的 4 首诗中，最著名是《留赠山中隐士》。

兰花被宋代文人大规模赞誉并开始盆栽培植，现在流传下来的两部兰谱——宋宗室子弟赵时庚的《金漳兰谱》与四川人王贵学的《兰谱》，分别诞生于南宋末的理宗绍定六年（1233 年）与淳祐七年（1247 年）。书中都强调人迹不至处，才有高品质兰，而高雅之兰，从幽谷移植至雅室，又全在养爱。但大自然中幽而冷静深远，温室中养爱则是温暖呵护，两者其实是矛盾的。我总觉得，现今兰花挑剔的生长条件，所谓东引晨光，南北要纳清风，西要临竹林或树荫，百般珍惜、千种爱护，越名贵品种越为疏叶小花，实在是文人在书斋里不断修理的结果。清净闺房配以幽兰之曲，宋以后，这幽字本身就是走了味的。

于是就觉得，幽兰之幽本在潜隐中，精妙在香意幽遁，游移于水声幽咽、山势峥嵘间，它本应是李贺的诗句"薄薄淡霭弄野姿，寒绿幽风生短丝"中描述的模样。现今兰花的雅致实在是虚弱文人在兰室中一代代精致雕琢所成就，越培植就越多矫揉造作的匠气，它们倒成为宋明清文化气质越来越纤弱的一个真实写照。

元　宵

　　正月十五本来就称元宵，元是首，宵本来就是夜，通宵达旦，很明确的意思。元宵是新年第一个月圆夜，按说只是新年新月诞生，可又称上元节。上元是古历之名，指日月五星皆会于子，是历始，就天地人关系而言，要比新年第一天"元正"重要得多，这也是元宵节成为过年高潮的真正原因。按《史记·天官书》的记载，这一天的习俗为"望日"，要从天黑祭祀太一到天亮，万民同祀。古人认为，太一是形成天地的元气，是至高无上的，有天地才有阴阳、四季，"上元"的名称就来自此。

　　元宵灯会，是烛光祭祀守夜发展的结果，万民同祀演变成万民同庆，灯会就变成民俗中最早的狂欢节。按照三国王朗在《秦贺朔故事》中的记载，秦时元宵夜已经是"百华灯树"，"端门设庭燎火炬，端门外设五尺三尺灯，月照星明，虽夜犹昼"。到唐朝时玩到最奢华，张鷟在《朝野佥载》中说，睿宗先天二年的正月十五，在京师安福门外作灯轮，高二十丈，金玉锦绣包装，燃五万盏灯。上千宫女"衣罗绮、曳锦绣、耀珠翠、施香粉"，一花冠、一披肩都需上万钱。宫女与民间亮丽女子同庆，要在灯轮下踏歌三天三夜。五代王仁裕在《开元天宝遗事》中的记载，与此相比就相形见绌了，他说韩国夫人当时是做了一棵高八十尺的"百枝灯树"，竖在高山上，"百里皆见光明，夺月增色"。

但元宵节吃汤圆，起码在唐代还未普及。有关食俗，早时《玉烛宝典》说，正月十五日作膏粥以祠门户。膏粥是用油脂熬的粥，为什么要以这种粥祠门户？东晋干宝在《搜神记》里说，是为祭蚕神。《搜神记》中记载的故事，说吴县有个张成半夜起来，发现有女子立在屋角，举手招呼他说，我是这里的神，明年正月十五，宜熬白粥，泛膏于上，保你年年蚕都丰收。南朝梁宗懔《荆楚岁时记》中的说法是，这一天祭门神，先把杨树枝插在门上，随树枝所指摆酒席，在豆粥里插筷子祭祀，到晚上要迎紫姑神占卜。紫姑其实是厕神，管厕所与猪圈。据南朝宋刘敬叔在《异苑》中的说法，她原是大户人家妾，因正房嫉妒，经常让做脏活，在正月十五夜激愤而死后成仙。这显然是农耕社会原始的烙印，早被以后元宵的意义所淘汰。

有说法，唐代已有汤圆，证据是在唐代作家段成式的笔记《酉阳杂俎》中，在说到"酒食"时记有"笼上牢丸、汤中牢丸、樱桃饀"。许多学者认为，这牢丸就是汤圆，比如清代学问渊博的俞正燮就确凿地说，"牢丸之为物，必是汤团"。从字意理解，"丸"是清楚的，而祭祀用的牛羊猪等都称"牢"，这样理解，牢丸确有肉馅在其中。但如果汤中牢丸真是汤圆，西晋束晳的《饼赋》中就已经说："四时从用，无所不宜，唯牢丸乎！"这个束皙大约在公元 300 年已经死了。

细究，束皙《饼赋》中说，春天宜吃馒头，夏天宜吃"薄夜"，秋天宜吃"起溲"，冬天宜吃"汤饼"。那时面食都称"饼"，按汉末刘熙《释名》中的解释，饼是"溲面使之合并"，"溲"是以水调和。后人注释，"薄夜"是一种两面贴在一起，烙后才能分开的薄饼；"起溲"是发面饼，汤饼是面条。束皙说，牢丸则是从冬到夏，终岁可吃。他描写，这是用磨得很细的面和到极黏，显然是面粉而非米粉。将肥瘦各半的羊肉猪肉剁碎成末，拌以葱姜、辛桂、椒兰、盐和豆豉搅匀后要先上笼蒸熟。然后，挽起衣袖，"面迷离于指端，手萦回而交错"，显然是重新揉面。"纷纷驳驳，星分霄落，笼无进肉，饼无流面"，和后面的薄而不破，"弱似春绵，白如秋练"合在一起，有人说是今天的包子，却又无法说明一个"丸"字。　馄更可能是汤圆的前身。《开元天宝遗事》中还有一条记载，说唐明皇天宝年间，正月十五官员们造"面茧"，以官位帖子卜是否有升官的可能。这个"面茧"被认为是馄。在明朝王志坚的《表异录》中，有"宇文让置毒糖馄，今之元宵子也"的记载，可惜查不清关于宇文让的故事。《太平广记》中引《卢氏杂说》，记载一个尚食局的造馄手献艺。其中提到做馄所需大台盘一个，木楔子三五十根，烙饼用的平底锅与炭炉，好麻油一二斗及南枣烂面。楔子是为填补大台盘的不平处，烂面包上南枣，以银篦子刮圆后，放入油锅，炸后用爪篱捞出在"新汲水中良久"，再入油锅，"三五沸捞出"，抛在台盘上，因为圆，就会"旋转不定"。

北宋末，开始有明确的汤圆记载。孟元老的《东京梦华录》与周密的《武林旧事》中都提到圆子，北宋号称"幽栖居士"的女诗人朱淑真先有《圆子》诗："轻圆绝胜鸡头肉，滑腻偏宜蟹眼汤。纵可风流无处说，已输汤饼试何郎。"十分明确，描写的就是今天的汤圆。后来南宋大臣周必大又有《煮浮圆子》诗，诗前记"元宵煮浮圆子，前辈似未曾赋此，坐闲成四韵"，诗为："今夕是何夕，团圆事事同。汤官巡旧味，灶婢诧新功。星灿乌云里，珠浮浊水中。岁时编杂咏，附此说家风。"从诗中看，第一，将圆子看作了团圆象征，补充了闹元宵的意味。第二，起码当初周必大以为，这种食品还是新鲜。第三，星灿乌云，乌云很可能是指芝麻或豆沙之类的馅料，其中"星灿"有无可能是猪油呢？

这首诗后，周必大另有《再赋》："时节三吴重，匀圆万里同。溲浮虽有法，烹煮岂无功。杜喜云抄白，徐妨酒复中。策勋俱是秫，适口不同风。"秫就是糯米，中间句难解——杜徐并称，应指唐代治狱的杜景佺与徐有功，抄白是誊写的公文，但这杜徐与汤圆究竟有什么关系呢？实在是一头雾水，只能存疑求找答案了。

访 梅 时 节

　　正月十五在声光簇拥下过去，就到了踏雪访梅的季节。古人一直强调，梅花的品质在洁净，这洁净体现在众花都是感春气而绽放，独它借寒气开花，所谓寒至花开，雪随花来，因此才独先天下而春。为强调这种"香中别有韵，清极不畏寒"的气质，文人们想方设法提前它的花期。按南宋范成大的《梅谱》，甚至有一种早梅，敢在冬至前就开花。但实际，梅花选择早春二月舒华，就为了区别凝冻在冰雪中的腊梅——寒冬腊月是开不出染红之花的，所以它只在腊月开始傲霜含蕾，酝酿清浅之色。杜甫"梅蕊腊前破"的意境，肯定也是夸张的——即使正月有竞先开出的花，也染不成感情颜色。梅花之色淡，绝对是气候关系。北魏贾思勰早就说过："梅花早而白，杏花晚而红，乃知天下之美有不得兼者。梅花优于香，桃花优于色也。"越是寒冷中凝成的香越清，越是温暖中酿成的色才越淫。

　　曾以为赏梅意境就在万花吟风，素香似海。记忆中极深刻的一段体会，是 20 世纪 70 年代第一次游太湖，好像就是正月十五刚过，那天天阴到极处却无雪意，寒瑟着的偌大太湖被沉云压迫，颠荡出无垠浑浊之波。从鼋头渚上一条渔船，蜷缩篷中，只听凄厉之水在周围汩汩盖过橹声欸乃，满湖烟茫茫单调而又污秽地暗。等船停下，忽有游丝般清香随湖滨触石水气迎面而来。等抬头，见黑黑枝头有素净之花从雾沉沉堆凝着的寒幕中跳荡出来。走着再抬头，眼前则变成冰玉般一片的亮，那梅花就凛凛袅袅、层层叠叠，变成千万树的光分影布，窈窕着垒垒不绝，浩荡着莹红雅素绝俗地唤春的气势。在清冷成一片素白中，见楹联一副"藏书何止三万卷，种树须教四十围"，曾令我极向往满园冷艳、娇丽之花环绕"临风阁"的意境。当然，在花间凿涧环绕，以小舟往来，"一棹径穿花十里"更好。

等读过范成大的《梅谱》，才知梅花的好处是在"贵稀不贵繁，贵老不贵嫩，贵瘦不贵肥，贵合不贵开"。也就是说，先要有踏雪寻梅的过程，要苍烟踏破，梅花引我入溪深，轻易得到的不是珍贵之花。因强调清绝之趣，所以上品是在山间水滨荒寒，甘居寂寞之孤梅。因梅树最耐久，于是越老，越被岁月熬成坚瘦如削、铁杆盘枝。不仅要老干奇怪，还要苔藓封枝，让苔丝在朔风中飘飞；苔丝包裹，花在斜横疏瘦中，则越小越娇怜。头顶漫天飞雪，才显冰姿玉骨，"只言花是雪，不悟有香来"。

老树是上品，苍枝老骨，纵横屈曲，必然其干可抱，其叶可荫一亩，其子可得五石。在众多果实中，独梅子酸不忍嚼，所以望梅就可止渴。为何梅子独酸？古人说，因为梅花开在冬天，东方动以风，风生木，木曲直则酸。酸是木的本性，梅以本性迎北方之水而开花孕子，所以得气最正。

荒野、老树、暗香自然会有女人的故事。柳宗元的《龙城录》中有一则，说隋朝开皇年间，名士赵师雄迁居罗浮山，一天天寒日暮，在松林酒肆傍舍，见有美人淡妆素服出迎。此时残雪未消，月色微明，女子谈吐清丽，芳香袭人，师雄便与她扣酒家门共饮。少顷，有绿衣童子歌舞，师雄醉卧意志恍惚而觉风寒相袭，醒来月落参横，东方既白，头顶的一棵大梅树间开满莹莹白花，有翠鸟在花间鸣啭。罗浮山梅花由此闻名，传说冲虚观阶前古梅就为葛洪当年所种。明代书画家陈继儒后来记他好友范象先园中有婆娑作对的老梅两棵，均修眉露额，鬼怪万状，就筑高楼临之，摊虎皮，燃猊鼎，倚楼而歌道"雪满山中高士卧，月明林下美人来"。赏梅意境也由此有月色相伴更好——雪月风花、暗香疏影，使得梅更瘦、雪更薄、云更轻，此时操素琴三弄，扫雪烹茶，成为最雅致的吟风弄月。

无聊文人自赵师雄故事后，就将梅作为肤若凝脂，孤洁不交尘俗，流连野水之烟、淡荡寒岚之月的素丽女子。宋时有隐士林逋在西湖孤山结庐植梅蓄鹤，称"妻梅子鹤"。元代画家王冕为她作传，欣赏她"家世清白"、"秀外莹中"，"玉立风尘之表"。王冕选在九里山隐居，植梅花千株结茅庐三间，自题为"梅花屋"。到明人何乔新所作的传中，又以她之口，贬唐朝丞相宋璟所作的《梅花赋》说，我以为宋公铁石心肠，却原来轻吐绮语，以文君与绿珠来比我，可见心落落不相领会，知德者少也。当阳春和煦，群葩竞荣，红香翠蔓灿烂时，大丈夫都要乘时而取红紫，谁知我恬然自苦于荒野孤寂中？她于是归结自己是，"吾知安吾命尽吾性而已"，并且所结之子也不能睹其终——"狂飙振荡，彼将漂泊何所庢耶？""安吾命尽吾性"，烟尘不染，安于恬然，寂寞，"俏也不争春"，安于被赏玩而不求结果，正是士大夫们所要求的"妇德"。

文人咏梅似乎始于南北朝。最早的所谓懂梅花者，一为南朝梁的何逊，一为南朝陈的阴铿。何逊只留下"衔霜当路发，映雪拟寒开"的散句，但《杜甫诗注》中说他在扬州时，官舍旁曾有一棵旁枝四垂的大梅树，他常在树下吟诗。后居洛思梅，请求回扬州，时梅花盛开，他在树下彷徨终日。阴铿留下一首《雪里梅花》："春近寒虽转，梅舒雪尚飘。从风还共落，照日不俱销。叶开随足影，花多助重条。今来渐异昨，向晚判胜朝。"在今天看意境也是平平。咏梅诗写得好的还是陆游，我喜欢他的"浅寒篱落清霜后，疏影池塘淡月中。梅瘦有情横淡月，云轻无力护清霜。"咏梅词中最有味道的还是姜夔的《疏影》："苔枝缀玉，有翠禽小小，枝上同宿。客里相逢，篱角黄昏，无言自倚修竹。昭君不惯胡沙远，但暗忆、江南江北。想佩环、月夜归来，化作此花幽独。犹记深宫旧事，那人正睡里，飞近蛾绿。莫似春风，不管盈盈，早与安排金屋。还教一片随波去，又却怨、玉龙哀曲。等恁时、重觅幽香，已入小窗横幅。"写尽了梅花零落的辛酸。

春雪浮浮

　　春寒料峭的时节，自然就会想起三岛由纪夫《春雪》里那辆拉开了篷的车。春天的雪，被带点儿清甜的风挟着，含有那种温馨的湿润。这雪是静着的，白羽倦飞，静的雪衬着颠簸不宁的车与车上紊乱、脆弱而又紧张的心。现在回头再品味《春雪》，觉得那贞洁的雪的颓败、凄婉之美，就在这种澄静与欲望所构成黑色震颤的对比。在深绿色围毯下，先是两个膝盖间相碰的震触，后是两双手与手的等待，这时轻盈的雪飘逸下来变成碎玉溅珠般的响亮，压倒了车轮单调辗转的声音，他被自己接触到的一处处新的温柔所激动。在三岛由纪夫的小说中，血红雪白，美丽总呈现在被毁灭的血污沾染的前提之下。那对于在一片洁白中随便驶向哪里的车是一种神圣，也是对那银装素裹般宁静越来越延伸的践踏。在爱的躁动、战栗中，车篷拉开，漫天的雪全飘洒下来，"那雪飘到这儿来了"像是温柔的梦呓，使降雪变成庄严。但车上人鼓荡的欲望又如鲜血般沸腾，这沸腾自然就喷溅开去，将雪染成壮丽而又灿烂的淡紫。

　　三岛由纪夫的小说中我最喜欢的就是这一部，我喜欢其中玻璃晶体般透明成娇弱的冬日的空气，它描写了一种不谙世故的初恋孱弱的美，使整部小说有了一种在冷酷中灿烂的淡紫中透着素白的调子。淡紫也是樱花在夕阳残照中飘舞的色彩。在樱花丛中赏花那段，三岛写清显眼中的聪子，说有无数微妙的线条构成着她的脸。他的指尖碰到她腰间，宛如沉浸在群花凋零的温室内的温馨里，与雪中车上是一般单纯轻薄。这样的美被损毁的必然，也就是三岛所要表达的那种残骸中的诗意。雪片樱花，在三岛笔下都是那样近乎银灰的粉白色，在它之后隐藏着那种胭脂色的凶兆。三岛说，那胭脂色就恍若给死人整容的颜色。

这是《丰饶之海》四部轮回的开端，那初恋就如在春雪中刚绽开的稚嫩的新绿。悲剧的表面原因，好像就因为心态单薄而纤细的清显为反抗他所感觉中聪子对他意志操控而造成的错位。在男性肉体主义至上的前提下，他刚开始轻蔑她对他的爱慕，以虚伪的倨傲排斥她的美丽。在享受她对他爱慕的同时，又顾忌她支配了他的感情，触痛了他的自负。在这种误解中，以男权为中心，荒诞的反抗变成一种坚硬而锐利的冷酷。他的温存从冷酷中苏醒，是从聪子确定成为王子的未婚妻为开端，他们在灰白色雨帘包裹下，在淅沥雨声滋润中完成了肌肤相融的仪式。这之后，猜忌被彻底摈弃，一切都走向叛逆的反面，他们清楚这一切已经无法改变，一次次肉体放浪也就成为对毁灭的一次比一次近的等待，一次次幽会就变成一次次与死亡的接近。

更深一层理解，我觉得更感人的是，三岛强调了这悲剧的深层原因是美丽的单纯被惊扰。只要有欲望如蛇一般缠绕，大约就有这种惊扰。三岛是夸大了这种欲望的凄美与凄惶，小说一开始，从清显牵着宫妃裙裾的那一刻起，就开始了这种战栗的惊扰。在三岛小说中，这躁动总诞生在对女人领口露出的丰润脖颈与礼服覆盖下丰盈肩膀的注视之间，正因为这种战栗，他才会产生面对美艳的聪子的恐惧。三岛在这部描写爱因单纯、单薄而神经质的小说中，反复强调的是这样一个前提，爱所带来荒唐的猜忌和随后愈演愈烈的误会、折磨、报复与冒渎，根本都因宁静被骚扰后的恍惚，躁动、热望与焦虑并存。我把聪子、清显在雪中车上与樱花夕照中两次美丽的沉醉，看成是被封闭的阳光下、港湾中的宁静突然要被另一个世界所占有的惊恐。在这种惊恐的前提下，才可能理解清显为什么会自欺欺人地以尽知天下女人的姿态写信侮辱他所深爱的聪子，使他在自己酿造的悲情中越陷越深。三岛将关于"诱拐"的概念变成了她越是爱他，他就越是在被打击中要为捍卫自己的薄弱而对她实施报复。他以他的意志撕毁她的情书，如同撕裂着她白皙而失去光泽的肌肤——他抗拒的，实际是那种带有高度不安分的香气迷雾来笼罩自己的生活。

如果说小说前半部分清显是因这恍惚的恐惧所造成的错乱，那么，当他对聪子的爱真正苏醒之后，宁静与理智也就只能被彻底撕毁，爱实际也就变成了相互的牺牲。如果说前半部分的美是一种恍惚的淡雅，后半部分则发展成无法回避的悲怆。从那个雨中的仪式开始，他们其实已经不再有被阳光沐浴的那种感觉。在小说中，清显到海边的"终南别业"，看到壮丽的云彩乱成"恍如初醒的头发"，曾有一种"那个充满阳光、绷得紧紧的、白色坚固的形态，瞬息之间竟会完全沉溺于最糊涂、柔弱的感情中"的感叹。但在欲望控制下，他只能燃烧下去无法自拔。他托朋友本多将聪子接到海边，他们拥有的也只有凄凉的月光。此时船板变成白骨，那寒月就如死寂的天体的肌肤，他们相拥在那里而成阴影。他们所能等待的就只有结束，结束是死亡，也就是回归。最后结尾，三岛一定要找那样一座月修寺，让两人欲望消亡，回归到这寺里。这是回归一种冷酷宁静的环抱：寺里树梢上的红叶在阳光下呈深红色，恍如凝结的血块，夜月下的寺院静穆成洁白一片，就如覆盖着春雪。聪子先回到了这冰冷的宁静之中，她觉得自己的肉体就像是一艘卸下了重负的船，船锚被抛弃，周围就是凝结着的纯洁的冰。然后，清显也在春雪浮浮中走了过来，重新走进那茫茫洁白的过程，也就是他脱离已经被欲望污浊了的肉体的过程——血像铁锈一样被咳出来，苦痛与净福融合在一起，他的灵魂就与聪子一起在重新得到的宁静中出窍。本多最后带回东京的，自然只是他已经失去了作用的躯体。

三岛将这躁动与它悲剧的回归最后都归为佛教因陀罗网的说法——因陀罗是战神，他手持金刚杵，手中武器还有钩子与网。他撒开网，一切因果缘起，所有生灵就都是挂在网上的存在，欲恨交错，因果不尽。也许为慰藉三岛自己那颗本来也是脆弱的心，这部小说也还有另一种在"丰饶之海"中的解读——人生就如海浪，总是在不断重演昂扬、顶峰、崩溃、融合、最终退去的角色。这海浪其实是一种扰乱、一种呼唤，它不过是实力衰微地扩展开来的一堆泡沫而已。它们最终被压榨成水平线，然后凝结成碧绿的结晶。三岛说，这结晶也就是大海的本质。

龙 抬 头

　　农历二月初二"龙抬头"，其实是指"二十八宿"中的"东方青龙"抬头，是星象预示气象。"二十八宿"七星为一组，青龙、朱雀、白虎、玄武，东南西北各据一方，分别代表春夏秋冬四季。角、亢、氐、房、心、尾、箕七星构成"东方青龙"，角是龙角，亢是龙颈，氐是龙爪，房是龙胸，尾、箕为龙尾。"龙抬头"是指"青龙"七星开始出现在东方，万物此时开始真正苏醒，春真的来了。这就是东汉王充的《论衡》所说的"龙星始出"。古人说，夏夜，"青龙"七星就到了南方，到秋分节气，就"潜渊"不见了。

　　按照《尔雅》的最早命名，农历二月称"如月"，北宋邢昺的解释，"如"是"随"，按天地意志，"万物相随而出，如如然"。随从为顺，各自为生，随而如命，便生而公平。《广雅》由此解释"如"是平均的"均"——之后，佛教的"如"即来自此，在佛教中，如就是平等不二，隋朝慧远的《大乘义章》中说："诸法体同，故名为'如'……彼此皆如，故曰'如如'。"

　　由此，进入"如月"的第一天，才先要过"中和节"。中和是指天地万物都各得其所，达到和谐境界，目的就为体现一个"均"字。《礼记·中庸》说："中也者，天下之大本也；和也者，天下之达道也。致中和，天地位焉，万物育焉。"意思是说，既然和是天下成立的准则，各居其中就是天下之根本。中为均，天地各居其位，万物各得其所，才是"中天下而立"。《荀子·王制》换一个说法："公平者，识之衡也；中和者，听之绳也。"——公平是以认识来求平衡；"听"，《释名》释为"静"，《广韵》释为"待"，听天从命，是以随从为准绳。这就回到了"如"字的本义。

中和节要干什么呢？确立中和意识而步入春天。按《新唐书·李泌传》的记载，这一天，民间要以青囊盛百谷、瓜果种子互相赠送，称"献生子"。要酿"宜春酒"，以祭勾芒神，祈求丰年。百官则要进农书，以示务本。青本是东方色，彼此奉献青布口袋盛的各种种子，籽、子相通，将农耕与家丁兴旺的祝愿都献与他人，正是中和关系之寄托。青囊后来变成了医家盛医书、道家盛道书、官家盛官印的口袋。宜春酒，宜是适宜，和顺才能适宜，所以，宜春是互为告诫、叮嘱。南朝梁宗懔的《荆楚岁时记》中说，女子立春日要剪彩为燕，戴在头上，还要贴上"宜春"二字，梳为"宜春髻"，称"宜春面"。这就是后来汤显祖在《牡丹亭·惊梦》中所唱的"默地游春转，小试'宜春面'"。它和"宜春酒"的意思应该是一样的。到唐朝，官妓聚所称"宜春院"，温庭筠诗用"宜城酒泛浮香絮，沙晴绿鸭鸣咬咬"，将"宜春酒"变成了具体的湖北宜城酒，完全改变了这个词的原意。

"勾芒"是什么神呢？东汉班固等编撰的《白虎通·五行》

中说得明白："勾芒者，物之始生，其精青龙。芒之为言萌也。"勾是勾引，芒是萌，萌是草木嫩芽，其精就是"青龙"，与"龙抬头"一个意思。

《白虎通》是一部极重要的书。它在论述勾芒时，前面还有三句话。第一句说，"少阳见于寅，寅者，演也。律中太簇。律之言率，所以率气令生也"。寅是地支第三位，十二时辰中是清晨三至五点，它对应农历正月。演的原义是水流地中，有湿润才有演化、演变。古人以十二月气象对应十二音律，正月对应太簇。太簇的意思，立春为太，太为泰，簇是丛集、簇拥，攒动。律为法，为约束，为何又是率呢？其实率本是捕鸟之网，《礼记·中庸》说："天命之谓性，率性之谓道"，是我们未体会到"率性"的真义——古人认为，性其实是天赋，所以，率己就是律己。

第二句说，"盛于卯，卯者，茂也。律中夹钟。衰于辰，辰者，震也。律中姑洗"。卯是地支第四位，十二时辰中是早晨五至七点，对应农历二月。卯为冒，是万物冒地而出，冒为茂，物生滋茂。二月对应十二音律中的夹钟。夹是左右相峙、互为影响，钟本是盛酒之器，汇聚、遭逢发出声音，后来才成礼乐之器，再成报时之器。辰是地支第五位，十二时辰中早上七到九点，它对应农历三月。辰是震动，震动之后，是雨润后伸展的伸。到农历三月，已是晚春时节，所以是衰。三月对应十二音律中的姑洗。姑洗的意思，姑是故，洗是洗净，是鲜——万物去故就新，莫不鲜明。

　　第三句说，"其日甲乙。甲者，万物孚甲也。乙者，物蕃屈有节欲出。春之为言偆，偆动也。位在东方，其色青，其音角者，气动跃也。其帝太皞，太皞者，大起万物扰也"。甲、乙是天干第一、第二位，生养之功谓甲乙。甲是壳，孚是在信从前提下的孵，孚甲就指万物孵壳而生。乙是弯曲，是草木初生屈伸弯曲状，蕃就是繁。春为偆，偆是喜乐之貌。角又是五声之一，角对应木，位东方，所以，春天也是晨角吹响时。角触地而起，其意就要使平衡。太皞就是伏羲，太是大，皞是光耀，因光耀而万物扰乱，乱由惊造成。伏羲就是"苍精之君"——还是龙。

　　"龙抬头"与"惊蛰"节气往往是同一天。蛰是潜藏，龙抬头是潜龙从沉睡中抬头惊起，这就是惊蛰——"大起万物扰"。龙吐气为雷，雷出地奋，众物同应，是为雷同。雷动风行，雷风相薄，就引发春来之生机勃勃。西晋左思《魏都赋》中有对"龙抬头"与"惊蛰"非常形象的描写："春霆发响而惊蛰飞竞，潜龙浮景而幽泉高镜。"幽泉高镜是潜藏地下之水奋起，变成飞龙，倨傲地照耀为镜像。

雨 水

　　元宵灯节之后，行人散尽，满地狼藉，空巷重归寂寥，灯火阑珊中，春雨就会悄悄飘然而来。此时天还未暖，没有温风相伴，它尚未染成初绿色，飘在残灯之下，带着惺忪的银灰，萤光点点，无依无靠，如茸如毛。早春的雨，由此就是这样，细而密，冷冷然而又无力，散漫在鳞次栉比熟睡的屋脊上、老槐树寂寞地舒展的枝梢上、紫藤架下冷清的石桌石凳上，以及关闭着人们香甜鼾声的门窗上。它是以依微的姿态，柔柔弱弱，霏霏靡靡，雾雾霭霭，微微漾漾，无声无息，在静夜里就织成了一张丝光闪闪的大网，你在甜梦中甚至感觉不到它的潜入、降临和润泽。直待禽鸟的报晓在朦胧中变得暗哑，你才会感觉到有湿香气息盈屋，这时细听，才意识到有绕屋声淅淅。待挣扎起尚想留在昨夜的身体卷帘一看，红湿露叶啼脸当然是没有的，但窗边染了一冬枯色的竹叶却明显被洗青了，细密在竹叶上的雨声就如春蚕在贪婪蚕食着桑叶。再一抬头，顿觉伸向窗边的那些枝条的茸芽似乎在一夜间繁密了，繁枝相触，春意就通过亮晶晶的水花，在撩拨人心了。

　　东风解冻散而为雨润。春属木，木需水才能生，这春雨，便是春木召唤而来。早春的雨由此是赋予生机的精灵，它们清洁朴素，心无旁骛，因朴素而静谧，因静谧而透明。透明而静谧的雨帘之中，最美还在江南田园中的粉墙黑瓦，那瓦上有炊烟被雨丝逼迫，袅袅就会游动成蔚蓝。院中的梅花此时已经争得春光，一旦盛开就马上告谢，那些粉嫩的梅瓣实在太单薄了，一经细雨慰藉就如飘雪，雨丝飘扬，就如同洒落了满地银钿。木窗隔雨相望冷，满庭雨丝垂绵长，雨意缠绵中，阶缝里不经意就有了浅绿，待梨花春雨时节，绿苔就会爬出阶缝，蔓延向阶石。而春鸠声从远方啼来，穿过细密的一层层雨帘，廊下空桌上，有一炷残香、一盘残棋、一对茶盏，茶已经凉了。这是最美的"一轩春雨对僧棋"的意境。

一场春雨一场暖，春是被雨渐渐温热的一个过程。早春的雨中还没有花红花白，但柳丝已经成为了春意盎然的主角。二月柳丝的娇拖鸭绿，其实远没有正月的柔染鹅黄美丽——那春雨晶亮地蜿蜒过一个个骄傲的柳芽，鲜黄就浸透饱满到了一条条垂枝中，雨中每一条垂枝都被水光映着，竟就变成千万条金线的拂动了。雨水再顺着一条条金线滴落到塘里，变成一个个小圆涡。鱼儿浮上水面，到圆涡中唼喋了，满塘水汽，满塘的生机。可惜是，春水还凉，还酿不成挼蓝新汁色，塘湾里蒌蒿青蒲虽已露出了尖尖幽翠，但浮萍未生，塘色毕竟还寡淡，满池春雨也没有鸂鶒飞，鸂鶒其实就是小野鸭。春江水暖鸭先知、门外长江绿似苔，都是二月以后的景象，湖上没有梳风白鹭、拂水彩鸳，也没有迷途的凫雏，只有万点空濛隔钓船。

春雨潇潇。早春的雨是最早唤醒春机、挑动春欲的雨，它飘在寂静的山林中，山林吸吮了充足的水分，就飘起了烟岚，山桃花就先在烟岚中冒险展开了桃腮，它是在春寒料峭中开得最早的花。它飘在化冻的田野里，土膏沃沃，越冬的冬小麦就被哺育成一片青绿，而苦荬已经在田埂上生苗等待采摘，它们是暖风尚拂煦时长出最早的野菜。而田鼠已经先撞开了洞口，满世界撒欢了，它们也是最早拥抱春天的动物。这时在南方的茶山上，一颗颗茶茸争先从雨珠中钻出，茶农们已经开始争抢第一拨最昂贵的明前茶，炒青的香气已经萦绕在刚苏醒的茶丛里。春色真晚于春机——春燕在等待回家，春牛在等待犁铧，一切都已迫不及待。待暮烟渐浓，夜幕重新降临，细雨依然笼罩时，那窸窸窣窣的声音，则是夜雨在剪春韭了。

新年新雨之后，按苏东坡词意，"洗出碧罗天"，便是"溶溶养花天气"了。这个"碧罗"的形容出自刘禹锡的"野草芳菲红锦地，游丝撩乱碧罗天"。罗是丝绸，天空清净如青绿色高贵的丝绸。而"溶溶"，是吸足了雨水的和暖。此时，春心已可寄托鸣雁，雁阵成行，已经北飞了，而下弦月隐后，莺飞草长，就只等春雷一声发，惊燕亦惊蛇了。

惊蛰时节

　　春雨唤春雷。正月结束前，当淅沥雨声中有了野鸡的低鸣，笼中的八哥又在不断地鼓动翅膀时，第一声春雷就该来了。

　　第一声春雷往往也是在睡梦中若有若无，朦胧听到的。早春时节，还不需要闪电撕裂长空，那雷并非来自半空，没有疾风相薄，它像是来自远远的大地深处，闷闷地，通过一切阻挡物的回声激荡而来。古人形容雷声爱用"阗阗"，阗是充塞，充满，雷声逶迤，轰轰阗阗，百里之内风流雨散，万物同时感应，雷音就在传荡中四溢满盈。春雷挟翠绿的雨丝令万物苏醒：蚯蚓伸开僵蜷了一冬的躯体，土壤就疏通了；疏通的土壤变得潮湿，土褐色的蝶蛹就开始在松软的泥土中蠕动，蝶虫就要破蛹而出；蚁王钻出蚁穴试探一下，蚁群就鱼贯而出了；蛙们也挤出了石丛，懒散蹒跚在春雨里。蛰虫就这样，都感春气惊出而投入春喧，春情弥漫，花草树木因此而竞艳争春，仲春二月由此才有姹紫嫣红，最美的色调。到季春三月，清明时节雨纷纷，蝶衣晒粉花枝舞、池塘水满蛙成市，就晚春了，落花遍地，要惜春、葬花了。

　　仲春二月花是由浅淡渐浓的一个过程，第一声春雷响过，桃就要绽蕾了。但在桃之前，抢先开花的是迎春与玉兰。迎春与玉兰，一种是软绵绵蜗居在篱边，由春风拂动青翠之条，密簇簇开出的耀人黄金色；另一种是娇怯怯避人于一隅，婷婷玉立以冰雪之态，皎盈盈开出的凛然月洁香。迎春与玉兰之后，还有杏花。杏花开时，就有沾衣欲湿杏花雨，吹面不寒杨柳风。杏花之美在白非真白、红不若红，它刚开时皓若春雪，慢慢才洇出粉薄与浅红，就如一点胭脂淡染腮，含蓄敛羞、欲语不语，自有一种大家闺秀之态。杏花的意境，我喜欢韦庄的"红障杏篱深"——杏在近处，如融霞晕雪，乱向春风笑不秀，篱门则匿在沸腾的红香深处，好一幅"花院深疑无路通"的景象。杏之性情，独照影时临水畔，是"顾影自怜"；最含情处出墙头，就"红杏出墙"了。吴融是最早用"一枝红杏出墙头，墙外行人正独愁"的，到叶绍翁的"满园春色关不住，一枝红杏出墙来"家喻户晓，它就被冤枉成了"风流树"。李渔就直接夸张成"性喜淫者莫过于杏"了。

杏花飞簾后桃才开。桃之夭夭，灼灼其华，桃红一出，春光便都被它占尽，在春晖潋滟中，它极具诱惑力。桃花的意境，最耐咀嚼的是杜牧的"一岭桃花红锦黻"——满山都被夭红染透，风吹如红锦要飘飞，而"黻"是色变。如何变呢？"想得此时情切，泪沾红袖黻"——一山之红都被泪所玷污，是怎样的感伤呢？桃色媚人，它的媚在雨里、在风中。红入桃花嫩，桃花带雨才浓。杜甫说："点注桃花舒小红"，那桃腮是经青葱雨脚的点注，才在星靥中含了几分醉态，变成更娇嗔的酡红。但红颜终究薄命,桃花脸薄难藏泪,花容即刻都会失色,红艳一褪,就素面凝香雪,啼妆晓不干。而人面不知何处去,桃花终是无力笑春风的,它斜红相倚,只能静卧在风声里。一旦无情云唤醒了无情风,蜂喧鸟咽都留不得,红萼万片随风一吹,纷飞红雨,就欲漫天了。

桃花红,李花白,桃李一起竞放,并称为群芳领袖。李本是桃之陪衬,桃花色艳,李花色淡。但自《鸡鸣高树颠》古词中说,"桃生露井上,李树生桃傍。虫来啮桃根,李树代桃僵"后,不仅"托荫当树李",成蹊亦谢李径了,因为"桃蹊惆怅不能过,红艳纷纷落地多"。李花之美在繁而雪白,所谓"盈林银簇簇,满树雪成堆",有香雅洁密之妙。元稹比喻它,用"苇绡白而轻",绡是薄纱,如苇花般轻漫,就有了一种朦胧美。而韩愈赞美它说,"花不见桃惟见李",杨万里后来说到他对韩愈此说的领略——薄暮时分,隔江相望,桃花皆暗而李花独明,于是,桃花是"近红暮看失胭脂",李花则是"远白宵明雪色奇"。李花的意境,因此喜欢韩愈的"白花倒烛天夜明"——在没有月色的黑暗中,一切色调都被湮没,独有满树白花照耀如炬。在它周围,鸡鸣四惊,有一种神圣感。

杏、桃、李竞开后,春就过去了一半。此时,春风过柳如丝绿,待燕子归栖风紧,就该春分时节了。

杏花桃花

　　李渔《闲情偶记》里给我印象最深的是"树之喜淫者，莫过于杏"的评介，原因是民间有传说，杏树不结果，只要系上处女常穿的裙子，树由此好比受孕，就会果实累累。李渔因此称它"风流树"。为此我一直想寻找这"风流"的源头。早时候，这杏肯定是庄重的，要不然《庄子》里就不会描述孔夫子在杏坛抚琴，他的弟子们在阳光的树影里读书的静谧景象。这杏我在《花经》中看到原是蒙古的种，何时引进中原不可考，早时古人称它是东方岁星之精，用以夏祠，也是庄严得很。它与仙道好像还有密切关系，有仙气萦绕。我想杏的名声最早是让晚唐诗人薛能给坏掉的，因为晚唐之前，诗人们写杏花，用的都是"春浅香寒蝶未游"的意象，它开花早，最多也就说它"素态娇姿"。薛能生于公元817年，卒于公元880年，此是晚唐时节，唐的气势已尽。他有一首七言绝句："活色生香第一流，手中移得近青楼。谁知艳性终相负，乱向春风笑不休。"将杏花本来杏脸半开、欲语不语的含蓄改写成了卖笑的放浪。这薛能是山西汾阳人，不喜欢杏花也有情可原。他之后，刻薄的罗隐又给了一句"小杏妖娆弄色红"，这"弄色"本是桃的事，用到它身上，把素净全给败坏了。到吴融有"一枝红杏出墙头，墙外人行正独愁"，"红杏出墙"影响太大，也就把它的品性盖棺定论了。吴融此外另有两首写杏的诗，一首是："春物竞相妒，杏花应最娇。红轻欲愁杀，粉薄似啼消。"另一首在此基础上再发展："粉薄红轻掩敛羞，花中占断得风流。软非因醉都无力，凝不成歌亦自愁。独照影时临水畔，最含情处出墙头。徘徊尽日难成别，更待黄昏对酒楼。"杏腮轻粉、招蜂引蝶，完全是风流烟花女子的姿态。

我倒觉得这多少有点冤枉杏花。它开于农历二月还在春寒之时，未开花时蓓蕾是鲜红的，所以含苞似血。花开出来白中孕红，娇丽、清秀而无香气，在淡泊中有一种不施朱粉的美丽，倒是有闺门之态。在春寒中绽血而开花，"阳和入骨春思动"，春娇无力是有的，放浪绝对是强加的。我觉杏花的好处在凝然如思、含情不语的幽柔之间，所谓"半吐疑红却胜红"。其意境，一是要与烟丝中的幽闺自怜联系在一起——一句"杏花春雨江南"，就能引发出非烟非雾，朝来小雨浥轻红，春意全在迷离中刻骨铭心的记忆。这与晚唐的味道倒是近的。二是在月影下要联系上酒，苏东坡是真正写出了花下诗意——他的《月夜与客饮酒杏花下》："杏花飞帘散余春，明月入户寻幽人。褰衣步月踏花影，炯如流水涵青萍。花间置酒清香发，争挽长条落香雪。山城薄酒不堪饮，劝君且吸杯中月。明朝卷地东风恶，但见绿叶栖残红。"既写出杏花的雅致，也有"无风已恐自零落"的怜悯。

要说争春，杏是远远争不过桃的，杏花与桃花是完全不同的两种品格，好比晚唐与盛唐的差异。《诗经》中写桃花最著名的句子"桃之夭夭，灼灼其华"，"夭夭"是浓艳，夭娆，"灼灼"是亮丽成燃烧而灼人眉目。八个字我觉写尽了桃花在春风里的霸气。桃色灿烂在这春光里，是放肆的艳，所谓妖红坠湿、映烟成虹。颜色太靓，与轻飘的柳色一配，招惹出百般的媚。春的滥情弥漫，某种意义就是让这桃柳之色自然地浸淫出来。与杏花的洁身自好相比，桃花的好处就在那千娇百媚的风情万种之间——没有羞敛，没有娇啼隐忍；只顾放荡，只顾炫一身的烂漫芳菲；一树粘满花朵能开成"繁若无枝"，其色又多变，于是一种花能开出百般色调。这花由此醉在霞光、喜雨间，因烂醉而癫狂成乱红飞雨，绯红漫天满地，也就沐浴成春色满园。这样的桃色，淫荡是自然的。李渔在《闲情偶记》中，认为桃花就漂亮在这种极纯的红，而真正纯的桃色都是荒郊乡村篱落间突然跳出之花，也就是未被玷污、杂交的自然之色。

夭桃弄春色，见桃色而动春心，所以文人咏桃花的诗词要比咏杏花的多很多。唐诗中写桃花真正有味道的，元稹有"南家桃树深红色，日照霞光看不得，树小花狂风易吹，一夜风吹满墙北"。写桃花的艳丽与娇弱。杜甫有"黄师塔前江水东，春光懒困倚微风。桃花一簇开无主，不爱深红爱浅红"。置桃花于孤寂中，在"春光懒困"中怜花无主。还有白居易的《夜惜禁中桃花因怀钱员外》："前日归时花正红，今夜宿时枝半空。坐惜残芳君不见，风吹狼藉月明中。"叹息红颜薄命。凡美艳之物必早早凋零，"夭夭"展示其美貌同时也饱含因娇弱、轻薄而早夭的宿命，于是这桃花乱落也是伤春最美景象：暖风香雨中，流红飘渺，随水而下，就变成"春江水暖鸭先知"，"桃花流水鳜鱼肥"。

桃花最有名的典故，除"桃色夭夭"，便是"人面桃花"。崔护的《题都城南庄》："去年今日此门中，人面桃花相映红。人面不知何处去，桃花依旧笑春风。"这首看起来简单的诗写人与花与风，从人面桃花到人面丢失再到桃花依旧，写出桃色挑逗的三重迷人境界，以致后人干脆强调有一种桃花为"人面桃花"，称它是桃花变化至极，花开莹白如雪光。这崔护是陕西蓝田人，贞元进士，官至岭南节度使。《全唐诗》中只收有他的 6 首诗，两首写鸡，4 首写春色。除这首"人面桃花"，另一首值得一提的是《五月水边柳》："结根挺涯涘，垂影覆清浅。睡脸寒未开，懒腰晴更软。摇空条已重，拂水带方展。似醉烟景凝，如愁月露泫。丝长鱼误恐，枝弱禽惊践。长别几多情，含春任攀搴。"味道差多了。这首《题都城南庄》据考为他年少时所作，后因为孟棨的一卷笔记《本事诗》，一首诗变成了一个传奇。这孟棨是乾符二年的进士，他对"本事"的考察其实并不见依据，就崔护这一则而言，故事又极细致完整：那女子先是从门缝偷窥，接着又倚一棵桃树妖姿媚态，彼此含情相望。等第二年清明再至，门上了锁，崔护将诗题在了门扉上。整个故事，从见女子一幅桃夭景象，到女子见诗病倒绝食，这崔护又正好路过，进门而将已经"死"去的她重新哭醒，太常态的戏剧化。我以为这"本事"都是孟棨根据诗意编成的传奇，后世代代相传，就认为真有其事了。

红杏出墙考

李渔在《闲情偶记》中称杏为"树性淫者，莫过于杏"，称它为"风流树"，一直好奇这种说法的由来。

最早，在《庄子》的记载中，杏本是有些神圣气息的——作为孔夫子讲学的杏坛，应该是杏树环绕的吧。花香在上，弟子在其熏染中读书，孔夫子在花影中抚琴而歌，书声歌声，风吹花落如香雪。尽管顾炎武后来考据以为，"渔父不必有其人，杏坛不必有其地，即有之，亦在水上苇间、依陂旁渚之地，不在鲁国之中也"，但读书有那样一个"绕坛红杏垂垂发，依树白云冉冉飞"的环境，仍然令人神往。

查唐以前文人的咏杏诗，北周庾信（513—581）有"春色方盈野，枝枝绽翠英。依稀映村坞，烂漫开山城。好折待宾客，金盘衬红琼"。其承载的信息，一是"依稀"与"烂漫"

的对比，疏与密，构成了两样不同的意境美。"疏"引申出"杏花疏影里，吹笛到天明"，苏东坡将此意境发展极致，便是"褰衣步月踏花影，炯如流水涵青萍"——提衣走进月华如水之中，水流光耀，疏影就如漂浮的浮萍，美极了。但这首诗的后半部却显矫情——东坡在花间置酒，称"山城薄酒不堪饮，劝君且吸杯中月。洞箫声断月明中，惟忧月落酒杯空"，这是"疏"。"繁"则引申出"皓若春雪团枝繁"或"红粉团枝一万重"。

二是说它的美貌可赠宾客，如何美呢？庾信用"红琼"。"琼"是美玉，形容杏花如玉一般莹润而被染红，表达的是"红杏红于染"的意思。但文人们稍稍发挥想象，就用到美女的肤色上去了——"云随碧玉歌声转，雪绕红琼舞袖回"，舞袖遮掩下"雪绕红琼"，是多美的一截肌肤呢？而"美酒一杯花影腻。邀客醉。红琼共作熏熏媚"，就是青楼里的景象了。

现在想，杏花蒙冤很可能就从"红琼"这个比喻而起吧。

杏花之美，本来其实有几个阶段的——所谓"杏花看红不看白"，先是饱蕾未放时之蓄红，称"红蜡半含萼"，夸张一些，就是"蓓蕾枝梢血点干"，很有待放的张力。然后初放时，刚一绽放就变浅而成淡粉，但粉薄红轻掩敛羞，含蕊中仍保护着胭脂色，这就是"似嫌风日紧，护此胭脂点"。而杏花雨嫩，花开一定会伴随着春雨，所谓"杏花消息雨声中"，雨细才杏花香。刚开始它是暗香，在雨中，疏离之花，含蕊渐渐舒展变成胭脂泪，暗香越显清高。再然后，雨过天青，晴空日熏，花色残白了，盈盈当雪杏，其实已再无含蓄了。

此时团枝雪繁，香气不再暗，已密聚为绯香；而残芳烂漫，已无风恐自零落。再之后，便是风吹狼藉，半落春风半在枝了。

这般本来含蓄娇羞精致之花，谁可恶，将之引向"风流树"的呢？

我想，刚开始可能与盛唐时进士到杏花园初会，称之为"探花宴"有关。而真正将其命名为"风流树"的是晚唐诗人薛能，在他笔下，杏花成了借春机卖笑的娼妓："活色生香第一流，手中移得近青楼。谁知艳性终相负，乱向春风笑不休。"太赤裸裸了。随后，吴融才含蓄地用"一枝红杏出墙头，墙外人行正独愁。长得看来犹有恨，可堪逢处更难留"。而"粉薄红轻掩敛羞"其实也是吴融的形容，他的这一首杏花诗是，"粉薄红轻掩敛羞，花中占断得风流。软非因醉都无力，凝不成歌亦自愁。独照影时临水畔，最含情处出墙头。徘徊尽日难成别，更待黄昏对酒楼"，更有味道。吴融不满的应是，大多数后人都记住了南宋叶绍翁的"春色满园关不住，一枝红杏出墙来"，而并不知道"一枝红杏出墙头"本是他在晚唐的原创。

还是南宋的范成大（1126年—1193年）相对厚道，他写过好几首杏花诗，其中有一首吟道："红粉团枝一万重，常年独自费东风。若为报答春无赖，付与笙歌鼎沸中。"将一切归为"报答春无赖"，挺有意思。

桃 红 醉 面

桃红柳绿是闹春的标志。柳绿是由春风梳成的：春风过柳，就理出了丝缕。桃红则是春雨染成的：东风和雨至，染出枝上红，宿雨催红出小桃。桃红柳绿由此就被处处滥用——灼灼桃红，依依柳绿，到了美女脸上是桃花面，柳叶眉，依旧桃花面，频低柳叶眉，"桃花脸薄难藏泪，柳叶眉长易觉愁"。

先柳绿后桃红，青归柳叶新，红入桃花嫩，那是春的两种香艳色。柳丝含烟是先鹅黄后翠绿再鸭绿，柳绿更带朝烟，渗进春风，就带来霏微的宿雨，那雨含着微红，就浸泅出了桃花色。这样说，桃色便是春雨所赐，桃花带雨浓，因饱含其春情，才有如此之嫣红。桃色多变，当然也是春雨之所为，嫣红乃深红之变，浅红乃嫣红之变。深红浅红都饱含殷殷之情，各有好处，所以杜甫的名句是"可爱深红爱浅红"。

但毕竟，桃红并非是深红，红深为紫，简文帝当年叹"桃含可怜紫，柳发断肠青"，"可怜紫"是否就指深红之桃花呢？而桃红醉面，桃红之美在香靥凝羞、娇羞难禁，回眸一笑的样子，那是一种暖融粉沁，靥深深，姿媚媚的色调，我以为，那才是"桃之夭夭，灼灼其华"。桃花夭红竹净绿，夭妍是夺目之美，"灼灼"就是灼人之目，桃花本就叫"夭采"。

但桃花百媚如欲语，美到极致，便是早夭，这就是桃色之悲——既然桃色为春雨所洇，它便随春雨而舒展开放，又追春雨缠绵而无奈地凋零，所以，桃花是薄命的。但凡红颜都薄命。

桃花之妍，因此是不需如红杏出墙的，它在墙里，其妍红已经耀到墙外，杜甫因此要称它"多事红花"。如何"多事"呢？就因桃红有太强的勾引力。老杜对桃色始终是有警惕心的，他不屑风月，"不分桃花红胜锦，生憎柳絮白玉绵"，因此也就要把桃红排遣到荒寂的郊堤，在春光懒困倚微风中，让它开出一簇却寂无主。多情崔护则为桃花讲出一个含情脉脉、花人相映，花在人去的凄美故事，桃靥因此才有了更多的内涵，桃红也就成了"惆怅红"。如何体会"人面桃花"呢？我喜欢崔珏的这个句子："两脸夭桃从镜发，一眸春水照人寒"。

其实，所有的花都是是非缠身。有关桃花，一个有趣说法是，古人称，玉衡星之精散为桃。玉衡是北斗七星之一，位于斗杓，也称"廉贞星"。

桃红闹而难静，我却固执地以为，桃花静好才显其美。我由此喜欢的一种美景是桃红投影于水中：其影被冰绿摇曳，风妒红花倒吹，其热烈也只在荡漾之中。这就是李白所形容的"岸夹桃花锦浪生"。王维换一个角度，用"两岸桃花夹去津"，同样是碧水流花，舟行红雨之中。"坐看红树不知远，行尽青溪不见人"，自有另一番空寂美。再换一个角度呢？"水底红云迷醉眼，樽前绛雪点春衣"，我以为陆游这个意境更美，尤其是"樽前绛雪点春衣"，比"粉粉坠红雨"雅多了。

另一种美景自然是月下了：在月亮升起前，慰藉晚风已经拂了闹红——日暮风吹红满地了。月亮升起后，浅绿色的夜风四起——"前日归时花正红，今夜宿时枝半空。坐惜残芳君不见，风吹狼藉月明中"。白居易的这首诗中，风吹红雨漫月明多美啊。"一夜风吹满墙北"是怎样的景象呢？红痕累累，缤纷满墙。

桃花零落就成桃花流水鳜鱼肥。桃花流水窅（yǎo）然去，别有天地非人间。这个"窅"本是深远，岑寂，又有些美好的怅然，而老杜非要煞风景地用："癫狂柳絮随风舞，轻薄桃花逐水流"，如此轻薄桃红之殷情，实在是不太厚道。

春雨如膏

春雨如膏是一种形容。

从膏字本义，形象上其实并不适合春雨，膏是油脂，令人想到黏稠，凝重。而春雨是轻盈的，霏微的，刚开始它随风潜入夜，润物细无声，那是细如飞尘般的依微。记忆中之江南，听不见雨声，早上起来小巷里却如飘飞着无数乳白色的茸毛，麻石路面泛出湿漉漉的晨光与疲惫待熄的灯影。披蓑衣挑担的农民从濛濛中走出来，箩筐里颤悠着饱满着水珠的青菜。这时，街上到处是下铺板的声音了，那时，所有店铺都是晚上上铺板，早上下铺板的。大饼油条、热豆腐的香气混合在一起，就会沿着街面，随着雨茸蜿蜒而去。

紧接着，就有淅淅沥沥的声音了——深夜睡梦中，飘然在熟睡的黛瓦之上，春雨伴梦，我一直觉得是最美最美的夜晚了。在有雨声的清晨醒来，周围似乎都是春蚕安逸的蚕食之声。此时推开已经饱涨出水分的木窗，竹叶潇潇，细雨如织，嫩梢相触，海棠着雨绽出红深了。雨巷里，就有高低各色纸伞在移动，布伞出现前，纸伞在春雨中是更具诗意的，雨点轻触油纸声是轻曳的，绝不会有木然之声。此时举着纸伞走上石桥，桥下是无数轻漪，一枝杏花远远探出，就有一艘乌篷船欸乃而来。

这就是江南水乡之美。在我记忆中，春雨濛濛，将烟困柳；春雨如丝，桃红、李白、菜花金黄，蚕豆花之淡紫，就一一隐约在银丝之中，这处那处，水墨一般，斑驳春色便渲染而成。这春之色调当然都是春雨点染的——点注桃花舒小红，梨花一枝春带雨，海棠次第雨胭脂，绿肥红瘦，都是春雨在导演。

说到底，春雨是连绵无力的，很难激扬出满湖之沸腾，所以，"满池春雨鵁鶄飞"的鵁鶄绝非春雨激起。鵁鶄其实就是野鸭，它们从烟雨濛濛中相继飞起，其实是一幅静谧的春意图。"满溪春雨长春薇"呢？春雨密集到流动的青溪中是什么感觉？春薇其实是野豌豆。

春雨因无力，雨帘便会随风舞动，它密集的时候，会有檐水滴沥。旧时小木楼扶梯而上，楼上围着天井绕一圈，三面都有木窗，另一面是高高的粉墙。这边木窗推开就对着那边木窗，中间隔着天井。三面屋檐滴沥成水帘，檐声不断，小楼上的困眠初熟又是何等之惬意。

那么，又如何理解"春雨如膏"呢？这个膏应该是沃润，凝而为膏，化而为膏，以膏沃之，才处处都是生机。如何沃之？春雨之中，鲜绿，嫣红，所有色调都由膏沃而成。春雨散膏油，朝暾发萌芽，这个膏是催生素，甘雨膏泽，嘉生而繁荣。

如此体会，"春雨如膏"就特别有味道了。有关春雨的意境，其实我特别喜欢秦观所用的"梨花春雨余"，春雨浸透梨花还是梨花饱盈了春雨？可回味无穷。其词悲切："挥玉箸，洒真珠。梨花春雨余。人人尽道断肠初。那堪肠已无。"

丁香雪

又一年丁香开花时节。到京西潭柘寺踏春，毗卢阁下那丛浸透岁月沧桑的白丁香密集成香雪缤纷，清香溢满整个斋院。

潭柘寺是京郊最漂亮的寺，漂亮在花树掩隐，寺舒展而不紧促。登高到观音殿前平台，听绕户竹风、碧涧泉鸣，看伸展而去的寺院错落，每季都被花香萦绕。整个寺院，斋院是花树中心。毗卢阁下的白丁香，美妙在与旁边那巨大的白玉兰互为映衬。白玉兰盛开时，丁香新绿刚萌成孱弱的娇嫩；而等白丁香怒放成团团簇簇，白玉兰欲谢未谢，又摇曳出一树的淡然春愁。可惜是，院中那几株紫玉兰颜色太艳，天长日久，白玉兰已经被染成浅红，在春天的阳光中，怎么都会让人生出不合时宜的对春闺红伤的怜悯。

赏花最好的去处是寺院。不仅因寺院中总有淡泊中的安适与静谧，还因那寺院中的花树经过了一代又一代超凡脱俗者的熏染，有慈悲之心孕育，所以花色总比别处浓厚与灿烂。我相信花树都喜清洁，需清心寡欲与慈悲为怀者的呵护，所以嗜欲为乐与贪得无厌者的院子，总是开不好清净浪漫之花。

寺院一般都栽丁香，但这丁香原本却不是佛家、道家之物。

《广群芳谱》中的归类，丁香是药而非花，其名称，"丁"是"钉"的古字，花如钉而细微。按北魏贾思勰《齐民要术》中的说法，丁香是俗名，正名应是"鸡舌香，俗人以其似丁子，故为丁子香也"。如何称"鸡舌"？丁香花绽开后是单薄的四瓣，顺理两向，正好合并起来两个张开的鸡舌。古人说，采丁香花能酿成一种口含香料。在东汉应劭所著《汉官仪》中，就记载桓帝刘志当时身边的侍中老年口臭，刘志就拿酿成的鸡舌香让他含在嘴里。因为此香微辣刺舌，老侍中就以为自己有过失，皇帝赐了毒药，不敢咀咽，回家要自行了断，招致全家哀泣。后来同僚告诉他这是口香之药，笑他无知，才皆大欢喜。

因为鸡舌纤弱又芳馨，李后主就用"丁香颗"来比喻樱桃小口中的美人玲珑之舌。他把李商隐的名句"红绽樱桃含白雪，断肠声里唱阳关"改写为："晓妆初过，沉檀轻注些儿个。向人微露丁香颗。一曲清歌，暂引樱桃破。"虽是艳曲，还算雅致。到金代董解元写《西厢记》，张生与崔莺莺情急而相会，变成了"云尤雨，靠人紧把腰儿贴。颤声不彻，肯放郎教歇！檀口微微，笑吐丁香舌，喷龙麝，被郎轻啮，却更嗔人劣"，真正云雨缱绻，就俗了。

寺院中肯定不能容忍这样解读丁香，僧人看中的是它的清淡与暗香。丁香花单朵其实本无香，丛集才有清香，文人们由此称结团之花为"丁香结"——结为聚，用的是《诗经·桧风·素冠》中"庶见素韠兮？我心蕴结兮，聊与子如一兮"

的意境。《素冠》是一曲年轻寡妇面对亡夫遗容的悼歌，所谓抚尸哀恸。"素韠"是素色的革制护膝，类似裙围。"庶见素韠兮？"意思是，幸而又见那素色的护膝，我心怀郁结。"聊"在这里是"且"——且与子如一，同生共死。

我查丁香结最早出现在诗词中，应该是《花间词》中五代前蜀尹鹗的《拨棹子》："寸心恰似丁香结，看看瘦尽胸前雪。偏挂恨，少年抛掷。羞觑见、绣被堆红闲不撤。"这是一首被无情郎抛弃的少女的哀歌，从丁香结低头看酥胸塌陷；怨恨被遗弃而羞见绣被堆红中曾经的温柔梦。尹鹗之后，后唐中主李璟作《浣溪沙》："手卷真珠上玉钩，依前春恨锁重楼。风里落花谁是主，思悠悠。青鸟不传云外信，丁香空结雨中愁，回首绿波三楚暮，接天流。"将丁香结渲染得更加哀婉。李璟一生就留下4首词，他28岁继位当南唐中主，一心振兴南唐却屡战屡败，最后只能面对无可挽回的江河日下。那种飘零无奈，给了丁香结一种特殊的悲怆。

有关丁香的诗词，诗，我最喜欢杜甫的《丁香》："丁香体柔弱，乱结枝犹垫。细叶带浮毛，疏花披素艳。深栽小斋后，庶使幽人占。晚坠兰麝中，休怀粉身念。""垫"实际是"下"，"下"即"坠"。此诗意为：丁香体弱，素面朝天，深栽寒斋之后，本自孤寒，只堪与寒士幽人为缘。如坠身兰麝浓香之中，必将粉身不保。我想寺院栽此花，与此意境肯定有很大关系。

词，我则最喜欢王国维的《点绛唇》："屏却相思，近来知道都无益。不成抛掷，梦里终相觅。醒后楼台，与梦俱明灭。西窗白，纷纷凉月，一院丁香雪。"此词作于1907年的丁香盛开时节，距今已有一百多年。1907年王国维30岁，作此词大约半年后，他恩爱的莫氏夫人就因难产而去世。这种渗透骨髓的悲剧气质——丁香如月色如霜，那傲然澹澹之香就有了一种令人肃然的骨气。

丁香肯定是域外引进树种。读美国人谢弗著《唐代外来文明》，说丁香的"钉子"来自古法文单词"clou"，而鸡舌的名称来自英文单词"clove"。他说唐朝的鸡舌香是从印度尼西亚引进，他认为《本草纲目》中引五代前蜀词人、尹鹗好友李珣《海药本草》中"丁香生东海及昆仑国"的说法，应该就是指印尼摩鹿加群岛丁香的原产地。他所说有无根据？查晋朝嵇含的《南方草木状》，其中有"鸡舌香"，记载在"珍异之木"中，看来原产"南方"大约没问题。但所记与今天的丁香显然有差别，他说蜜香、沉香、马蹄、鸡舌等8种香同出一树，"其花不香，成实乃香，为鸡舌香"。那么产地呢？同是晋朝的郭仪恭的《广志》上说："鸡舌出南海中，及剽国，蔓生，实熟贯之。""剽国"，"剽"是抢掠，古人称南海中多海盗，看来谢弗的结论多少有依据。但蔓生，又不对了。《不列颠百科全书》中说，爪哇派赴中国汉朝的使者觐见皇帝时进献的丁香，时间确定为公元前210年，公元前210年是秦始皇死之年，还未到汉朝。

说　燕

即将到春分节气，古人以鸟来定四时八节（春分秋分，夏至冬至，立春立秋，立夏立冬）。玄鸟司分，也就是由玄鸟来定春分、秋分，玄鸟就是燕子。由此，真有必要在春分节气前追问一下有关燕子的知识。

玄是黑色，北方，所谓"天玄地黄"，玄而萌，黄而芽，这是古人关于天地萌生万物的认识论。也就是说，有玄才有黄，所以，玄又是深奥——"玄之又玄，众妙之门"。

玄元是天地混沌时的一体之气，而北方对应五行中的水。燕子从北方穿越混沌之气，就带来了春天的雨水，春分节气，春过了一半，燕子带来了风和日丽、春暖花开。

"燕"字从小篆起定型为廿、口、北、火四种意象的组合，从中可见秦统一文字，规范字义的功力——廿是头，雏燕出壳到能飞是二十天；口是身，燕以鸣声成为使者之身；北是翅，"燕燕于飞，差池其羽"，展开翅膀就是一个"北"字；火为尾，它春分飞回时，衔泥附炎热，飞花入户香，天就热了。待秋分飞回，把热带走，草木就将色变，天就凉了。

而在小篆出现前，燕的象形字并不包含这些内容。

矛盾的是，燕子既是玄鸟，来自北方，秋分就应是"归去"。

在古人的意识中，遥远的北方是"胡地"，由此确实应该称它们为"胡燕"——"胡燕别主人，双双语前檐。三飞四回顾，欲飞复相瞻"，这是李白的诗，秋分要归去了，那样的依依惜别、悱恻缠绵。但春分为什么又叫"归来"呢？"杨柳色依依，燕归君不归"，这是温庭筠的词。其实，早时乐府歌辞用"秋去春还双燕子，愿衔杨花入巢里"，这个"还"指它们"家燕"的身份——一旦绕梁衔泥为巢，就以此为家，代代相传了。燕筑巢为安，它意味着家的安宁与温暖，才有了"燕安"一词。苏东坡弟弟苏辙的《堂成》诗因此用："夜如何其，趺坐燕安。善恶不思，此心自圆。""趺坐"就是盘腿端坐，而盘腿端坐本就称"燕坐"——"燕坐禽鸟寂，吟哦簿书退"是梅尧臣的诗，这里的"簿书"是指账本，簿书米盐构成了庸碌生活，它退尽了，自是清心世界。

燕子春分飞归，有好几个美丽的意象。首先是燕居之地说——"瑶光星散为燕"，瑶是美玉，而瑶光星是北斗七星的第七星，象征着祥瑞。然后是飞翔的姿态——"燕子腰轻欲受风"，风在它身下，飞得那么轻盈。再然后，据称它们都是穿月夜而飞归的，在月夜里，羽翼披着厚厚一层月光，又是多美，而"羽翩毛衣短，关山道路长"，又有孀雌忆故雄、憔悴一身地归家的辛酸。

查古人归纳的燕子类型，起先有秦燕、汉燕、越燕和胡燕之分。似乎一地有一地的"家燕"。唐以后，似乎就只剩下越燕与胡燕了——越燕也称汉燕，叫声小而繁，筑巢在门楣上，因为颔下紫，也称"紫燕"，就是偓诗"黄莺历历啼红树，紫燕关关语画梁"的那种。胡燕叫声大，巢筑在两边椽子上，因为李白的"胡燕别主人"诗，它似乎更因有情意而感人。李白诗中，其实也有关于紫燕的名句——"紫燕黄金瞳，啾啾摇绿骏"，"骏"简体为"骏"，通鬃毛的鬃，它其实是相传汉文帝一匹骏马的名称。

青青河畔草

　　每到春风又绿时，总会想到《古诗十九首》中"青青河畔草"的意境。青青是一种很娇嫩的颜色，它显然典自《诗经·郑风》中的"青青子衿，悠悠我心。纵我不往，子宁不嗣音"。这首诗按西汉毛亨的注释，衿是衣领，学子穿的衣服叫青衿，所以表达的是学子之间纯洁的思念。但追究《诗经》中的氛围，"悠悠"似乎又专门用于相思。比如那首著名的《周南·关雎》中的"窈窕淑女，寤寐求之。求之不得，寤寐思服。悠哉悠哉，辗转反侧"。寤是睡醒，寐是睡着，醒时梦中都求之不得，于是心绪激荡，辗转反侧无法平息。这样再看，"衿"究竟是衣领还是衣襟？斜领下连于衿，还是襟。古代妇女系衿缨，以表示已有所属，东汉刘熙在《释名》中解释得很清楚："衿亦禁也，禁使不得解散也。""青青子衿"由此应解读为：青青你的衣襟，悠荡我的心，即使我不去，你难道不续音信？朱熹因此才推断它是"淫奔"诗。以此读"青青"，就绝不仅是一种色调。

"郁郁园中柳"中的郁郁，表面看也就是繁茂的绿的郁积——远处是青浅，近看却沉郁扰人。"郁"出现在《诗经·秦风·晨风》中是："鴥彼晨风，郁彼北林。未见君子，忧心钦钦。"鴥是鸟很快地飞过，你可以想象，那就像快活远去的君子，留下无法移动的山林沉郁在那里没有生气。《诗经》中的男女关系，其实都离不开女子的等待与男子的飞离，待在那里是一种被动的无奈，爱人不见，惨郁郁而不通，钦钦是仰慕堆积到没办法摆脱。

"盈盈楼上女，皎皎当窗牖"，盈是丰盈，面对远处青草与近处郁柳的在楼上等待的女子，因无人眷顾，荒废盈积如皎皎满月。《诗经·陈风·月出》中描述月色与美色的关系是："月出皎兮，佼人僚兮。舒窈纠兮，劳心悄兮。"这是男子对美女的向往，僚是好到出众，月色下美人娇娆无比。如何具体地撩心而致忧伤呢？"舒窈纠"——窈本是深幽，《老子》中有"窈兮冥兮，其中有精"；纠是缠绕，三个字组合，是月色下婀娜着被把玩的步姿。男人如此，女人呢？《诗经·小雅·白驹》中的"皎皎"用在对白马王子的注视上："皎皎白马，在彼空谷。生刍一束，其人如玉。毋金玉尔音，而有遐心。"那样雪白如玉的骏马，在空谷中嚼着一束嫩草，完全是空闺中的一种遐想。最后一句的意思是，不要像金玉一样珍惜你的音信而有疏远之心。这样一个女子面对着窗户，皎美中自有一种苍白或苍凉。

"娥娥红粉妆，纤纤出素手"，西汉扬雄的《方言》说，"秦晋之间美貌谓之娥"，如何美呢？《楚辞·大招》在描写美女时说到，"丰肉微骨，调以娱只"，"嫮（hù）目宜笑，娥眉曼只"。"只"是语气，意思是，弱骨腴肉，在调和心志中更娱人。"嫮"是斜视，斜视巧笑时，美眉就飞扬起来。建安七子中的王粲《神女赋》写美女，用"扬娥微眄，悬邈流离"。"眄"也是斜视，"悬邈流离"是离得很远还光彩纷繁。红粉是胭脂与傅粉，据西晋崔豹《古今注》中的说法："燕支，叶似蓟，花似蒲公，出西方。土人以染，名为燕支。中国人谓之红蓝，以染粉为面色，谓之燕支粉。"同为西晋张华的《博物志》中说，张骞从西域引进红蓝花，种植后以干花染布，染布之余为燕支。《博物志》中还记有作燕支法。南朝徐陵在编辑《玉台新咏》时将这首诗归为枚乘所作，在此就不合史实：枚乘逝世时，张骞还未出使。纤其实最早是一种细软织物，《楚辞·招魂》在描写美女醉态时说，"美人既醉，朱颜酡些。娱光眇视，目曾波些。被文服纤，丽而不奇些。长发曼鬋，艳陆离些"。娱是嬉戏，曾是重，鬋是垂下的鬓发，曼鬋就是鬓发飘飞。汉昭帝的《淋池歌》开始将"纤"用到女子的手上："秋素景兮泛洪波，挥纤手兮折芰荷。"汉昭帝就是汉武帝的儿子刘弗陵，芰荷是菱叶与荷叶。

　　"昔为倡家女，今为荡子妇"，倡家是歌舞艺人，倡伎
非娼妓。倡的原意是领唱，《诗经·郑风·萚兮》中的"萚
兮萚兮，风吹其女。叔兮伯兮，倡予和女"，萚是落叶，女
是你，叔、伯在这里是女子对爱人弟弟、哥哥的爱称——你
唱我和。先发声为倡，后应和为和，这也是倡导的由来。我
不愿将这"倡"联系到"娼"。"荡子"名称从《尚书·毕命》
中的"世禄之家，鲜克由礼，以荡陵德，实悖天道"始，这
句话翻译过来就是，世上有禄位之家，恃富骄恣，少能守礼节，
往往以放荡之心凌驾藐视有德之士，实在有悖天道。放是放逐，
放荡是无拘无束，所以，荡子是不以家为拘束，游荡四方寻
花问柳而不归者。

　　最后两句"荡子行不归，空床独难守"，如果读过西汉
班婕妤的《捣素赋》，就会感觉与那个"憨行客而无言，还
空房而掩咽"的结尾雷同，只不过空房掩咽变成了空床难守。
捣是捶，素是未染的丝绸。按宋朝章樵的看法，因为成帝耽
于酒色，政事废弛，班婕妤才借捣素女来表现自己的心境，
赋中另有"怀百忧之盈抱，空千里之饮泪"的哀怨。班婕妤
在成帝刚即位时被选入后宫，赵飞燕姐妹得宠后失宠而请求
到长信宫侍奉太后，写成《自悼赋》，凄婉赋道："潜玄宫
兮幽以清，应门闭兮禁闼扃。华殿尘兮玉阶苔，中庭萋兮绿
草生。广室阴兮帏幄暗，房栊虚兮风泠泠。感帷裳兮发红罗，
纷綷縩（cuìcài）兮纨素声。神眇眇兮密靓处，君不御兮谁为
荣？"翻译过来就是，隐身北宫幽暗冷清，宫中大门紧闭。

华美的宫殿落满尘土，玉阶长满青苔，荒草满庭。空旷的宫室被帐幔遮得越发阴暗，冷风穿过虚掩的窗户，屋里只剩下华丽的衣服彼此摩擦的声音。望眼欲穿地寂静等待着——君不临幸花憔悴。这样读《青青河畔草》，读到的就是一部悲切的女性生活史。

雨后春笋

阳春三月，江南到了细雨霏霏时节，柳丝在细雨中含烟，春水蜿蜒在浅绿色的雾中，雨丝若有若无，天气乍暖乍寒，就到了吃春笋的最好季节。

以价值论，寒冬腊月从一尺深冻土下掘出的冬笋自然要比春笋贵重，但冬笋是毛竹的幼笋，毛竹粗壮，长于深山。古人说它的好处是紫苞含霜，"雪中土膏养新甜"；缺点是因睡在冻土中，虚心蜷缩在一起还没成节，清虚不足。另外，因为没出土，也称"黄泥笋"，有陈年泥土气息。徽菜的"烧二冬"，以此笋与冬菇配，稠以浓汁，鲜则鲜，却凸显了泥土味道。有关吃冬笋的格调，宋代诗人杨万里曾记一位老人的煮笋经，说刚挖出来就要用岩下寒泉，不加盐醋，"熬出霜根生蜜汁"，"寒牙嚼出冰片声"。还必须在晚上，余下的羹就着月光吸，才能从淡处知道有真味。这样夸张的吃法，大约只能是名士带着炭火才可为。

按名士说法，毛竹笋不能称淡雅与细腻。它三月出土，箨上布满金黄绒毛而称"毛笋"，重者一个能达十余斤。这种笋只能用肥猪肉红烧，大块笋加上大块肉，是粗人的食物。

众竹其实在寒冬腊月也悄悄萌芽，在冻土下缓缓爬行的极嫩之芽称"行鞭"。此种鞭若在冬日掘出，会损毁竹根，由此一盘菜可能要毁掉一片竹林。昔日徽商中有将它挖出置于瓮中，盖上盖，让它不见风日地疯长。等除夕前开盖，雪白一片蜷曲盘绕满瓮，用以炖肉，能成一道好菜，但清新气息仍然没有。

春笋的清新由此在感春气破土，被犀利的早春之风磨砺过后才有。我在黄岳渊、黄德邻先生民国时写成的《花经》（由周瘦鹃、郑逸梅先生作序，上海书店1985年曾重版）中读到，最早的春笋，应该是"晏笋"，袁枚称它为"燕笋"，"晏"是清、静、温和的意思。晏竹农历二月中旬惊蛰刚过，春雨如油时节，就在料峭寒风中挺挺然为笋，在"春露冷若冰"时才显娇贵。如何娇贵？南朝时与梁武帝等同为"西邸八友"的萧琛有诗"春笋方解箨，弱柳向低风"，早笋就称"箈"。杜甫则有"笋根稚子无人见，沙上凫雏并母眠"，用雏鸭睡在母亲守护之下，来写"春嫩不禁寒"。春笋嫩在刚萌节成为极娇的空虚，拔节就靠春雨。黄庭坚是懂笋的，他说春笋

的好处是"温润缜密",越早越嫩中见缜,所以为贵。等真
正春和地暖,"无数春笋满林生,柴门密掩断人行",清物
就成了俗物。

古人形容春笋是"素肌玉色"。白居易用"紫箨拆故锦,
素肌掰新玉",他说他是将新笋与饭放在一起蒸,然后用手剥,
也就是今天的"手剥笋"。但"拆"、"掰"二字实在令人
想入非非。杜甫诗中的"稚子"是前人"稚子脱锦绷,骈头
玉香滑"的借用,"绷"是包裹婴儿的褓褓,"骈"是并列,"锦绷"
就是绷着的紫箨。那箨层层剥下,润如凝脂,"玉肌腻新酥",
明显又成了女人身体。相比之下,李后主是雅的,他的"斜
托香腮春笋嫩,为谁和泪倚阑干",春笋是纤润的手指。

早春笋之娇嫩,令雅士们常不知怎么吃好。《周礼·天官》
中说"笋菹鱼醢",是将笋与鱼碎成酱。什么鱼配笋好?食
客们自然想到最高境界是鲥鱼。鲥鱼不仅肥美,满身鳞片也
确因娇嫩而美丽,郑板桥还有"江南鲜笋趁鲥鱼,烂煮春风
三月初"之句。但从季节说,鲥鱼夏初才进长江,与它相配
应该不是早春笋,而是五月的哺鸡笋。刀鱼倒是农历二月就
开始上市,所谓"清明之前骨软如绵,清明之后骨硬如铁",
以春笋陪衬,时令没问题。问题是,此鱼现在价格昂贵,清
蒸时饭店却往往配以"李锦记"特用酱油,那酱油好是好,
却蒸什么鱼味道都会雷同,碰上刀鱼春笋之淡,就会本末倒
置——吃到的都是浓汁。

另一种适合配春笋的是鱼,也就是南方的"塘鳢",黑色,

略带灰白斑点，头大嘴大，肉质细嫩，最好的肉在两鳃。杭州菜中有一道"春笋炒鱼"，将鱼劈为两片后成段，笋先入锅再下鱼，但它以淀粉为基础——鱼段须以湿淀粉保持不散，最后再靠勾芡。重芡下清雅当然不足。另一道"鱼煨春笋"，也是先煨笋后入鱼，但鱼还要事先煎过。若嫩鱼直接入汤，鱼鲜便立即散掉，美在笋，肉却越细就越迅捷变为渣滓。

春笋味淡，需浓汤越煨越嫩。鱼笋既然难长时间相煨，才选择猪肉、咸肉。但猪肉与笋，鲜却肥腻，于是只能选择雪菜。雪菜素，味觉可与鱼比美，未变黄时色为深绿，配以雪白笋丝，味觉视觉都好。但它刚腌成才是深绿，时间一长颜色就变了，所以配的还是冬笋而非春笋。

春笋独立成菜，最有名是"油焖春笋"，但它的味觉靠过油、酱油与糖焖，调味压过本味。佛寺中的清净是以清笋配干丝，或者春笋豆腐为羹，素淡做到了，味觉又不足。佛家有道名菜叫"象牙雪笋"，以嫩笋弯曲成象牙状，雪菜为衬，名称雅极。从时令看，嫩笋弯曲倒像杭州菜中的"凤尾笋"，弯曲方法是将笋剖开后在冷水中激成，但"雪菜青绿笋雪白"，没有春色淡荡，还是一道冬天的菜。

我由此觉得，春笋娇嫩的色相只在想象中。

古人有关记笋的经典是宋朝临安名僧赞宁留下的两卷《笋谱》，其中载有90多种笋，到黄岳渊、黄德邻先生写《花经》时，只剩40多种。现在，各种竹、笋品名已不好辨，各自时令、品性自然也无从谈起。普遍观点，好像公认最好的笋应该出自天目山与九华山，大约因为其竹、笋浸染了佛家禅境的缘故。两山竞争，自然还是天目山为上，前提就因为赞宁的《笋谱》。赞宁还写有《物类相感志》，其中记天目山僧嗜笋，有诗云："山中人事违，天眼中修定。我本无根株，只将笋为命。"

吃刀鱼的时节

农历早春二月，柳丝刚绽出新绿，江水在料峭中还是灰绿色，就到了吃刀鱼的季节。现在，春韭、春饼都不足寄托迎春的诗意，吃刀鱼也就成为烟花三月前最好的迎春仪式。但此鱼目前尚无法养殖，只能靠在自然洄游途中捕获。长江浮游生物减少与生态环境改变，使本来种群已日益减少的鲥鱼、刀鱼纷纷避江口而去，于是从江阴、瓜洲到太湖、鄱阳湖，本来早春嘈杂的江湖里一年比一年清寥。

真正从长江口捕获的新鲜鲥鱼已很难吃到，即使能吃到，也被权贵们抬到了极高的价码。刀鱼前两年也已涨到上千元1斤，且有价少鱼、无鱼。要是长江生态无法恢复，再过几年，大约吃到的都是相对低廉的湖鲚甚至梅鲚了。

于是到处找刀鱼。能否吃到刀鱼，已然成为清明前扬州馆子的声誉问题。馆子里告知，鱼近日可到，但数量一定不多。

后来终于等到短信，鱼来了，一尾88元。问多大，答曰："二两左右吧。"价格好像还可接受。等在桌前坐下，奇怪是店家却不展示鱼，只说现在大鱼难觅，只能将就。除清蒸刀鱼，还有刀鱼面，10多元一碗；刀鱼馄饨，48元一只，一碗10只480元。好奇剔骨方式想到后厨，被婉言谢绝。厨师只告诉，"将鱼剖开就去了骨"。

等鱼蒸成端来，才大吃一惊：偌大盘中躺着如一片片单薄空旷的柳叶。不过总算新鲜：单薄之身银光闪闪中有精微的黄色油珠，头尾都是那种脆弱的纤巧，纤弱到恰似纸制，但嘴上不见标志性的硬须。那真是薄如蝉翼，筷子下去骨肉均散，入口只能以嘴唇珍惜地蠕动，将细微素肌吸吮下来，吐出细如牛毛之骨。那鲜味就在这样的珍惜中。因一丝都不舍得丢弃，等鱼肉剔完，盘中留下一副极漂亮的鱼脊，状若蜈蚣，每一细刺都极为精致。这鱼吃完，觉得过程颇值得回味——似乎就是以嘴把玩了一遍这副精巧而又漂亮的鱼骨。至于刀鱼面，一小碗真正的乳白之汤，只有清薄的鲜味，肉骨当然不存。这汤中自然用他物作补助，以吃到的鱼之形状，即使用整条，也一定熬不成这样之汤。既然不纯，弃之也罢。

刀鱼学名刀鲚，鲚的一种，凤尾鱼也同样是鲚的一种。刀鱼应是早春时节最早进长江口产卵，小鱼为产卵鱼追随，但成熟刀鱼本身也不大，所以称"清瓤（qú）"。古人在《尔雅》中称它为"鱳"（读"列"），因脊薄如竹篾，又称"鲚刀"。后又称"鮆"（"鮆"就是"鲚"的读音），只不过在象形中突出了嘴上硬须。《说文》中说它饮而不食，所以在鱼中最清洁。曹操的《四时食制》中称它"望鱼"，为什么？说是眼看它在波涛中游动，"侧如刀，可以刈草"，真是潇洒漂亮。东晋郭璞在他著名的《江赋》中，将它与石首鱼摆在一起，说它们一扁一圆，总相伴顺时往还江中。郭璞描绘当时长江是，"鳞甲锥错，焕烂锦斑；扬鳍掉尾，喷浪飞涎；排流呼哈，随波流延"，一派沸腾的生机勃勃。我相对更喜欢五代时号称"天馋居士"的毛胜在《水族加恩簿》里，因它清瘦貌美，给它"白圭夫子"的冠名。"白圭"是白玉所制特别纯净的礼器，极好比喻了它的清白之身。它的清雅就来自清白，有关它的美丽传说，说它乃一种白鸟所变，所以细骨如毛，腹内还有鸟肾两枚。这白鸟成群高飞时如一群白色天使，而它们成群洄游时，也带着那般庄严的纯洁。它们珍惜嘴上美丽的两根硬须，一旦入网就静卧不动；于是与鲥鱼一样，出水便尊严地死去。

刀鱼、鲥鱼，现在变成两种最名贵的鱼，也招致自古到今，渔夫与食客同时对它们争相追捧。早春吃刀鱼，晚春吃鲥鱼，鲥鱼吃肥腴，刀鱼吃鲜嫩。两种鱼就好比两种美人，一种雍容华贵、肌态丰盈逼人；一种素面清身、幽委而令人边吃边生出众多怜悯。刀鱼之美也许就是这样才远胜鲥鱼。

刀鱼肉质之嫩，第一取决于它耐寒、生殖期早；第二取决于它游弋速度快，耐力又强；两个特点使它体形娇小，满身布满绵密的芒刺。它头小狭薄，靠腹背如刀刃抽刀断水，从江阴入江后据说最远逆流而上，可直达八百里洞庭。鱼逆水而上，与鳞有关——取其鳞之顺。在急流中游弋速度越快，鳞就越白，这也是刀鱼一身素白，瘦弱到只有骨刺，绝无肥腴的原因。

鲥鱼美在鳞下美腴，刀鱼鲜在刺肉交杂，于是刺在刀鱼不可省略。其入长江产卵前后，性情变成温和，鱼骨会变软。文人由此夸张地说，此时刺肉一体，变为软毛，都可入口就化。等播种完毕，告别儿女情长，准备游回大海，骨质又会一根根变硬，所以"清明前鱼骨软如绵，清明后鱼骨硬如铁"。过了清明，细嫩的肌肤也就变老；这鱼该放生，吃不得了。

不管如何，吃刀鱼，麻烦还在刺。袁枚的办法是"先以快刀刮取鱼片，用钳抽去其刺，用火腿汤、鸡汤、笋汤煨之"。另一法是将鱼肉刮下，以水搅拌，通过在细麻布中挤的方式，挤出细刺，也就是做鱼圆的方式。刀鱼制成鱼圆当然鲜美，但制鱼圆必以水与蛋清搅拌，搅拌过程，精致的鲜美就被稀释。将鱼全身炸酥再入味，袁枚已经批判过了，他说"油炙极枯"，就如"驼背夹直，其人不活"。明朝宋翊《宋氏养生部》中的方法，大锅中酒水作沸，以竹器盛鱼下锅，焯后盐、醋、花椒、葱以沸油浇汁，再淋胡椒、酱油。此法鱼一入沸锅，芒刺均被软化，但鲜气也是随之走失，所以归根结底还是清蒸能保持柔肌弱骨内的真气。

吃刀鱼最著名处自然是瓜洲古镇。清人李斗在《扬州画舫录》里说："三江营出鲥鱼，瓜洲深港出刀鱼。"瓜洲古镇在扬州城西南，与镇江隔江相望，其深港也是传说中刀鱼入江后第一个集聚产卵之地，于是种种阴谋大网每年都在这里等待鱼们悲壮地前赴后继。陆龟蒙当年的唐诗："大罟网且繁，空江波浪黑。沉沉到波底，恰其波同色。牵时万鬐入，已有千钧力。尚悔不横流，恐他人更得。"如今千年过后，不知吃尽了多少美丽刀鱼，瓜洲早成为空港一所，空余那些谈资还令人津津有味。

再 说 刀 鱼

在我看来，早春二月吃刀鱼是一种诱惑，它其实来自春意的召唤——乍暖还寒季节，春雨尚未滋润，春风尚未明媚，满目仍是枯黄色，唯见柳枝已经溅上新绿，喜鹊已在枝头呢喃，低头才见径边青草已经蔓延。而此时，春水已将深蓝漾为浅蓝，蒌蒿刚漏芽，春潮迷雾出刀鱼，多美！赶在春江水暖前，烟霏朦胧中，它摇曳着银色，就劈浪来了。它是真正的踏青之鱼，可谓春最早的使者，早春诗意的承载者。淮南王刘安说它"饮而不食"，不吃杂物，以保一身洁净，曹操就认它为最适合吟春的献祭之鱼。现今残存的曹操《四时食制》里称它为"望鱼"，古祭就名"望"。随后，它的名称就来自曹操所记"鱼侧如刀，可以刈草"，这是指它腹下有硬角刺，就如利刀。

　　早春吃刀鱼之鲜嫩，活肉才鲜美。刀鱼之美就在体薄，它一身细密芒刺，以轻薄到不能再薄之体态，肉、刺几成一体。因弱骨柔肌，体薄轻盈，才能在水中快速游曳，而游动速度越快，越在水流中激成一身活肉。至于清明后，它全身柔软的芒刺就会变硬的说法，我以为，很可能是文人强调时节的一种说辞——清明后，桃红柳绿，繁华遍地，春晚矣，刀鱼亦就老矣。仅相隔一月间，江水何以就能把一身软刺变成硬刺的呢？

　　现在回忆我自己难忘的吃刀鱼经历，其实完全是一次随遇。有一年，从安徽坐车到南京，走高速公路，因考虑到南京就过了午饭点，就随意找了个出口，打算随便吃点午饭再赶路。巧的是，路边刚好有一家简便餐馆，挂着尝长江刀鲜的招牌。进门一问，刚好此地不远便是长江，江边有渔市，江上之鱼随捕随卖。店主答应去渔市现买，我等便喝着廉价茶、嗑着瓜子静候。约莫半小时工夫，告诉说今天还真有运气，拎回五六尾，每尾足有三两多。真是腮红新出水，头尖身窄如刀，一身耀眼的银白。此物腮下有长须，如麦芒，店主说，如今能碰到这样三两多的，已属不易。于是就叮嘱绝对清蒸，只需葱、姜、酒、少许盐，绝对不能用酱油。

　　蒸鱼最要紧是火候。按袁枚在《随园食单》里的说法，一条烹完的好鱼标准，是要保持鱼肉之活。活肉是"色白如玉，凝而不散"，死肉是"色白如粉，不相胶粘"。如何保证呢？李渔在《闲情偶记》中说了，前提是"紧火"，使之凝而无以发散，才能"鲜肥迸出，不失天真"，"鲜味尽在鱼中，并无一物能侵，亦无一物可泄"。紧火，必须火力充足，急聚而熟。最好是在柴火灶内添以熊熊旺火，锅盖密封，锅盖又能吸纳沸腾之蒸汽。当今煤气、天然气灶，火力疲软不足，所用蒸锅又已都是铝锅，盖或为铝或为玻璃，哪里能吸纳蒸汽？于是，无论蒸10分钟还是8分钟，蒸熟之鱼总被水气浸泡得淋漓不堪，将盆中之水滗去，鱼之真味也就尽失。再淋上所谓"李锦记蒸鱼豉油"的鲜汁，其实吃到的更多是酱油的味道，本末早就倒置了。

那天路边小店，我到厨房察看，灶是自然已经没有，锅倒是铁锅，笼屉也尚能吸纳蒸汽。小店蒸出好鱼当然不可能，端上桌，水气淋漓还是必然，但好在没用酱油，汤水都在，再说，鱼确实是新鲜，周身仍是银白，淡香游盈。

以我之见，刀鱼之美，其实全在刺上，品尝其鲜，就不得不需要时间成本——其肉之薄嫩，筷尖只需轻轻一点，已见芒刺，刺与肉本是一体的。也就是说，你要像婴儿般仔细吸吮刺上之嫩肉，再把吮完肉的刺完整吐出来才觉到其美。所谓吃刀鱼软刺的感觉，绝非刺软到可以下咽，而恰是芒刺满嘴横陈的那种感觉，无乱刺理顺之过程，如何又能尝到其鲜呢？于是，吃本身就是一个精致而不容马虎的过程，实际是细细地辨与剔的技巧。粗率的结果，要不就是肉与刺一起吐弃，要不就是被刺鲠在喉的报复。这就是北宋诗人梅尧臣所说的"若论鲚子无从箸，冤气冲喉未可知"了。箸是筷子。

如此，一条鱼小心翼翼地吃完，说实在，非半小时以上绝无可能，还须专心致志。由此，才有刀鱼面或刀鱼馄饨的吃法，那是人们省略麻烦的选择——省去了刺，直接尝肉。但没有了芒刺满嘴，在我看，审美过程本身是不完整的。剔刺再以肉用以面或馄饨，鲜美之损耗是无疑的。当然，现今城里再好的馆子吃到的，也总是不知中转过多少次的鱼，那鲜，本来也是打了折扣的。

当然，好吃之徒，总要面对环保主义者的谴责的。我承认我自己之矛盾及虚伪——一方面遵守不食为我而死之肉之承诺，一方面又要到乡肆去找新鲜之肉。比如此刀鱼，因从市场买来便是死的，便不问其捕捞过程之苦痛，食之贪婪不已。有关吃鱼，李渔的借口是说，它们之子本密集似粟，下到江湖中成千成万，如不吃而繁殖下去，"不几充塞江河而为陆地，舟楫之往来能无恙乎？"于是吃得理直气壮。但有关刀鱼，我看到触动我心的报道是说，因其能卖高价，到春水荡漾时，从长江口起，是层层下网，严阵以待，唯恐有一条漏网之鱼。可怜的生物，它们从大海深处辛辛苦苦地往长江里游，是为寻求一个风平浪静的去处，下卵繁育后代的啊。据说它们的目的地本是洞庭湖，现在，在江阴湾里就全都成了觥筹交错间桌上狼藉的佳肴了。

于是就觉到自己参与津津乐道之罪恶。

春天的食物

周刊有一期做春宴，到各地寻找当季的食材，希望能推动回归时令饮食，勾起了我很多儿时记忆。可惜按时令饮食的生态早已被严重破坏掉了，今天吃到的东西哪里还是当年东西的味道呢？王世襄先生早就说过，材质本来的美味早就找不到了。那些美好的生态无法再复原，因此也就只能扼腕长叹了。

我出生江南水乡，嘉定这个地方，原来归江苏，后来划给上海，加快了开发速度，造成古镇早早的破坏。要是留在江苏呢？只要被上海辐射，破坏也是免不了的。昆山、常熟不都是这样的命运吗。同里、周庄是因为交通不便的原因，才保存了下来。

嘉定这个古镇，本是出门不远便是桥，到处粉墙黛瓦的。日夜都有捣衣声飘过瓦楞，便传进窗户里来了。儿时跟着端着洗衣盆的姐姐一级级走下河边水桥，光照水波粼粼映在临河的粉墙上，小鱼就在石缝边喜滋滋地游来游去。乌篷船时不时会从桥洞里探出头摇过来，晶亮晶亮的水波就溢到了水石上。

古镇是被田野环抱的，出家门走不了十分钟，过一座小桥，便是田野里青苗的清香了。那时田野里是布满水塘的，水塘里飘起湿漉漉的气息，到了春天便长满又嫩又肥的水葫芦，水虫在叶上弹跳，鱼儿时时因接喁而拨开它们，闪烁出银鳞。江南水乡之美在，菜蔬鱼虾本都是为养育一方人家而生的，绿油油的蔬菜、青盈盈的鱼虾从田里、水塘移到集市，被一个个竹篮带回家里，立即就变成主妇端上桌的美餐了。

此时的蔬菜，还是菜苔最美时节，菜苔最美是被初春的雨育肥，含满米粒状苞正待放之时，如同情窦待开的少女，一旦开花，茎就老了。此时的菜苔，嫩，甜，糯，绿汁四溢。这样鲜美的绿需得从田里摘下后，趁着生命仍还鲜活立马下锅，稍稍置放就蔫了。这样的菜苔，前几年到江西，路边一家寻常农舍，就是现摘现炒，还真找到了当年那样的记忆——那鲜嫩绵软是难以形容的，农户炖的土鸡汤都无以比其鲜美，连炒两盘仍然无法满足其口欲。

可儿时我们本来天天都享有着这样自然的馈赠啊。

马兰头是姐姐带我们到田埂上去挑的，这时候荠菜已经高举起它单薄的白花，衰老了，马兰头却是鲜嫩的。它叫"红梗菜"，茎是红的，叶翠绿。马兰头与豆腐干切碎了加麻油拌，清香四溢，是最传统吃法，可它的清香中是有些麻嘴的。现在餐馆里到处都有马兰头，当然没有田埂上长出来的那种恣肆浓烈的气息。那时候，祖母是看不上春天吃马兰头的，她说那是乡下人的食物，她的是枸杞头，清炒，枸杞的嫩芽是微苦的，炒的时候一定要加糖。

此时菜蔬中还有一种迷人之物，就是"蒌蒿满地芦芽短"

的蒌蒿。蒌蒿自有一种高贵的清香，以它炒香干，是我最喜欢的春菜。

现在南方，蚕豆都变成时令春菜了。但在我记忆里，清明之后，风变得温热，吹过田野之后，紫莹莹的蚕豆花才开始开花，蚕豆应是迎接初夏的美味吧。

这时候的河鲜，清明螺，塘鳢鱼，其实那时都是下河就能摸到的。沿河每一水桥的石阶上几乎都吸附着青莹莹的螺丝与黑色的塘鳢，只不过塘鳢是摸不到的，它轻盈之极，水波一动就甩着尾巴游走了，吃它要靠钓。儿时大头针弯一下就能当鱼钩的。那时沿河边有很多蟹洞，挽起裤腿沿河边走，手盲目伸进洞里，常常就被等待着的螯牢牢地钳住，只能大叫着扔都扔不掉。

清明螺、菜花塘鳢与菜花甲鱼，都因它们开春后吸足了养分，才此时最嫩而鲜美，过了清明，螺蛳要生子，鱼骨鱼肉都老了。螺蛳之美，我以为是在葱、姜、酒、酱油在壳里汪成的那一注鲜汁。炒螺蛳时，旺火，葱姜被油爆香，再下酒与酱油，激起香雾，烹成的鲜汁，都被螺蛳吸纳进去。嘬螺肉时，鲜汁就包裹了螺头。在鲜汁漉漉之中你才感受到螺肉的紧致。

塘鳢鱼是乌黑，大嘴，身小，滑而黏。炒螺蛳、塘鳢鱼炖蛋，都是当时寻常百姓的春令美食，之所以用塘鳢鱼炖蛋，说明其小，炖在蛋里是为不让其肉散。这种嫩鱼，只要入水一汆，就会皮开肉绽，惨不忍睹，所以，汪曾祺先生说用它汆汤，肉已难用。塘鳢鱼最鲜美在腮边的两块肉，可是传言招待国宾专用其腮上之肉为羹，我还是难以想象。

有关菜花甲鱼的记忆倒不是儿时，因为我母亲不喜欢甲鱼，说甲鱼腥，所以儿时是没吃过甲鱼的。难忘的菜花甲鱼记忆是20世纪80年代年代叶兆言招待的一顿家宴。兆言能做一手好菜，我在他家里吃过汽锅鸡、蛇羹，当时他在菜市场买了一个个巴掌大的甲鱼，用八宝甲鱼的做法，肚里塞上调料与配料，清蒸，毫无油腻，只有清香，鲜嫩无比。

春笋当然是此时最美的食材，腌笃鲜也就是最美的春菜了。腌笃鲜必须是好肉好笋，才能成就一锅好汤。好的咸肉应该是鲜而不咸，好的鲜肉应该是仍留有鲜活，冷冻过的肉，鲜活就不会有了。笋呢？最好是孵鸡笋，也就是母鸡孵小鸡时长成的笋，这种笋壳黑中含紫，笋白而肥，不会嚼而有渣。我固执地认为，腌笃鲜除了肉与笋，是不能有其他味道混杂的，各种混杂，就变成杂烩了。咸肉、鲜肉、竹笋、莴笋这四种原料，其他三种原料用小火煨成之后，最后才下青翠的莴笋。现在餐馆供应的腌笃鲜咸肉死咸，鲜肉与竹笋都带着陈腐气，莴笋又是暖棚种植的那般木然无味，油腻腻死沉沉的还有什么香味？

其实，我以为讨论时令饮食一定不能离开时空关系，即此地人与此地时令食品之关系。苏州人与杭州人不同，南京人与北京人更不同。一方水土养一方人是时令饮食的基础，过去江南水乡的水道到处相通，后来到处掩埋、截流，大地

的毛细血管都被堵塞了，污染是必然的。现在要恢复原有的
生态，这是一个漫长的过程，恢复原有生态才有健康的饮食；
回复到大自然环抱、哺育我们的状态，才有真正含义的节令
饮食。这些看起来是很遥远，但只要现在真正开始意识，重
新真正做起身体力行，最起码还能造福后人吧。

腌笃鲜

在上海菜里我最喜欢"腌笃鲜"，是因为儿时对母亲拿
手的这一道菜的记忆。"文革"前，总觉得那是一个平静而
又温馨的家：一个天井与一所小木楼，天井上的天总是碧蓝
碧蓝，那时候母亲还年轻，又属知识女性，弄堂口有一家小
书店，母亲除了夏天，基本晚上都是坐在被窝里读书，借一
本书也就是几分钱，一本书常常成为家里兄弟姐妹传阅的对
象。

母亲对做菜没有专门的研究，但有几样菜至今牢牢镌刻
在我的印象中，"腌笃鲜"是其中之一。那时候家里最爱吃
的是母亲在腊月里腌的暴腌肉，暴腌的意思也就是用很短的
时间，把鲜肉腌成咸肉，腌成的肉不咸，腌过之后增加了鲜味。
就腌肉而言，用料、时间都至关重要，把握不好，腌成的肉

是死的，不仅肉质老，而且只有咸味。母亲的肉腌成之后，只要上屉一蒸，浓浓的香味就钻进你鼻子，吃的时候嫩、肥而不腻。这样的肉，腊月里就吊在通风处，到正月就可以吃"腌笃鲜"了。母亲说过，"腌笃鲜"实际是一道春天的菜，最好的是正月、二月，用春笋，也就是最好的燕笋，这是刚刚顶出土的嫩芽，配以春天的小蹄髈。这时候的笋比肉还要好吃，"鲜得眉毛都要落掉"。但初春时候莴苣是没有的，所以这道菜里缺了色彩，也缺一种特殊的清香。到了清明，燕笋变成了淡笋，母亲又叫"孵鸡"，不知什么典故。这时笋的质量比燕笋差，但有了莴苣，那绿在汤里有一种近似透明的感觉，两种笋的对应与鲜肉、咸肉实在有一种阴阳交错之意。到了春末，母亲说，笋变成"蜜竹"，咸肉已经开始变黄，笋只能说勉强还可以吃。到了"五月九"，笋变苦了，"腌笃鲜"就吃不得了。

母亲的"腌笃鲜"，先炖咸肉与笋，因为笋是用文火越炖越有味。以她的说法，这道菜最主要是吃笋，肉与笋是苏东坡的两大爱好，所谓"宁可食无肉，不可居无竹，无肉使人瘦，无竹使人俗，不俗加不瘦，竹笋加猪肉。"所以肉与笋之间，肉为笋，也就是说，咸肉、鲜肉都是为了把不同的鲜味给笋。因为笋自己只有竹林中的一股清气，其鲜在"清"，但好笋在嫩而空，能吸收汤中精华，于是先要用咸肉来调汤。在分清主次之后，火候就成为第一要素，要把咸肉、鲜肉的味道"笃"到竹笋里去，肉要去其油腻，还要嫩而好吃，把握的都是时间。小蹄髈是后入的，因为春天的蹄髈本身也是嫩的，炖时间长了就烂了。而莴苣要保证其颜色还要入味，时间更难把握，稍短难以味融合，稍长颜色黄了，也酥了，不会有质感。母亲的说法，四种原料，咸肉、鲜肉、最后是莴苣，是一步步托笋，最后竹笋与莴苣成为"春八鲜"的代表，有钱人家肉可以不吃，吃的就是笋。母亲强调的是这道菜的"清"——面上的浮油必须一层层撇掉，所以最后端上来，汤是清的。而料的新鲜也是这道菜的关键，笋必须剥出来时雪白的，说明刚刚出土，是新鲜的，时间长了就变黄了。而且壳剥完就要马上下锅，见风就硬。燕笋为什么好？因为是承雪寒露，"凌九冬而濯颖，冒重阴而发翠。"当然，蹄髈也必须是刚杀的猪——那时候还没有"冷气肉"。

母亲是以她读书读到的文化做的家常菜，因为情感的浸洇，所以才在我的记忆中格外鲜美。后来又从书中读到关于这道菜的各种讲究。比如清代大才子袁枚看好燕笋为笋中佳品，诸燕笋中又天目山产为最好，而天目山燕笋又必须出重价专选篓中盖在面上者，因为卖笋者都会把最好的放在面上，"下二寸就掺入老根硬节矣。"而买了笋不能去壳、不能用刀，不能用水洗，只能用布擦净，目的就是不要"走掉真气"。

再后来钻研"腌笃鲜"的名称，在上海话里，突出的是"笃"、"腌"。"笃"不是静态的用文火炖的意思，有一种微微沸腾地蒸腾着水汽的感觉，是一种动态。也就是说，这"鲜"是"腌"、"笃"出来的。但值得注意的是，这"笃"字在上海话里是一种动态的炖，而词义本身有加厚、增厚的意思。《礼记·中庸》中有"故天之生物，必因其材而笃焉"。也就是说，在"笃"之中鲜而变得浓郁。"鲜"的前提是肉之鲜、笋之鲜，其鲜味经"笃"综合之后，成为"鲜"之厚。

现在，"腌笃鲜"是一年四季都可以吃到了。北京的江浙馆子多起来，无论上海菜、杭州菜中都有这道菜。端上来之前，总寄予某种期望；端上来后，总是一次次点而一次次失望——那种记忆中的香气再也闻不到。总是一种黄色的主调，油汪汪的汤中是黄的笋与颜色发白的莴苣，咸肉的瘦肉处有一点红，如此而已。在油腻中，你往往兴趣全无。而咸肉是死的，笋是苦的，经常有老根，汤也不能喝。每每点这道菜总受到朋友们的嘲笑——母亲强调的春天的背景没有了，汤中的清气也没有了，那么，谁喜欢这样油腻得好像是贫下中农吃的菜呢？回家向母亲请教，母亲已经老矣，已不可能自己腌肉。咸肉是妹妹上集市买的，是最好的品种，小蹄髈还能找到，但在城里，刚宰杀的"热气肉"好像也到处不可寻。正月里燕笋倒是燕笋，但不会是农民自己竹林里的，因为房头上的竹林早就没了。母亲用颤巍巍的手把它们整理在一起，但"笃"的时候，同样没有记忆中那种令人激动的香气。端上来时候，依然没有那样的绿与那样的白，也没有记忆中那样浓郁的鲜。再向母亲请教，母亲说，"港度（上海话傻瓜）！侬小辰光吃啥，现在吃啥？现在吃龙虾、鱼翅、鲥鱼都是家常便饭，竹笋、咸肉、蹄髈再有啥吃头啦？"

介 子 推

最早《左传》中用介之推，从《庄子》后都用介子推，东汉蔡邕辑成的《琴操》中变成介子绥。介子与介之词义不同，推与绥的字义也不同。介本意是善，介之强调善的介入，《诗经·大雅·板》中由此有"介人维藩，大师维垣"句。介人就是善人，藩是篱笆，垣是墙，师是众。此句意思为善人可成国家篱笆，善众可成国家城墙。介子是庶子，不能僭越宗子，是等级身份。宗子是长子、是士；庶子在嫡系外，是大夫。绥的原义是拉车的绳索，引申为安抚，强化牺牲的含义。

《左传》中的介之推，是独善其身的典型。晋公子重耳因恐惧骊姬掌握生杀大权出逃，随从有狐偃、赵衰等 5 位，未提介之推。出逃后在母国狄住了 12 年，随后从卫国到楚国，所有经历，都无介之推割股事。等到结束长年流浪，成为晋文公，回国后赏赐随行者，介之推不提禄位，晋文公也未想到他。介之推就说，晋文公成功，是"天未绝晋，必将有主"的结果，"二三子"以为是自己之力，是无中生有，窃人财是盗，况贪天功以为己有？在下以此罪过为合理，在上再给犒赏，这是上下相蒙，我难再与相处。他母亲就问他，你何不也去求赏？这样无声无息，怨谁呢？他说，知错而仿效，是罪上加罪，况且我说过不要俸禄。他母亲又说，也该让他知道知道，如何？他说，告诉他，就如展示身上的饰物，连身都要隐去，还需要饰物吗？他母亲说，如果这样，我就与你一起隐去，母子于是一起隐居至死。晋文公求之不得，就封绵上为介之推的封地——"以此记载我的过失，表彰善人"。

之后，《庄子·盗跖》中，"之"改成了"子"，以突出他非士，本不在犒赏内的身份。这一章描述孔子试图劝善，盗跖却以嬉笑怒骂，给予伦理道德尖锐的批判。跖字本义是脚跟，引申义就是践踏，介子推是盗跖评论的六位不得好报的贤士之一。他尽忠到割下腿上的肉供文公充饥，但文公最后却抛弃了他，使他怒而走，最后抱木而被烧死。跖说，这些贤士无疑是为祭祀被屠宰的狗、为牺牲被沉河的猪、拿瓢要饭的乞丐，重名轻生，不顾惜本家性命。明显把意思颠倒了过来。

再之后，吕不韦的《吕氏春秋·介立》中，出现了《龙蛇歌》。介立是特立独行，吕不韦沿用介子推名，但给予他一种清高。他先感叹，重耳当年出逃时，又穷又贱，介子推紧随不去，"有以有之"；等晋文公回国，万乘相随，介子推却离开了，"无以有之"。他说，晋文公能患难，不能富贵，由此力能霸，德却不能为王，然后描述，介子推不受赏，赋诗为，"有龙于飞，周遍天下。五蛇从之，为之丞辅。龙返其乡，得其处所。四蛇从之，得其露雨。一蛇羞之，桥死于中野，悬书公门，而伏于山下"。这里的桥是槁，古字桥、槁通用，是枯槁而死。

晋文公听到后说，"嘻，此必介子推也"，就下令，得介子推者，封上卿，赐田百万。有人由此在山中见到背柴戴竹笠者，问：请问介子推安在？答：介子推不想见而想隐，我又如何知道呢？遂背影而去，"终身不见"。很具文学意境。

吕不韦后，汉文帝时的博士韩婴在《韩诗外传》中，改变了《龙蛇歌》的味道，说庆功酒喝过三巡，介子推捧觞而起，沉吟道："有龙矫矫，将失其所。有蛇从之，周流天下。龙既入深渊，得其安所。蛇脂尽干，独不得甘雨，此何谓也？"晋文公就说，寡人之过，马上封你爵，赐你田。介子推就说，我听说君子之道，求得之位不居，争得之财不受，遂隐去介山之上。

司马迁《史记·晋世家》叙述这段故事比较详尽，他先强调重耳逃亡时身边有五个贤士，介子推只是"其余不名者数十人"之一。介子推没有割股，倒是赵衰与咎犯把重耳灌醉，强迫他离开齐国的安乐窝。重耳醒后大怒，欲杀咎犯，咎犯说："杀我成你，正是狐偃之愿。"重耳说，"事不成，我食舅氏之肉"，咎犯与狐偃都是他舅舅，咎犯就说："事不成，犯肉腥臊，何足食！"后来，秦穆公送重耳渡黄河回国，咎犯对他说，臣随君周旋天下，过多矣。臣犹自知，况君乎？请从此去矣。重耳就把璧扔到河中说，回国后若不与你同谋，河伯见证。介子推由此笑道，咎犯以己功要价于君，足够羞耻，吾不忍为伍！就此隐去。最后是他的随从可怜他，悬书宫门，《龙蛇歌》为："龙欲上天，五蛇为辅。龙已升云，四蛇各入其宇，一蛇独怨，终不见处所。"

司马迁后，刘向的《说苑》在卷六"复恩"中，以《史记》晋文公过河时与咎犯的对话，嫁接了《左传》中介之推"二三子者以为己力，不亦诬乎"的观点。刘向记载，也是介子推退隐后，随从将《龙蛇歌》悬书宫门，但内容为："有龙矫矫，倾失其所。五蛇从之，周遍天下。龙饥无食，一蛇割股。龙反其渊，安其壤土。四蛇八穴，皆有处所。一蛇无穴，号于中野。"又不同。

应该说，到蔡邕的《琴操》，介子推故事的前因后果才更清晰。《琴操》中，《龙蛇歌》变成"有龙矫矫，遭天谴怒。卷排角甲，来遁于下。志愿不与，蛇得同伍。龙蛇俱行，身辨山墅。龙得升天，安厥房户。蛇独抑摧，沉滞泥土。仰天怨望，绸缪悲苦。非乐龙伍，怏不眄顾。"安厥房户，厥是助词，房户是门户；最后是与龙为伍，毫无快乐，怏是火烧——被火烧着懒得斜眼一瞥；更突出忠臣与君王的悲伤关系。《琴操》最后记载，晋文公焚绵山而求，介子绥抱木烧死，晋文公哀之，令民五月五日不得用火。到范晔的《后汉书》中，才有民俗寒食为纪念介子推禁火的记载。范晔已是南朝宋人了。

苏东坡的《寒食诗帖》

　　《寒食诗帖》在四大行书中排第三，前两位，就我自己趣味，喜欢颜真卿的《祭侄稿》肯定超过后人临摹的《兰亭序》。一方面，颜真卿以古朴、厚重表现行云流水，王字风姿就显出意气孱弱。另一方面，以洒畅表现哀婉之行行重行行，行色之伤自然更撩人心魄。曾有幸在台北故宫看到《祭侄稿》真迹，其中"贼臣不救，孤城围逼。父陷子死，巢倾卵覆。天不悔祸，谁为荼毒。念尔遘残，百身何赎"，何其悲愤！"遘"是遭遇，所记天宝十五年二月，颜季明随其父颜杲卿遭安禄山杀害一事。颜杲卿是颜真卿的族兄，司马光《通鉴考异》中专有颜杲卿传。"贼臣"指颜杲卿反安禄山后，当时太原节度使王承业不仅私改奏章，据功为己，而且拥兵不救，致常山城破，颜杲卿父子并颜家 30 多人被害。

　　苏东坡的《黄州寒食诗帖》在趣味沉郁上很接近颜真卿。他中年好颜鲁公，况且颜真卿也有寒食帖："天气殊未佳，汝定成行否？寒食只数日间，得且住为佳耳。"是一手札。

　　因为反对王安石的新法，苏东坡元丰二年（公元 1079 年）七月入狱，死里逃生后贬谪黄州。《寒食诗帖》作于到黄州三年后，原诗为《寒食雨二首》。第一首："自我来黄州，已过三寒食。年年欲惜春，春去不容情。今年又苦雨，两月秋萧瑟。卧闻海棠花，泥污燕脂雪。暗中偷负去，夜半真有力。何殊病少年，病起头已白。"这里用了两个典。杜甫的《曲江对雨》有"林花著雨燕脂湿"，"燕脂"即"胭脂"，苏东坡将花红零落、泥污燕脂与雪组合成极丰富的意象。而"暗中偷负去，夜半真有力"，典出《庄子·大宗师》中的"藏舟于壑，藏山于泽，谓之固矣，然夜半有力者负之而走，昧者不知也"。意思是，壑可藏舟，泽可藏山，好似不可动摇，但夜半就可能鬼斧神工，运行推移，愚昧者不知天地间变化无法预料。苏东坡在这里将人人都期冀这样改变自己命运看作碌碌无为——心力交瘁中，一个少年，一觉醒来，已经白了头发。

第二首："春江欲入户，雨势来不已。小屋如渔舟，蒙蒙水云里。空庖煮寒菜，破灶烧湿苇。那知是寒食，但见乌衔纸。君门深九重，坟墓在万里。也拟哭途穷，死灰吹不起。"前三句写落魄贫寒，漏屋空檐，苦雨凄风。"君门深九重"出自宋玉的《九辨》，"岂不郁陶而思君兮，君之门兮九重"，用到这里变为感叹："欲归朝廷邪？则君门九重深幽；欲返故乡邪？则坟墓有万里之遥。"与"东坡居士酒醉饭饱，倚于几上，白云左绕，青江右回，重门洞开，林峦岔入"形成鲜明对照。最后的"哭途穷"，典出杜甫《陪章留后侍御宴南楼》"出号江城黑，题诗蜡炬红。此身醒复醉，不拟哭途穷。"而"死灰"包含的典故是，按律历，阴阳和才有景色，律气应才灰飞，

"灰飞之通，吹而命之，则天地之中声也"，"中声"是中和之声。苏东坡将自己看成"死灰不起"，一种深刻的穷途渺茫。

写这《寒食雨二首》时，苏东坡的"雪堂"刚盖成。对照《雪堂记》，能读到与林语堂描述不同的另一个东坡居士。据孔凡礼先生《苏轼年谱》，"雪堂"开工于这一年正月十五，东坡自己说，因落成大雪之中，四壁又以绘雪装饰，"环顾睥睨，无非是雪"而命名。《雪堂记》味道在虚拟了一个来客，这个来客先追问，你究竟是脱世俗而出，还是被世俗拘禁？大禹治水、庖丁解牛，都以至柔施以至刚，至刚遇至柔，才不需见到全牛。你有智慧，用于自己就是，为什么要像刺猬那样，时时耸起脊背，将猬毛丛集于外？风影无迹，这是连小孩都懂的道理。名如风影，你却独留之，所以愚者见你回避，智者起而倾轧。你今天知道这些已晚，我带你到藩篱外一游吧。不仅势利、名誉、阴阳、人道是藩篱，智商也能成为藩篱。人之患是因有身，身之患是因有口。你筑堂隐身，绘雪隐心，身安堂中，即形拘其中；心清于雪，则神固其中。智能既已烧为灰烬，筑堂又将复燃，重新蒙蔽于你。你见到雪光刺目，感觉寒气刺骨了吗？五官为害，目光为最，我看你是以知为目，危在其中。东坡描述这客人以手杖指四壁说，此凹凸如雪下起伏，大风过后，凹者留，凸者散，天会喜凹厌凸吗？不过是大势所趋，均也。天且不能违，况人乎？你到这里，本来避人远之，现在筑堂而起，堂不就是名，不就是雪在凹处吗？

东坡文章的好处，就这样，经常有逻辑极强的层层追问，先将人生笨拙揭露到体无完肤。这是借他人口回答"我思故我在",然后在深刻穿透基础上,再有超然之上的不以为然——这才是清醒的洒脱。《雪堂记》中他的回答是:你所说都对,但你以为登春台与入雪堂,是一样的吗?以雪观春,则雪静;以台观堂,则堂静;静得而动失。古之神人黄帝游走赤水河北,登临昆仑山巅,游为适意,望为寓情,意适于游,情寓于望,则意畅情出,适然性情而为,可以忘其本。他的意思,性情第一,才是看透人生险恶后,不动声色,唯一的安身立命之处。

　　苏东坡在黄州一共待了 4 年,元丰七年正月,神宗就有了"苏轼黜居思咎,阅岁滋深,人材实难,不忍终弃"的批示。四月他离开黄州时,有《别黄州》诗:"病疮老马不任鞿,犹向君王得蔽帏。桑下岂无三宿恋,樽前聊与一身归。长腰尚载撑肠米,阔领先裁盖瘿衣。投老江湖终不失,来时莫遣故人非。""鞿"是马笼头,"瘿"是生于颈部的瘤。可与此诗对照的是他在当时写的《谢移汝州表》,其中写到当时心境是:"只影自怜,命寄江湖之上;惊魂未定,梦游缧绁之中。""缧绁"是捆绑囚犯的绳索。带着这心境回到官场,这年七月他专到金陵会晤了王安石,在政治态度上达成了某种默契。

清　明

　　清明现在与端午、中秋一起，成了承袭传统的大节，倒是有必要将它追究一番。

　　按照清代学者赵翼（1727年—1814年）在《陔馀丛考》中的说法，二十四节气确定在《逸周书》中，却是慢慢发展形成。比如相传为夏代历书的《夏小正》中，只有"启蛰"这个名称，"正月启蛰"，正月梅、杏、山桃都开花了，可见与今天的时节不同。到西汉初，惊蛰、雨水都在正月。《逸周书》包裹以周书名义，其实能确定是西周的部分寥寥无几，所以其中对二十四节气特别清晰的叙述，被认为有可能是西汉中后期记录。它描述清明这个节气："清明之日，桐始华；又五日，田鼠化为清明；又五日，虹始见。桐不华，岁有大寒；田鼠不化鴽，国多贪残；虹不见，妇人苞乱。"鴽就是鹌鹑。清朝学者陈逢衡对这段文字的解释特别有意思，他说，桐树中虚外实，最易得气，不开花是因为阳气不到。田鼠耗物害民，变为鹌鹑是为善，如不能变化就成鼠灾。虹是阴阳交接，阳倡阴和之象，它失节不见，阴气堆积，家里妇女就会包藏淫乱。

　　清明作为节气，最早有可能是出现在战国初管仲留下遗说整理成的《管子》里。《管子·幼官》中，是 12 天为一个节气，而非 15 天。春天 8 个，夏天 7 个，秋天 8 个，冬天 7 个，一年四季共 30 个节气。这是当时齐国使用的时节，清明是春季第五个节气，如果从二十四节气的立春开始计，60 天正好是清明。但当时齐国以冬至开始计春季，60 天则是二十四节气中的雨水。

刘安的《淮南子》中的记载也可能早于《逸周书》中的"时训解"。《淮南子·天文训》中记，冬至后 45 天立春，立春 60 天清明。但他解释清明这个节气是，"清明风至，音比中吕"。清明风也就是东南风，天有八气，所以地有八风。《淮南子·天文训》中这样确定清明风：冬至 45 天后，立春条风至，条风是东北风，引万物出。条风 45 天后春分明庶风至，明庶风是东风，表明众物尽出。明庶风再 45 天后才是清明风至。按这个时间，清明风对应的应是立夏。仲吕是古乐十二律的第六律，也对应立夏所在的农历四月。《礼记·月令》说，孟夏之月，律中中吕；中吕在气候中的意思是，微阴始起未成，著于其中，帮助农历三月的第五律姑洗发散阳气而成万物。

仔细看，清明的位置，就这样充满矛盾。它位于农历二月，但现在对它意义的解释，却对应农历三月律姑洗。东汉班固的《白虎通·五行》这样解释姑洗的含义："三月律谓之姑洗何？姑者，故也；洗者，鲜也；言万物皆去故就其新，莫不鲜明也。"物生清洁，洗除其枯，后来唐朝孔颖达对清明的这个解释，显然就来自班固对姑洗的定义。

　　清明为节始于唐朝，但缘由却还是寒食，所以《初学记》、《太平御览》，唐宋两代类书中都只有寒食而无清明。也就是说，寒食为节，扫墓也是历朝所流行的寒食节时俗。《唐会要·寒食拜扫》中有这样的记录："开元二十年四月二十四日敕：'寒食上墓，礼经无文，近世相传，浸以成俗。士庶有不合庙享，何以用展孝思？宜许上墓，用拜扫礼，于茔南门外奠祭撤馔讫，泣辞食余于他所，不得作乐，仍编入礼典，永为常式。'"这段话的意思是，扫墓在礼仪上没有说法，近世相传习以成俗，士民无庙堂可供祭祀，怎么寄托孝思呢？所以准许行拜扫礼，在南门外祭奠后，撤下的食品要到别处去吃，不许喧闹，并编入礼典，以后永远为继。在什么背景下要专门准许墓祭？清初大学问家顾炎武的《日知录》中有《墓祭》一文，说得特别清楚。

　　顾炎武说，人们开始以墓为坛，是因《礼记·曾子问》中，曾子问孔子，皇家子弟有罪到他国，成为贱民，宗庙不能相随，可以祭祀吗？孔子说，"望墓而为坛，以时祭"。有此记载，才出现"陵之崇，庙之杀；礼之渎，敬之衰"——从秦始皇开始，无视宗庙之礼，在墓侧加盖寝殿，到汉代不改。因为之前一直是墓藏庙祭，已故者只在宗庙立一个牌位，所谓"墓而不坟"，死者穿上厚衣，葬于苍梧之野，不封不树，也就是不起坟，不种树，回归黄土，不需标识，后人也保他们一个清净。有了陵寝，祭仪就越来越繁复，遇晦、朔、二十四节气、伏、腊、四时祭日都要上饭。期间，魏文帝即曹操的儿子曹丕曾下令不造陵寝，晋宣王曾遗令，子弟群官不得谒陵，但终归难敌帝王期望死后维持生前尊崇的潮流，所以，垒坟立碑是帝王倡导的习俗，到唐明皇时墓祭才真正被认可。其实，东汉郑玄解释《礼记·曾子问》的"望墓而为坛"，认为，"望墓"还是在家里——庶民没有宗庙，可以在家里，"望墓为坛"。

赵翼的《陔馀丛考》中也考证墓祭，开头引用了晋朝傅纯的说法："圣人制礼，以事缘情"，以冢与棺木藏形，是为避凶；立宗庙以安神，是为奉之以吉；"送形而往，迎精而反，此庙墓之大分，形神之异制也"。送形不再为累，只留精神续接后代，早期老祖宗真是充满睿智——事实是，竖了墓碑的，确实时时被盗墓贼或祭奠者惊扰，死无宁日。

由此，清明节的传统究竟是什么呢？

现在我们说到清明，都会提到相传为杜牧的名诗"清明时节雨纷纷，路上行人欲断魂。借问酒家何处有，牧童遥指杏花村"。但《樊川诗集》，包括补遗、别集、外集中均无此诗。此诗最早见于宋朝谢枋得所编的《千家诗》，因谢枋得所选伪诗多，所以后世学者认为它有可能是伪诗，不说杜牧的年代清明尚未成节，意境也不似杜牧。中华书局近年所编《杜牧资料汇编》中汇集唐之后300多人对杜牧诗品评，只有明朝谢榛一人在《西暝诗话》中提到此诗，还认为"借问酒家何处有"的气格不高，建议改为"日斜人策马，酒肆杏花西"。谢枋得自己的诗评，对此诗都视而不见。

春　思

　　又到春思时节。春思诗中，最脍炙人口当然还是李白的"燕草如碧丝，秦桑低绿枝。当君怀归日，是妾断肠时。春风不相识，何事入罗帏。"三十字，每一字都无须注解，看似信手拈来，却包含了那样深切的悲伤。这就是李白。

　　"燕草"与"秦桑"，表达的是遥远的距离。燕北天寒，燕草初生时，秦地的桑树已是繁绿满枝了。形容纤细青草"如碧丝"太有味道了。皮日休后来用"碧丝"，我很喜欢的句子是"扑地枝回是翠钿，碧丝笼细不成烟"。而"情眷眷而怀归兮，孰忧思之可任"，以李白自己用过的句子来联想："尔去安可迟，瑶草恐衰歇。我心亦怀归，屡梦松上月。"最后的"春风不相识"，我读到的是无尽的空寂中的感伤。

　　杜牧的《春思》大约就是此诗所引发的吧："岂君心的的，嗟我泪涓涓。锦羽啼来久，锦鳞书未传。兽炉凝冷焰，罗幕蔽晴烟。自是求佳梦，何须讶昼眠。"写得具体累赘了，我只喜欢其中的"罗幕蔽晴烟"。晴烟如何呢？"晴烟漠漠柳毵毵（sān），不那离情酒半酣"，"毵毵"是垂拂纷披貌，这样繁复的字早就被舍弃不用了。可是，少一个词，就抹去了一种意境。唐人写春柳用毵毵，是从《诗经》借来的，苏东坡后来用来写花雨："谁遣山鸡忽惊起，半岩花雨落毵毵"，多美啊。

　　春思词中我喜欢张先的青门引："乍暖还轻冷。风雨晚来初定。庭轩寂寞近清明，残花中酒，又是去年病。楼头画角风吹醒。入夜重门静。那堪更被明月、隔墙送过秋千影。"春分后，清明前，已是残花零乱了，"又是去年病"与"隔墙送过秋千影"用得太好了。至于"入夜重门静"的意境，今人只能幻想了。

　　范成大的浣溪沙则浅了："白玉堂前绿绮疏。烛残歌罢困相扶。问人春思肯浓无。梦里粉香浮枕簟，觉来烟月满琴书。个浓情分更何如。"

　　绮疏是雕花的窗户，自陆机用"玄云拖朱阁，振风薄绮疏"后，绮疏人独，绮疏就是诗人极重要的道具了。"梦里焚香浮枕簟，觉来烟月满琴书"也好，只是粉香太浓了。

桐花风软管弦清

关于梧桐，我首先想到的一个词是"魁梧"。"魁"最早意思是勺子，勺子头大而柄长，引申为头、首，再引申为壮伟。梧桐两字分拆，应该先有桐再有梧桐，桐是"荣"，"荣"最原始意思应该是繁茂，而"梧"与"魁"那个勺子有关——梧桐每年结子，那子起先成对结在荚中，两颗、四颗，最多六颗，可染青碧色。到后来荚绽为五片，每片如箕，子就皱成黄色缀于一个个箕中，那箕就如勺子。

梧桐与壮伟联系在一起，大约首先是因为它长得直、长得高，所谓"一株青玉立，千叶绿云委"。"梧"与"魁"相聚，有"梧岸"之称，南朝梁江淹的"左览苍梧，右睨邓林，崩石梧岸"很有气势，但实际梧桐从气质上又魁伟不到那种程度。在桐树中，按说泡桐比梧桐长得快，也显粗壮。但这"魁"又用不到它头上——古人称泡桐是"白桐"，泡桐花白紫色，并无"风清暗香薄"那样的诗意，所以古人认为它"华而不实"。古人称梧为桐，并进一步夸张的原因，我想是因为青桐有高洁貌——皮清如翠，叶缺如花，妍雅而华净。按古人说法，"桐枝濡毳而又空中，须成气而后华。"濡毳就是柔韧、柔润、柔软的细枝，这又是细腻的繁茂。

梧桐在树中地位与凤凰联系在一起，因凤凰而成富贵。在《庄子·秋水》中，凤凰称为"鹓雏"，它发于南海而飞于北海，"非梧桐不止，非竹实不食"，而竹子开花结实之时就要死了。庄子此说是否依据《诗经》"凤凰鸣矣，于彼高冈；梧桐生矣，于彼朝阳"？这两句将桐华凤舞对应起来，《毛传》因此说，"梧桐盛也，凤凰鸣也，臣竭其力，则地极其化；天下和洽，则凤凰乐德"。其实在《诗经》之前，它的命名已经给予了身份——为什么只有它称"荣"？因为它与桃一起，三月就开花了。古人称"松柏冬茂，阴木也；梧桐春荣，阳木也"。不仅是"阳木"，而且凤凰喜好它内在的润泽——润泽成"理细而性紧"，勾引凤凰来仪。但光有霞彩还是不够味道。我读《秦记》里有一则有意思的故事，说当时长安有民谣说，"凤凰凤凰止阿房"，于是秦王苻坚就在阿房城外种了数万棵梧桐，等待凤凰。阿房宫其实早就被项羽烧掉了，苻坚是在遗址上修城。他在位28年，也曾威震四方，但前秦建元二十年（公元384年），慕容冲趁他与后秦王姚苌酣战，突袭长安。他调平原公苻晖统兵五万抵御，大败；再调前将军姜宇与河间公苻琳统兵三万决战灞上，又大败。慕容冲随后就进了阿房城，他字"凤凰"，而非神鸟。到第二年六月，慕容冲攻陷长安。这慕容冲其实为西燕打下了江山，公元384年他进阿房城就称帝"阿房"。但攻入长安后自以为得意，骄侈不羁，很快就被部下杀死，所以后燕创始者是慕容垂，纪年中根本未留他的名字。而长安城破，苻坚逃逸，最后被姚苌吊死。我不知是否因这段历史，梧桐就染上了苍凉意味。另一种苍凉当然还来自"梧宫秋，吴王愁"。吴王夫差当时的别馆楸桐成林，所以称"梧桐宫"。夫差与西施作长夜之饮处是春宵宫，梧桐宫在长江边上的句容。夫差最后被勾践强迫自杀与苻坚的命运似乎有些相似。

为强化梧桐的悲剧意味，古人还将梧桐与悲秋联系在一起，所谓"梧桐一叶落，天下尽知秋"，称它落叶最早。再以《尚书·禹贡》中的"峄阳孤桐"突出其"孤"，孤与苍凉能发出清雅之声。按说梧桐生于湿地，不生于高岗，《禹贡》说它朝阳生在峄山（位于今山东邹县）高岗，是称其难得。苍凉加上孤傲，也就寄寓了文人意境，王昌龄因此才有诗："凤凰所宿处，月映孤桐寒。槁叶零落尽，空柯苍翠残。虚心谁能见，直影非无端。声发调尚苦，清商劳一弹。"这里所说的"虚心"显然是指这桐木质地，梧桐就与古琴的清声联系在一起。苏东坡的说法，木料中外实内虚的只有这桐，其他木料都是"坚实如蜡"。《毛诗名物解》又进一步发挥，称它是"坚实为上、虚柔为下"，"其性虚以柔，故能受声以琴瑟"。琴瑟到底是谁开始创造？有说伏羲，有说神农，以《桓谭新论》说法，是神农削桐为琴，绳丝为弦。为什么以桐木？除虚柔，另有说法是因为桐也分阴阳之材——面向太阳一面为阳，背阴一面为阴。用阳材做的琴白天浊晚上清，晴天浊雨天清；阴材做的白天清晚上浊，晴天清雨天浊。我从南宋赵希鹄考古文物的笔记《洞天清录》中读到，有富绅为得良材制名琴，专派人入天台山，宿山寺。夜闻瀑布声正在檐外，清晨起来，见到瀑布下正对着一棵大树，大树正好朝阳，心想要是桐木必是良材，"以刀削之，果桐也"。桐木可以反应出优美声音，正是柔与利相砥的结果。按赵希鹄的说法，桐木要"年久，木液去尽，紫色透里，全无白色，更加细密，方称良材"。

梧桐因此好像自身也成为了一件乐器。春日所萌嫩叶，儿童将它卷为角可吹出声音，吹者多了，"声遍四野"。至夏日树上会有凝脂滴落，称为"梧桐泪"，滴泪后大叶才长成，变成掩映小院炎暑的桐荫。桐荫中雨滴疏声，风吹籁鸣，树好像自身都成微妙共鸣。此间意境，我觉得晚唐诗人聂夷中的"有琴不张弦，众星列梧桐，须知澹泊听，声在无声中"最耐琢磨。而到秋天，我喜欢秋色初染景象——"睡起秋风无觅处，满街梧叶月明中"。等"影散秋云薄，声喧夜雨长"之时，梧桐子随风飘零，"实满风前地，根添雨后苔"，声音就变成萧瑟。梧桐的诗意总与花月、霜井联系在一起。梧桐花如枣花，坠下如醴，因是紫色而具诗意。白居易有"叶重碧云云，片花簇紫霞"，元稹称它"怨澹不胜情"，"怨澹"两字有了神韵，而韦庄的"满院桐花鸟雀喧"是那样美丽的动静对比。月微之中，元稹又叹"叶新阴影细"，"风清暗香薄"。似乎是从魏明帝始，才将梧桐与空井联系在一起。在李白的"梧桐落金井"之后，有一首《井梧》较有味道："井梧彻夜下霜风，锦绣园林瞬息空。老尽秋容何足惜，凤巢吹坠月明中。"这井与桐要让夜月与霜雪染过，其色调是钢蓝的冷。

最后，按古人说，这梧桐的好处是"生则肌骨脆而嫩，死则材体坚而韧"，干燥时不会裂开，被湿气浸染也不会腐败。他活着时候因浸洇水分而重，死了以后因干燥而轻柔，所以轻是桐重也是桐。与松柏相比，"松柏有凌霄冒雪之态，苟就以燥湿则与朽木无疑。"

夏

Xia

立 夏 时 节

　　"杨花雪落覆白萍，青鸟飞去衔红巾"，就立夏了。作
为西王母的使者，青鸟立春时飞来，衔来绿色的种子；立夏
时飞去，给西王母捎去林花织成的红巾。红巾飞走，带来"胭
脂泪，相留醉"，红雨几滴飘过，便樱桃红熟春归去，杜鹃
啼月小楼西了。

　　"杨花"其实是飘飞的柳絮。那柳絮是在黄白两鸟的啼
啭声中，漠漠濛濛地轻扬起来的。它们无风自起，雪白轻盈，
无拘无束地萦绕在空巷里，就粘连了每一个翘起的檐角；含
嗔含笑地飘落到卷起的绣帘上，就更显出日高深院里风微影
移之寂寞。絮花无常，它们扑面不去，拂袖还来，趁暖风晴
雪，就乱了满城烟水。而按照古人变化的理论，杨花入水，
就会变为满湖飘飞的翠绿的浮萍。此时湖里、塘里，轻薄桃
花随水流过，已经变成了粉红绽开的菱花，杨花片片潜水，
变成翠萍如舟，挤开了菱花。浮萍破处，清澄而见青青的鱼
脊，鱼贯弄水纹，掉尾就漾出花影。而此时小荷才露尖尖角，
尚无蜻蜓立上头，那卷拢的叶尖渐渐松开，就有长脚的水虫
从卷叶里爬出来，弹跳到萍叶上去。萍开就绿池满了。

杨花扑帐春云热。此时,夏云尚未崛起,春云依然淡冶,
但花事已到荼蘼了。按照北宋宋祁的说法,荼蘼贱白贵黄,
花开在乱走长条的嫩绿之中,烨烨煌煌,娇黄成堆,引来无
数蜂蝶争宠。荼蘼蝴蝶浑无辨,飞去方知不是花。香郁慵暖,
自是蜂蝶劳累的时节。晚樱谢成了红粉,篱墙上,蔷薇浅深
却正爬出墙头,醉红成一片。晚花都是以密集之壮丽,前赴
后继地以浓香来别春的:蔷薇花开如火如荼,无风香自远;
荼蘼花开如痴如醉,随风香似霰。清香度风的还有藤花与桐花,
惆怅春归留不得,紫藤花下渐黄昏。而桐花是趁着夜色开花
的,微月照紫桐,月微花漠漠。天明之后,桐花为舞粉霓裳,
满城都是它的甜香,而桐花暗澹柳惺憁,就池带轻波柳带风了。

此时,茶烟香漫,落花不语空辞树,粉销玉碎,香冷红残,
枝上三分落,园中便二寸深了。鲜嫩、油油之绿已经肆无忌
惮漫过残存萎靡褪色的残花,浸染成鲜翠一片,光影游动,
那绿就如薄绡。风语绿叶婆娑,歌鸟隐于其间,浮云悠悠吹过,
绿就浓了,深了,它们是夏的主角。

此时,乡野里,夏早已替代了春:田埂上,荠菜已经高
举起顶花的茎,飘摇的衰老白花连成了片;二月兰纯真之蓝
早已褪去,蒲公英的种子已经被带向了四面八方。麦田已经
在变色,等待抽穗了;稻田里已经注上了水,映出尚未含表
情的云;布谷鸟开始练声了,蝌蚪们则在水沼里挤成了团,
每一个小墨点都生出了小脚,在争先恐后上岸成蛙了。

夏就这样,不等春暖热,便急匆匆地来了。黄鹂枝上啄

樱桃，摘来珠颗光如湿，而青梅早已酸倒了牙。夏是瓜果逐次成熟的季节。青梅、樱桃之后，蚕老枇杷黄——枇杷黄熟的时候，春蚕也就老了，要上山吐丝了。待它将丝吐尽，结成雪白的茧，残忍的人们就要抽丝以它为轻薄的夏服了。

麦

五谷究竟是哪五种？有不同的说法。

东汉郑玄（127—200 年）在注《礼记·月令》时，以黍对应木，麦对应火，麻对应金，菽对应水，稷对应土。在五行中，土为中心，所以稷为首，国家也称"社稷"。稷即粟，即今小米。最早以它为主，是因为它是纯正由我们祖先培育的最古老的粮食。后四种，黍即今黄米，菽就是豆，麻是芝麻。

比郑玄年长的赵岐（108—201 年）在注《孟子》"五谷熟而民人育"时，所称五谷与郑玄的说法不同。被他称为五谷的是，稷、黍、麦、稻和菽，用稻替换了麻，更准确，因为麻不是主食。稻是从南方向北方移植的，所以它最初也称

"稌"，《诗经·周颂》中的"丰年多黍多稌"，"稌"即稻。

这五谷中，现代学者一般认为，只有稷、黍是中原土生土长的。豆是东北的，据称是齐桓公时，管仲征山戎引回的。稻最早的产地在印度，是经泰国、缅甸流传至云南，再慢慢扩散的。小麦应该原产阿富汗一带，经西域进的中原。考古发现是支持这种说法的：中原仅安徽亳县一处考古发现了西周小麦；他处，都在新疆、青海一线发现。而它的繁体字是由"来"与"夕"组成，最早名称就叫"来"，一些人就根据东汉许慎（约58年—147年）《说文解字》中天赐周瑞麦，"天所来也，故为行来之来"的说法，以为这也是麦外来之证据。其实，许慎的这个解释是来自《诗经·周颂·思文》中的"贻我来牟，帝命率育"，贻就是赠予。这首颂是祭祀西周始祖的后稷的，西周以后稷配天，颂词说，洪荒之后，是后稷在杂草之中辨别出了"来"、"牟"，遵从天意，解脱饥荒，养育了万民。在《诗经》中，《周颂》的创作年代较早，"思文"中歌颂的是后稷对麦的发现。而将"来"、"牟"分别确定为小麦与大麦，是三国魏张揖的《广雅》。为什么这样分呢？因为"牟"是大。

麦究竟是本土发现还是从西域传进的，有一种说法认为大麦是本土的，小麦是西域的，原因也无非来自西方的结论，因为我们自己确实拿不出足够的证据。但小麦被大面积种植后，确实改变了中原地区的饥荒问题——"方夏之时，旧谷已绝，新谷未登，民于此时乏食，而卖最先熟，故以为重。

董仲舒曰，《春秋》于他谷不书，至无麦禾则书之，以见圣人于五谷尤重麦与禾也。"这是宋人罗愿（1136年—1184年）后来在他的著作《尔雅翼》中的总结。秦汉之前，禾是粟，即小米；之后指稻。小麦成为主食后，小米的作用减弱了。

其实，小麦原称为来，是其麦穗的象形，许慎的《说文解字》说，"一麦二夆，象其芒束之形。"这个"夆"通"逢"，是相遇，指一个芒中对称着两个麦粒。但我们现在读到清人段玉裁（1735—1815年）的《说文解字注》中，却订正为"二麦一夆"，完全曲解了意思。我们今天读到的，基本都是这个版本。

小麦秋种冬长，春秀夏收，秋天属金，夏天属火，所以"金生火死"。古人总结它是生长二百四十日秀穗，秀后六十日成熟，因为由四时之气哺育，所以寒温冷热渗透，外有微寒内有温热，养生家以为可养心气。《诗经》中对麦的歌颂，我喜欢《鄘风》中的"我行其野，芃芃其麦"，"芃芃"是苗壮生长貌，清风徐来，"麦风翻陇泼浓绿"，"邻惊麦野闻雉雊"那种感觉。

秦统一中国之后，才有了"麦"这个名称，它是"来"与"夊"的组合，"来"象其穗，"夊"象其根。麦作为粮食，究竟何时经春，去麦皮捣为粉；何时经石磨磨为细面？如果按照古人相传鲁班（约公元前507—444年）的说法，战国时期已经吃上了面。遗憾的是，在《周礼》与《礼记》中，我们找不到准确的记录。《周礼·天官》中说，"羞笾之食，

粮饵粉餈"，羞是美食，笾是竹制盛美食的容器，而粮饵粉
餈，后人经考证，还都是谷物煮熟之后，和以肉或蜜的拌饭，
或捣碎为饼，还不是磨成细面后的面点。《楚辞·招魂》中
的"粔籹蜜饵"，"粔籹"倒已经是蜜和成的环饼了。《广雅》
说它就是馓子。所谓的"寒具"也是它，刘禹锡有诗："纤
手搓成玉数寻，碧油熬出嫩黄深。夜来春睡无轻重，压扁佳
人缠臂金。"很美。

　　《说文解字》中开始有"麲"字，解释是"麦末"。《说
文解字》中还有了"䴤"与"麩"字，"麩"是石磨碾磨，"麩"
则是碾磨后的"屑皮"。有意思的是，北魏贾思勰后来在《齐
民要术》中，称"麲"为"勃"，段玉裁由此才注释说，"俗
语亦云'麲勃'，勃，取蓬勃之意。"这个"勃"，很可能
就是发酵的馒头了。

也 说 端 午

　　端午的"端"是随"午"给予的强调。我读到岳麓书社1996年修订再版，吴慧颖先生一本很有趣味的书《中国数文化》（第一版仅印 1200 册，再版也仅印了 5000 册），其中说到，数字"五"从"乂"字演变，本义就是交错。因交错在中，于是称"交午"。书中引林义光先生在《文源》中对"五"字解读，"二象横平，乂象相交，以二之平见乂之交也"。上下两横，一上一下，中间一个，正好表现阴阳相交。

　　"端"字本义为"正"。"五"为中，《易经·系辞上》："天一，地二；天三，地四；天五，地六；天七，地八；天九，地十。天数五，地数五。五位相得而各有合，天数二十有五，地数三十，凡天地之数五十有五，此所以成变化而行鬼神也。"天为奇数，一三五七九，五数相加为二十五；地为偶数，二四六八十，五数相加为三十；天地之数相加是五十五。天地数之和都是五的倍数，它们的总和正好二五相逢，所以五月五日称为"天中节"——它们碰在一起才是"正"，是"端午"，这一天午时则为正中之正。

　　但洪迈的《容斋随笔》中有"八月端午"一条，说唐玄宗的生日是八月五日，也称"端午"，引用张说的说法，称是"开元十六年八月端午赤光照室之夜献之"。其实张说是拍马屁，借用了"端"字从"正"引申为开始的意思。"端月""端日"分别是正月与正月初一，但八月端午就说不通了。

将"端"、"午"的本义相加，就是"交错为正"，这个"正"是天地阴阳的交错点，一晦一明，端绪纷繁。这个交接点要做什么呢？现在谈节庆文化的学者用的第一条信息，都是西汉戴德在《大戴礼记》中提出要"蓄兰沐浴"，辟邪护生。考据源于宋人李昉等学者编成的《太平御览》转引。其实在《大戴礼记·夏小正》中，只有"蓄兰，沐浴也"，并无"五月五日"特指。东汉张衡在《论衡》中，倒是明确提出要在这天午时以销炼五石制成之器（其实就是铜镜）磨砺生光，作阳燧向日取火。三国谢承在《后汉书·礼仪志》中提出"朱索、五色桃印为门户饰，为止恶气"。儿时记得长辈就以五彩丝线缠成一串三角，或制成网兜兜独头蒜成串挂蚊帐之上。到西晋，周处的《风土记》才有"俗重五日与夏至同，先节一日，以菰叶裹粘米，以粟枣灰汁煮令熟，节日啖。煮肥龟令极熟，去骨加盐豉麻蓼，名曰菹龟。粘米一名粳，一曰角黍，盖取阴阳包裹之象。龟表肉里，阳内阴外之形，所以赞时也。"但这也是《太平御览》的转引，我查《说郛》所收《风土记》，并不见此段记载。当然，《说郛》所抄典籍往往是摘录而非全本，但《初学记》中所引，则只有"仲夏端午，烹鹜角黍"八字。"鹜"是鸭子，是"烹鹜"、"角黍"，还是"烹鹜角黍"？若"鹜角黍"是粽子名称，又是什么意思呢？

粽子原名"角黍"，黍在北方是黄米，因此有人认为它先出现于北方。其实西晋时南方的糯米也已称"黍"，崔豹的《古今注·草木》："稻之粘者为黍"。而且周处原为吴人。

我相信"角黍"的原始之形像牛角。何晏集解《论语·雍也》的"犁牛之子骍且角"句时，就说因牛角长得周正，才用以作牺牲。祭祀用的酒器两头翘起，也如牛角。这周正的祭器迎合了"端"字。

农耕社会民俗最原始的目的，应该都为顺天时地利而驱灾避祸，所以角黍最早就该是"阴阳争"时的祭祀物。至于自南朝梁吴均的《续齐谐记》开始出现为屈原投江驱蛟龙之说，我以为是为"端正"而赋予的结果。屈原死于端午的说法本身就是后人赋予，后人认为他的绝命辞是《怀沙》，推断他死于顷襄王二十一年（公元前278年）。但《怀沙》首句是"滔滔孟夏兮草木莽莽"，"孟夏"是夏天第一个月，农历四月，与仲夏端午无关系。除屈原外，另有纪念伍子胥、曹娥、马援等说，我以为都是这种因缘。端午还有赠扇之俗。唐人冯贽《云仙杂记》"洛阳岁节"称所赠是"避瘟扇"，与艾蒿、雄黄、桃枝一样为驱毒免灾。但《唐会要》中引唐太宗赠扇的说法，则说是"庶动清风，以增美德"，还是与端正有关系。

粽子究竟应该用什么叶包裹？《风土记》中说是菰叶，菰是茭白或者一种菌类，茭白叶无法想象能包粽子，显然有误。但古人喜欢将"菰"与"芦"用在一起，"芦"就是芦苇。李时珍《本草纲目》中就把菰改成了菰芦："糉，俗作粽，古人以菰芦叶裹黍米煮成，尖角，如棕榈叶心之形，故曰糉，曰角黍。"但芦苇叶窄，粽子即使包成也极小。《续齐谐记》说"以楝树叶塞其上，以采丝缚之"，树叶怎样包裹？也难想象。到北宋乐史的《太平寰宇记》中说，"屈原五月五日投汨罗江，其妻每投食于水以祭之。原通梦告妻，所食皆为蛟龙所夺，龙畏五色丝及竹，故妻以竹为粽，以五色丝缠之。"普通竹叶太窄，需用箬竹叶。箬竹叶面青背淡，柔而韧，可用以编竹笠、做船篷，几叶相叠，粽子就大了。系粽子的绳，要是五色丝，入锅一煮就散了。《本草纲目》中指出，有一种专门系粽子的"粽心草"，也就是"龙常草"。这种长在水边的草细如龙须，可用于编草席、草鞋、草帽。

端午还有个有趣的说法，则是关于"守宫"的，说是端午午时捣专门喂以朱砂的蜥蜴，涂在女子臂上成红痣，就是"守宫"，可经久不灭，房事后才自然消失，以此检查女人的贞洁。这守身又联系着端正。端午捣"守宫"，《月令广义》始载于汉武帝。而晋人张华的《博物志》中说，蜥蜴要喂满七斤朱砂，喂到全身鲜红。朱砂是方士炼丹的主要原料，可入药。为什么要喂七斤？因为阳数七是女性生命的基数。以它试贞洁当然是荒唐事，但我读周作人《亦报随笔》中有"守宫砂"篇，将喂七斤朱砂解读成要让20厘米的蜥蜴长到七斤，"像大肥鸭那样大"，由此觉得这事不成。老先生也有读错古文的地方，多少就觉得也有些好笑。

粽　子

　　明张岱《夜寒船》记："汝颎作粽。"汝颎是汉人，可见粽子汉已有之。晋人周处在《风土记》中称粽子为"角黍"："仲夏端午，烹鹜角黍，端，始也。谓五月初五也。又以菰叶裹粘米煮熟，谓之角黍。"在《齐民要术》中，有《风土记》这一段文字的注："俗，先以二节日，用菰叶裹黍米，以淳浓灰叶煮之，令烂熟。于五月五日，夏至啖之。粘黍一名'粽'，一曰'角黍'，盖取阴阳尚相裹，未分散之时象。"

　　古时报粽子用黍。黍乃稷之黏者，有赤白黄黑数种。许慎《说文解字》："黍可为酒，从禾入水为意也。"魏才子《六书精蕴》："禾下从氽，象细粒散垂之形。""黍者，暑也，待暑而生，暑后乃成也。"黍是中国古代五谷之一，夏至之日，新黍成，古人早有尝黍并以黍祭祀之俗。《礼记·月令》："仲夏之月，日在东升，昏亢中，旦危中，其日丙丁，其帝炎帝，其神祝融，其虫羽，其音徵，律中蕤宾。其数七，其味苦，其臭焦。其祀灶，祭先肺。""是月也，农乃登黍。天子乃以雏尝黍，羞以含桃，先荐寝庙。"这里，雏是指鸡，桃指樱桃。

　　《月令七十二候集解》："夏，假也，至，极也。万物于此皆假大而至极也。"就是说万物生长茂盛，开始成熟。
崔灵恩《三礼义宗》："夏至为中者，至有三义，一以明阳
气之至极，二以明阳气之始至，三以明日行之北至，故谓之至。"
意思是：夏至之日阳气至极阴气始生。所以《礼记·月令》说：
"是月也，日长至，阴阳争，死生分。君子齐戒，处必掩身，
毋躁，止声色，毋活进，薄滋味，毋致和，节耆欲，定心气。
百官静，事毋刑，以定晏阴之所成。"这是说，夏至正是阴
阳交错之时，物之感阳气而方长者生，感阴气而已成者死，
所以又是死生分判之际。在这种时候，齐戒以定其心，掩蔽
以防其身，不要轻躁于举动，不要御进于声色，薄其调和之
滋味，节其诸事之爱欲，凡以定心气而备阴疾也。天地之气，
顺则和，竞则逆，所以百官都不要动刑法之事。因为刑是阴
事，举阴事就是助阴抑阳。总的说来，就是阴阳交接也是阴
阳明显相争之时，一切都要谨备，为的是消灾。晏，安的意思，
晏阴也就是要让阴安静。

夏至日祭祀，周代已有之。《周礼·春官·神仕》："以
冬日至致天神、人鬼，以夏日至致地祇物魅，以禬国之凶荒、
民之札丧。"冬至日阳气升而祭鬼神，夏至日阴气升而祭地
祇物。魅：百物之神。致人鬼于祖庙，致物魅于坎坛。《周
礼·春官·大司乐》："冬日至，于地上之圜丘奏之，若乐
六变，则天神皆降……夏日至，于泽中之方丘奏之，若乐八变，
则地祇皆出。"祭天地人神，都为顺其为人与物也。在周代，
夏至日祭地气物魅，黍只是其中之一，刚开始只是黍米而非

角黍。后人发明角黍,取角形是因为上古人有以牛角祭祖之俗,取其角形包以菰叶,是因为黍又称"火谷"。《尔雅翼》:"黍之秀特舒散,故说者以其象火为南方之谷。"火属阳,而菰叶水生而属阴,这就成了"阴阳尚相裹,未分散之时象"。

其实,角黍原是用以夏至节祭地祇物彪的,与屈原并无关系。

古时,其实夏至与端五是两个节日。端五,端,初也,五月的第一个五日,古"五"与"午"通用。端午节,最原始的说法,认为它起于上古三代的兰浴。《大戴礼记·夏小正》记:五月,"煮梅。蓄兰、颁马"。《大戴礼记》中说,五月五日蓄兰为沐浴。为什么要蓄兰沐浴呢?"此日蓄采众药,以蠲除毒气。"《楚辞》因此有"浴兰汤兮沐芳华"之句。《续汉礼仪志》:"五月五日,朱索五色桃印为门户饰,以止恶气。"《荆楚记》:"荆楚人以五月五日并塌百草,采艾以为人,悬门户上,以禳毒气。"《风俗通》:"五月五日续命缕,俗说以益人命。"浴兰、悬艾,都是为避毒,用五彩丝线绕臂、缠筒,俗称"续命缕",为益人命。应该说五月端午作为天中节,刚开始并无祭人的意思。因为阳气至极万物茂盛于是要避毒,因为防身避阴疾,于是要绕"续命缕",还是为顺应天时地和。

端午祭祀先祖,其实是后人赋予的内容。古人对端午,其实有种种说法,一说是祭介子推。东汉蔡邕《琴操》:"介子绥割其腓股以啗重耳。重耳复国,子绥独无所得。绥甚怨恨,乃作龙蛇之歌以感之,遂遁入山。文公惊悟迎之,终不肯出。

文公令燔山求之，子绥遂抱木而烧死。文公令民五月五日不得发火。"史书上，介子推曾割腓股帮助文王。文王复国后，赏赐随从臣属，介子推独无所得，因此怨恨，与母亲隐居绵上山中。传说文王请他出来，他都不肯出。文王烧山求他出山，他抱木而被烧死。邯郸淳《曹娥碑》说是祭伍子胥："五月五日，时迎伍君。"史载伍子胥尽忠于吴，后反被吴王夫差杀，抛尸于江，化为涛神。民间传说，伍子胥死于五月五日。《会稽典录》记，则为纪念曹娥："女子曹娥，会稽上虞人。父能弦歌为巫。汉安帝二年五月五日，于县江溯涛迎波神溺死，不得尸骸。娥年十四，乃缘江号哭，昼夜不绝声，七日，遂投江而死。"因纪念曹娥，又称"女儿节"。当然，最响亮者，自然为纪念屈原。纪念屈原说，始见于梁吴均《续齐谐记》："屈原五月五日投汨罗水，楚人哀之。至此日，以竹筒子贮水投米以祭之。汉建武中，长沙区回，忽见一士人，自云三闾大夫。谓回曰：'闻君当见祭，甚善。常年祭物为蛟龙所窃，今若有惠，当以楝叶塞其上，以彩丝缠之。此二物蛟龙所惮。'回依其言。今五月五日作粽并带楝叶、五花丝，皆汨罗之遗风也。"《异苑》因此说，"粽，屈原姊所作。"按《齐谐记》说法，因为怕祭屈原之米被蛟龙所窃，因此创造了粽子这种形色。因为蛟龙怕楝叶、彩丝。而李时珍《本草纲目》却说："糉，俗作粽。古人以菰芦叶裹黍米煮成，尖角，如棕榈叶心之形，故曰粽，曰角黍。近世多用糯米矣。今俗，五月五日以为节物，相馈送，或言为祭屈原。作此投江，以饲蛟龙。"因李时珍此种说法，故闻一多有"端午为持龙图腾崇拜民族的祭祖日"
之说。

而端午龙舟竞渡之俗，其实起于春秋越国，古说勾践于
此操练水军。《事物纪原》引《楚传》：竞渡"起于越王勾践"。
而到了《荆楚岁时记》，则记曰："五月五日，为屈原投汨罗，
人伤其死，并将舟楫拯之，因以为俗。"《岁华纪丽》归结说：
"因勾践以为成风，拯屈原而为俗也。"

五月五日其实又是"地蜡节"。《道书》："五月五日
为地蜡，五帝校定生人官爵，血肉盛衰，外滋万类，内延年寿，
记录长生。此日可谢罪，求请移易官爵，祭祀先祖。"

端午节其实包容比较丰富。最早以角黍祭地祇物魅应该
说是夏至之俗，后按《风土记》，端午与夏至俗同，所以把
夏至的祭祀搬到了端午。祭祀的内容与方式，应该说随时代
的推移，不断增加内容，但粽子祭祀的原意，应是取阴阳相
裹之意。据《风俗通》，古时此节还煮肥龟，"令极熟，去骨，
加盐豉、麻蓼名曰'菹龟'"。菹龟龟甲表肉里，阳外阴内之形，
也是阴阳包裹之象。痛悼屈原之说，其实只是后人因屈原之
伟大而日益发挥的说法，与粽子原意其实相去甚远。

粽子的异名，有称为"裹蒸"者。《表异录》："南史
大官进裹蒸，今之角黍也。"有称为"不落荚"者。《戒庵
漫笔》："镇江医官张天民在湖广荣王府，端午赐食'不落
荚'，即今之粽子。"元稹诗称为"白玉团"："彩缕碧筠粽，
香秔白玉团。"陆游诗："白白䭔筒美。"诗后自注："蜀

人名粽为餕筒。"

粽子其实有锥形，有秤锤形，有菱角形，也有枕头形的。包裹材料，有用茭叶、粽叶的，也有用芦叶、竹叶的，其馅，甜者如赤豆小枣、豆沙枣泥、桃仁芝麻松子；咸者如火腿咸肉、鲜肉鸭肉，以至于干贝虾仁。《酉阳杂俎》记："庾家粽子，白莹如玉。"今庾家粽，已不可考也。《西湖老人繁胜录》："角黍，天下唯有是都城将粽凑成楼阁、亭子、车儿诸般巧样。"《开元天宝遗事》："宫中每到端午节，造粉团角黍，贮于金盆中，以小角造弓子，纤妙可爱，架箭射盘中粉团，中者得食，盖粉团滑腻而难射也。都中盛于此戏。"

古人包粽子，甜者，还加入些许薄荷末，还有用艾叶浸米的，叫作艾香粽子。顾仲《养小录》记，粽子蒸熟后，可以剥出油煎，称油煎者为"仙人之食"。高濂在《遵生八笺》中则告诫：凡煮粽子，一定要用稻柴灰淋汁煮，也有用些许石灰煮者，为的是保持粽叶的青而香也。

芒 种 时 节

　　芒种这个名词出自《周礼·地官·稻人》："泽草所生，种之芒种。"转换成今天的文字是，泽草丛生的地方可种庄稼。这个"种"是指"先种后孰"——"五谷时孰，然后赏之以乐"，"孰"就是成熟的"熟"的古字。"芒种"用到节气上，"芒"指波浪般被暑气耀亮的麦芒，此时到了麦秋，麦可收割，已经"叶暗庭帷满，凉散麦风余"了。而"种"指稻谷，"麦秋桑叶大，梅雨稻田新"，此时秧田车水，过时不能再种了。

　　"燕支颗破麦风秋"，麦熟时节，想到潘岳描写"麦渐渐以擢芒，雉鷕鷕（yǎo）而朝雊"的意境。擢是拔，"离离麦擢芒，楚客意偏伤"，古人是处处触景感伤的。雉是野鸡，"雉鷕鷕"出自《诗经·邶风·匏有苦叶》中的"有鷕雉鸣"，鷕鷕是野鸡的鸣声。朝雊（gòu）出自《诗经·小雅·小弁》的"雉之朝雊，尚求其雌"，是求偶声苦。麦风金黄中，鷕鷕雉鸣是什么感觉呢？孟郊的"鷕鷕伸至明，强强揽所凭"多凄婉啊。

　　芒种时节螳螂生，伯劳鸣，反舌无声。螳螂、伯劳是因感知到微阴将萌而生，而鸣；反舌是阳鸟，则因感知到微阴暗沁而闭嘴无声。伯劳就是"劳燕分飞"、"歌谢百劳飞"的"劳"，它的鸣声局促，在檐花照月中，"空将可怜暗中啼"。

而反舌鸟是因感知阳气而"入春解作千般语，拂曙能先百鸟啼"的，因其鸣声数啭才称"反舌"，也因"笙簧百啭音韵多"而称"百舌"。麦陇雉朝雊时，它因悲花尽而无语，来去于平芜间。

仲夏农历五月的两个节气，芒种是阳气最充盈时，因为地深处一阴尚未生，故白羽风起，旦夕天气仍爽，午睡醒来，新竹气凉，早蝉声寂，风飘会感觉到窗外叶轻。而凌霄满篱，正与院中榴花对照，栀子茉莉的甜香则乘隙而入。阳气到下一个节气夏至才达顶点，所以，湿暑还远，凉风仍可穿袖。

春葩雪漠漠，夏果珠离离，此时正是新果争熟季节。雨熟梅黄李绿，江南到了梅雨烟茫季节——梅黄垂垂雨，草碧淡淡烟；梅雨细，晓风微，倚楼人听欲沾衣，虽是湿衣愁雨，却是门掩草，径封苔，绿肥红瘦，正好孤眠清熟。

此时北方，最美是纯阳饱盈、晨光如幻之晨——"鸟雀呼晴，晓侵窥檐语。叶上初阳干宿雨"，我太喜欢周邦彦的这个形容了。与南方缠绵的梅雨比，北方还是瞬间风吹云飞，一旦墨云集结，展开其黑色的羽翼，云衔日脚便成为山雨。山雨如倾如注，而雨过虹吸，斜阳烟柳，蛙吹声中，微风暗度，山昏鸟满天之后，我喜欢李白"香炉灭彩虹，石镜挂遥月"的意境，多静啊。此时凉花拂户牖，天籁鸣虚空，露色河光之中，已有流萤几点，飞来又去，金银花香若隐若现。仲夏夜到了最值得珍惜的时候，夏至就到转折点，虫鸣声起，晚饭花香，该飞虫满院了。

小桥流水人家

查"小桥流水"句，最早还就出自马致远。马致远在元曲四大家中，好像比关汉卿更追求意境。他晚年在浙江做官，最后在浙江退隐，所作小令中这首最有名的《天净沙·秋思》，好在南北景象的对比——与"小桥流水人家"对应的是相对苍劲的"古道西风瘦马"，"枯藤老树昏鸦"可以是南方也可以是北方。他的小令中，我喜欢对巫山云雨的描述："暮雨迎，朝云送，暮雨朝云去无踪。云来也是空，雨来也是空，怎揣十二峰。"在"云"、"雨"、"空"之后，这"峰"有太多咀嚼又太难领略。而描写江南的"落花水香茅舍晚"与"孤舟五更家万里，是离人几行情泪"，意境还是脱离不了"断肠人在天涯"。

在我感觉中，"小桥流水"总与"杏花春雨"、"流水桃花"联系在一起，然后就是《桃花扇》里"隔春波碧烟染窗，倚晴天红杏窥墙"的景象。

非江南小镇大约难觅小桥流水，因为只有温润之地的水才没有野性。按古人说法，水属阴，所以滋阳；谷属阳，所以滋阴。江南温润之地所孕温润之水，外动而性静，质柔而气刚，质柔到在流动中你听不到她的一点点声息，却始终像有一种清香在你周围萦绕。江南人家于是也就离不得那窗下表面清恬的一泓水——门前临街，后窗一定临河。水桶从楼上窗口垂到河中可以汲水，楼下则有门、有石阶铺成"水桥"一阶阶一直通到水边。一户人家于是就有自家的一方水，家家主妇蹲在水边淘米、洗菜，在被一辈辈磨得净亮的石阶上捶打衣服。那水就在一家家使用下挤眉弄眼地流下去，在家家亲近下变得娇软，在家家阶前迷连不去。

江南人家，临河看是一色高矮曲折有致的粉墙。那墙上朝河开出木窗，河对岸时时能见窗边有杏脸桃腮、柳眉星眼，让你对那有时空洞的窗生出众多联想。墙边有伸向河边的树，春天桃夭柳媚、桃红梨白，映一河胭脂，落花时节则是一河的香瓣。到夏天那树伸出的繁枝叶茂将水的颜色染成极深，一河浓荫中有野杨梅跳出火红的一树果子。秋天则是满河丹桂甜腻，河水被俗香浸染也就变得格外娇妍。粉墙的好处是将树、屋与水都衬成清素——有太阳的日子，一墙清秀的水纹，那泠泠的波像是都嵌在墙中又在阳光里清虚地飘散。等到月华满墙，则一墙斑驳树影、花影，清馨之香如同都吸入墙里又在水月中弥漫成一张将你整个包裹的网。粉墙上配有黑得油亮的瓦，凡有阳光、月光时候，那瓦都潇洒地在粉墙顶散出粼粼柔静的光。只有阴天和没有月亮时候，它才压在墙上成为一道沉重的风景。鳞鳞千瓣的瓦与斑驳陆离的墙的搭配都为寄托夜的静谧——清风细雨每袅袅到瓦上，就细细密密，触动那样精致的琳琅满耳。

　　河这边是大街，那边则是小街。粉墙与木楼都从两边探出身子，本来窄窄的街就只剩下细细的天。这挤成细细的天于是也就变成格外的亮，光照不着的街也就格外的暗。大街是一块块花岗石铺就，小街则是一块青石板连着一块青石板。这样，街与河就都在小楼脚下。江南人家都是早起早睡——清晨天还未亮，那边水桥已经传来一下下捶衣服的声音以及橹声欸乃，前面街上是踢沓沓拖在街上在咳嗽声中的脚步。此时从窗口探头，街面上是青青的雾与凝固了一夜的花香。而太阳落山店铺打烊后，夏夜家家都将门板铺到街上，男女老少一家家挨在一起摇扇子乘凉，一家家的大人小孩儿都龇着牙品尝西瓜。秋凉后家家都躲进自家小楼，则留给一街清幽。此时再到街上，只觉得街静静睡着只有路灯曲折到极深极深处。那时夏天明晃晃阳光下满街人都穿木屐，漂亮的苏州木屐漆着各种颜色图案，走在街上噼噼啪啪响。下雨时候河上鼓起一个个晶莹水泡，让风一吹，泡与泡撞在一起，一个个破碎。桥上人则都举着各色纸伞，抬眼再从前面窗口望，一街都被各等颜色之伞占满。

　　河其实窄窄到只容下两条不大的船错过，船走过，橹将凝结成的水面分开，那水会温顺地溢出漫过水桥。没船时候那水静如一条光洁缎带，无数手指长的鱼就飘游在水面之上，它们在水中嬉戏，才荡开一串又一串涟漪。此时推开木窗，竹篮系绳子慢慢放进水里，见小鱼游进去提起来，水从篮底亮亮地流泻就有小鱼在篮里跳出银色的光。而顺水桥下水，黑色的小塘鲤就贴在长青苔的石阶下。你悄悄伸手过去，它俏皮嬉笑着滑走，石缝里却会有虾突然弹出来，幽默地在你手边再钻进水里。

河上自然跨着各色各样的桥，将柔柔的水都汪在胯下，各式各样的桥连着弯弯扭扭的街。小店都静静地蹲在桥脚，早晨有亲切又柔婉的炸油条、油墩、糍饭糕的香气，糕团店里热腾腾冒着蒸汽。晚上，在小铺临河窗边要一碗小馄饨，书场里正飘出温暖得催人瞌睡的评弹声音。桥上的最好风景当然是夕照——看太阳落到那边屋脊上，那屋脊的橙红一点点就会滑落到河里，使河里的船逆在刺目的浅金里。而中秋月圆时节倚在窗口看桥——桥后是被月照透的粉墙和远远近近略显阴险的屋脊，粉墙后是城中那高高耸在那里的古塔，月亮就挑在古塔尖上。

现在想起来，这样的记忆已经是遥远的梦境，小城里那样的一种静今天已经不可觅。在我记忆中，一切好像是突然地降临——忽然有一天，就有了一河层层叠叠漂浮在水面上的鱼，当时大家都惊异于原来这并无气势的河里会藏有这么多的大鱼。河里的鱼死了后，这河好像也失却了它往日的生动。然后，自来水装起来，家家开始到笼头下洗菜洗衣服，河边就冷清起来。海绵拖鞋替代木屐，街上就再没有噼噼啪啪撞得很响的回音。再然后，在河里走的船越来越稀少，那河也就失去丰韵，变成越来越瘦弱的样子。等到没有人用她时候，她也就死了，于是在那河床里躺着的就是她发黑而僵硬的尸

体，家家靠近她的窗门都关闭起来——城里开始到处弥漫着
她的尸臭。

　　小桥流水人家于是只在我的美好记忆之中。那些层层叠
叠的粉墙现在也已经纷纷推倒，变成临河而立的钢筋水泥、
蓝玻璃幕墙。河被清淤，再无那种妩媚的流水。幽静的街变
成柏油马路，唱评弹的书场变成红绿灯光交错的卡拉 OK，桥
头卖油条、糕团、小馄饨的小店已经荡然无存。好像一切遮
蔽物都被一下推倒，只剩下小城变成赤裸裸曝光在刺目的阳
光之中。

樱　桃

朱樱春就，所以，樱桃是最早成熟的果实。

我喜欢"朱樱"这个名称。"拔醅（pēi）争绿醑（xǔ），卧酪待朱樱"，这是白居易的诗句。醅是未滤糟的酒，拔醅就是去糟，滤去糟，就变成了美酒绿醑，"醑"就是美酒。"卧酪"则是发酵成的牛羊乳，即今天的酸奶。唐朝人很迷恋享受。

李时珍这样解释"樱桃"这个名称："其颗如璎珠，故谓之樱。"璎是美玉，这符合西晋潘岳"焕若随珠"的形容。焕烂霞表，"焕"是照亮。而《说文解字》的作者，东汉许慎是称它为"莺桃"的，说它是莺的食物。因为是莺含食的，所以又称"含桃"。这就使它更有诗意。被流莺含食是什么景像呢？"樱红鸟竞鹐"，"鸟衔红映嘴"。唐诗里的这两个意境，一个是韦庄的，另一个是韩偓的。"鹐"（qiān），是快速地啄，莺啄红茸飞。而"鸟衔红映醉"，衔着飞走的又被映红了嘴，多美啊！韩偓还有一句"蜂偷野蜜初尝处，莺啄含桃欲咽时"，相对就累赘了。

追究"含桃"这个名称，早在《礼记·月令》中已经有"羞以含桃，先荐寝庙"。"羞"是进献，入夏后，它要先成为宗庙的祭祀品。"峰云暮起，景风晨扇。木槿初荣，含桃可荐"，由此变成夏天的概括。为什么祭祀要专门进献樱桃呢？按照唐朝孔颖达的解释，因为它是最先成熟的果实，所以才需要特别地强调。祭祀本无诗意，但文人们用"伏以含桃之羞"，加了一个"伏"字，就有了一种姿态，樱桃就显得高贵了。

"含桃花谢杏花开"，樱桃花赶在早春开花，就是为了赶到百果之前进献。樱桃花，一枝两枝千万朵，千枝万片绕林垂。风弄花枝月照阶，醉和春睡倚香怀。等到岁晚无花空有叶时，玲珑绿珠就满树荫了。而流莺舞蝶两相欺时，"婆娑拂面两三株，洽恰举头千万颗"。再等斜日庭前风袅袅，就"碧油千片漏红珠"了。"洽恰举头千万颗"是白居易的用法，融洽的"洽"加恰到好处的"恰"，用得太好了。而"碧油千片漏红珠"，又是韩偓。白居易写樱桃在枝头，还形象地用"迎风暗摇动，引鸟潜来去。鸟啄子难成，风来枝莫住。""暗"是不明，被密叶隐着，风吹叶舞，才漏出摇动的它。"风来枝莫住"还是为表现这个"暗"——"暗"着才能躲过鸟啄。

樱桃要借雨才能洗成珠红——西园夜雨红樱熟，一树樱桃带雨红。对樱桃熟时美感与味觉的描述，我以为最妙的是杨万里。他描写成熟樱桃的红与紫，用"计会小风留紫脆，殷勤落日弄红明"。"计会"是算计，计较，"计会小风"怎么理解呢？只能神会。而"摘来珠颗光如湿"的形容也特别真切——古时樱桃珍贵，往往是皇帝给群臣的恩赐，所以，红珠要配"金盘"。他接下来随便用一句"走下金盘不待倾"，就把樱桃的性格写活了。

同样写盛樱桃的容器，韩偓用"玉碗"，比"金盘"要雅——他用"朱实相辉玉碗红"，写出了玉碗透红之薄。韩偓是特别追求精妙到过之的，他描写的樱桃是另一种面貌——"红晕樱桃粉未干"，与杨万里的"湿"对比，也妙。

杨万里写樱桃入口是"轻质触必碎"，"中藏半泓水"。触必碎，是娇嫩极；而半泓水，泓是深广啊！前者说皮薄，后者说水分丰满，看似简易，实质深邃。明朝画家陈继儒在"触必碎"的意象里引申出"熟后雨弹红玉破"，以"生前烟捧绿珠来"为铺垫，雨弹红玉，"弹"字生动，但突兀，在雅致上就低了级别。

其实，白居易写樱桃的味觉，用"甘为舌上露，暖作腹中春"更好。甘是味觉，也是触破红珠后的意象，它破而为露。"腹中春"中突出了对春的回味，而回味的樱桃正是春之孕育。白居易的诗是需要细细咀嚼的。

古人们写珍贵的东西，总要强调脆弱，在樱桃上就体现为"鸟才食便坠，雨薄洒皆零"。樱桃飘零的惆怅，自然是李商隐那首"朱实鸟含尽，春楼人未归。南园无限树，独自叶如帷。"最有味道。而苏东坡的"樱桃红颗压枝低"、"樱桃烂熟滴阶红"，则就是另一种更深的惆怅了。

每每细读古人，真的只有感慨——就一颗小小樱桃，就承载了多少美丽的意象啊。哪个民族能有这样的文化蕴藏呢？遗憾是，这样的美丽，大多被我们遗弃、遗失了，所以，我们现在才变成这样的粗俗丑陋不堪。

西 红 柿 的 问 题

　　任何事情，只要细究，都会变成有意思的问题。比如："西红柿"与"番茄"这两个名称谁先谁后？"西"与"番"的意思是清楚的——代表它是外来物种。"柿"与"茄"却是两种截然不同的东西。柿是本土的，在可能成书于西汉的《礼记》中，规定庶民所用 31 种食品中，枣栗榛柿，柿在榛之后，排在 21 位。茄子就复杂了，《说文》中"茄"字原指荷花的梗，"子"字的最原始意思是"滋生"，延伸意才是萌生的果实。而茄子，按一般的说法是从印度传过来的，这名称是不是因为此物种刚开始的茎有可能接近荷梗？最早对茄子的文字记载，现在公认载于"竹林七贤"之一嵇康的孙子嵇含在广东做官时写成的《南方草木状》。嵇含大约在晋朝初年写成此书，但其中所记茄子并不是草本，它经冬不衰，长三五年就成为树，要架梯子去采，显然不是今天的模样。从《中国植物志》中看到有一种小乔木叫"树番茄"，倒是像嵇含当年描述的"茄树"。嵇含之后，东晋王嘉撰《拾遗记》中有"淇漳之醴，脯以青茄"，说明那时茄子是青的。再到北魏贾思勰的《齐民要术》卷二"种瓜法"后附有"种茄子法"，说茄子九月熟时取子，曝干裹置后到二月畦种，等下雨时再和泥移栽。

这就是草本了，与今天的种法一致，只是成熟期晚。那茄子的茎叶形态，《齐民要术》中没有描述。

在中国植物史中，究竟先有"番茄"还是先有"西红柿"？查《佩文韵府》，在"番茄"词条下记：《群芳谱》："一种白而扁谓之——此物宜水。"《群芳谱》是明代王象晋的著作，王象晋是万历进士，《群芳谱》大约写成于天启元年（公元 1621 年）。而向前追溯，王象晋的记载其实来自元人王桢的《农书》："又白花青色稍扁，一种白而扁者，皆谓之番茄，甘脆不涩，生熟可食。"这《农书》大约作于 1313 年，但所记录的这种"番茄"，从形态看显然只是茄子的一种，应该不是今天的西红柿。在《群芳谱》中，另记有一种"番柿"，作为柿子的附录："一名'六月柿'，茎似蒿，高四五尺，叶似艾，花似榴，一枝结五实或三四实，一树二三十实，缚作架，最堪观。火伞火珠，未足为喻。草本也，来自西番故名。"看来这才是今天的西红柿。从其描述看，果实不会很大，这"番柿"我觉得比较贴近刚引进时国人对它的称呼。它与"柿"、"软柿"（今天的黑枣一类）一样归为柿，从形态说，也确实更接近柿而不是茄。在元代，"西番"所指应该是西域而不是泛指西方。

那么最早的"番柿"是什么时候引进的呢？现在有一种普遍说法，是万历年间西方传教士将番茄与向日葵引进到中国。该说法最确凿的是聂凤乔先生一篇名为《番茄告诉我们的》文章中提到，1617 年成书的有一本《植品》中提供了此说法。

我查不到这《植品》及有关记录，1617年也就是万历四十五年，利马窦是万历九年（1581年）才"泛海八万里"至广州，万历二十九年到北京被神宗召见。之前，广东有限贸易的谨慎开放始于1554年，葡萄牙人由此开始在一个小半岛上定居，这就是今天的澳门。而1565年西班牙的远征队才航行到墨西哥，在古巴岛上登陆，然后他们到达菲律宾，于1571年创建了马尼拉。按《简明不列颠大百科词典》的说法——界定西红柿是原产于南美的物种，西班牙人到墨西哥后看中它，再将它带回到欧洲，其时间比玉米与土豆引进晚很多。在这样的背景下可以断定的是，利马窦们肯定没有引它到中国。

我一直有疑问的是在王象晋之前后，为什么成书于万历六年（1578年）李时珍的《本草纲目》与成书于崇祯十二年（1639年）徐光启的《农政全书》都没有关于"番茄"或"番柿"的记录。徐光启1600年会利马窦于南京，1603年成为天主教徒，崇祯年间当到礼部尚书，如果在万历与天启年间有传教士引入了"番茄"，他的《农政全书》中一定会有记载。在利马窦的《中国札记》里，他当时说，所有欧洲已知的主要蔬菜与水果，除了橄榄与杏仁，在中国也都生长，说明一般作物的东西交流在此之前已经完成过了，当时他们吸引中国人的主要是科学技术。而且，从维基百科查询的结果，欧洲最早出现记录西红柿作为菜谱的著作，其实1692年才在那不勒斯出版，该年已经是康熙三十一年了。在欧洲的食用西红柿史其实经过了17世纪一个世纪的铺垫——起先人们担心它有毒，还有人认为它是春药，清教徒因此抵制它。到18世纪，它在西餐中才因味觉丰富被广泛接受。这是美洲引进到欧洲再到亚洲的西红柿史，它经欧洲再到中国，应该是乾隆年间的事。由此我以为，王象晋在《群芳谱》中所记西域引进的"番柿"与后来从欧洲引进的"番茄"，有可能是一个物种两回事。而"番茄"之名称，我以为是晚清植物学家在接触西学后，按分类将其归为茄科的结果。这一拨给以"番"名的还有"番薯"或者"番芋"（红薯）、"番蕉"（铁树）、"番蒜"（杧果），这个"番"就不是单指西域的那个"番"了。

在宋元之前，有没有在本土生长，或者在汉或唐已经从西域引进的可能？从古代文献看，确实没有记录，如有，《太平御览》中应该有印迹。但考古却有轰动海外的发现——1983年在成都北门外凤凰山发掘出一座西汉古墓，在陶、漆、藤、竹器中有稻粒、果品等食物遗存。为保证湿度蒙上湿布后，期间居然有嫩芽萌出，经栽培7个多月后，到冬天居然开花结出了个儿很小的西红柿。该研究结果在发表时强调，墓葬发掘时并无被盗痕迹；所盖之布消毒过，不可能带有发芽种子；发掘地附近也无人种过西红柿；科学家们通过微量元素分析，其所含元素与现在的西红柿也并不相同。有人据此认为，西汉时已经有了西红柿栽培食用史。联想引进到欧洲被培植改良之前，美洲的西红柿个小，汁也不丰厚，与这种偶然发现的小西红柿很类似。那么，这种原始西红柿是土生土长还是从西域引进的？它为什么没有记录？是因为没有大面积种植而没被农学家、文学家们关注？而美洲的西红柿是否土生土长，它与我们的原始西红柿之间究竟有没有联系？

这一切当然不会有明确答案。每一植物在被人类使用中，都蕴含有复杂的流通史，流通踪迹在史海浩渺中若隐若现，这大约就是一种物种文化真实的境况。

蝉鸣嘒嘒

《诗经·豳风·七月》中"四月秀葽（yāo），五月鸣蜩"，"葽"是葽绕，远志，一种细草；"丰草葽，女萝施"，也泛指青草繁茂之象。"蜩"则是蝉。农历四月，雨润草厚，绿得深了，绿得浓了。到农历五月，树叶如冠时，就有蝉鸣了。蝉鸣声，我喜欢《诗经·小雅·小弁》中的"菀彼柳斯，鸣蜩嘒嘒"，它把蝉与柳联系在一起。菀也是繁茂貌，"有菀者柳，不尚息焉"，柳荫四合，惹烟撩露，声在那飘渺处——嘒是微而亮，"雨过前山日未斜，清蝉嘒嘒落槐花"，这是晚唐许浑的诗，多静美。

蝉声是与木槿花、合欢花，还有夜幕降临后，淡淡月色下甜香的金银花，这些夏花一起到来的。蝉声之美就在静——"蝉嘒门长扃"，这是韩愈的名句。"扃"是关门的栓，蝉鸣在长年关闭的门户上，苔藓遍地，一片空寂景象。"静曲闲房病客居，蝉声满树槿花疏"，这是张籍的名句。曲房影深，蝉声如歌，独立的木槿花静如胭脂。将蝉声与槐花结合在一起，当然不是许浑的独家发明，白居易就用过多次，比如"满地槐花满树蝉"。而有关蝉声的意象，我还喜欢元稹的"深竹蝉昼风"与"红树蝉声满夕阳"。前者，清风穿行在竹与蝉的光线之间，更有流年的动态。后者，晚霞中布满绵延的蝉声，美化了"乱蝉嘶噪渐黄昏",变成那样的壮丽,与李商隐的"万树鸣蝉隔岸虹"有异曲同工之妙。除此,也向往齐己的"蜩螗晚噪风枝稳,翡翠闲眠宿处深"的深处。

蝉吟人静,残日旁,小窗明,成了盛夏一种迷人的意境。其实,真实的蝉鸣,应该是如《诗经·大雅·荡》中的"如蜩如螗,如沸如羹",羹是黏稠,炎夏越是无风,寂寞蝉越是聒噪。"露饱蝉声懒,风干柳意衰",白居易的描述其实相对真实,夏日午后,蝉声慵懒,高柳其实被骄阳熏烤成倦容满面,全无光泽。但别忘了,这两句也是在"残照下东篱"的背景下才具诗意的。在我看,唐诗意境,都是汉魏六朝发酵的结果。比如写蝉,我特别喜欢昭明太子定下的这个调子:"兹虫清洁,惟露是餐,寂寞秋序,咽唳夏阑。"在寂寞中报秋,"蝉咽觉山秋";而唳是悲鸣声,在它悲咽中,夏就阑残,将翻过去了。

蝉委实是充满悲壮气息的。李时珍说它经三十日才完成蝉蜕,但我看到另一说法,说它一共要作五次蝉变,前四次都在地下完成,最后一次才钻出地面,带壳攀上树干,将浅黄色伛偻的薄壳留在树桠,上树吸风饮露,成为蝉。儿时的一大乐趣是清晨在蜕壳前找到它们。夏日清晨的树林里布满潮气,到处都是蝉洞,这些洞多数已是空巢,偶也有挖出它们的运气。从洞里挖出的未蜕的蝉带着潮湿泥土,沉甸甸,壳里蜷曲着浅青色,摸它的爪子会缓慢地动。那时候我们哪里懂珍惜生长艰难的生命啊。我们把土里挖出的它们摆在竹椅上，等待蜕壳，但它们最终却全都选择了僵死——背壳是不会当众开裂的。实际上，将它们从土里挖出的那一刻，这命运已是被决定了的。我们剥去它们的外壳，好奇是，青色的蝉，爬到树梢，怎么就能变成黑色的呢？

捕蝉当然是所有少年的乐趣。最好办法是准备长长的竹竿，用清水一点点捏出面筋——一碗面粉，越捏越黏，最后只剩一小团，粘在竹梢上，就可以相邀出门了。竹竿小心翼翼地探进树丛，只要面筋稍黏住薄薄的蝉翼，一阵嘶哑的叫声，伙伴们便会一齐雀跃。那时哪能体会蝉翼是多么精致的象征啊——"媚人睡起袒蝉纱，照见臂钗红肉影"，那是李贺的艳诗。蝉是靠着一根细喙扎进坚硬的树干吸取养分的，它的头部有冠，虞世南诗："垂緌饮清露，流响出疏桐"，"緌"就是固定冠的部分，是蝉喙。我们把粘来的它们剪断翅膀，寄养在家里攀墙的蔷薇花上，不让飞走，等它们把喙伸进蔷薇藤里，听它们的鸣声。奇怪是，它们大约也都是有气节的。童年记忆中，它们多数都保持了沉默，鲜有一两只才有断断续续之鸣，但叫声不再高亢，反倒多了好些委屈。等年长后读到曹植的《蝉赋》，不禁极其感慨。曹植笔下的蝉是那么高傲："惟乎蝉之清素兮，潜厥类乎太阴。在盛阳之中夏兮，始游豫乎芳林。实澹泊而寡欲兮，独怡乐而长吟。声皦皦而弥厉兮，似贞士之介心。内含和而弗食兮，与众物而无求，栖高枝而仰首兮，漱朝露之清流，隐柔桑之稠叶兮，快闲居以遁暑。"而少年我扮演了什么角色呢？仍"有翩翩之狡童兮，步容与于园圃"；

仍"持柔竿之冉冉兮，运微粘而我缠"，虽未以它为食，但肢裂时有之，那时是没有所有草木鱼虫都是生命的意识的。

好奇于蝉的名称是否与"禅"有关，因此它才称为"知了"。但查西汉扬雄的《方言》，其实其名在秦晋已经有了。扬雄说，楚谓蝉为蜩，宋卫谓之螗蜩，陈郑谓之螂蜩，秦晋谓之蝉。而西晋郭璞又曾称它为"胡蝉"，这是什么意思呢？按说它不能是外来物种啊。

按我们的分辨，蝉应有一大两小三种，个大的黑色，称它"噪蝉"，其叫声不会婉转，只会持续鼓噪。小的两种，灰色的称"是蝉"，叫声安静，往往在幽深中，发出持续的"是"声，我更喜将其叫声与"爽籁"联系在一起。另一种绿色，称它"钥匙蝉"，叫在秋后，往往在闷热无风的午后、傍晚，发出"钥匙、钥匙"的叫声，是最漂亮的一种，"青蝉独噪日光斜"，应该是寒蝉。

螳　螂

　　绿螳螂是我最喜欢的夏虫，它在晨风里悠闲在翠绿色的枝叶上，几乎与周围的氤氲之绿融为了一体。它通体翠绿，大眼睛，细脖子，大肚子，挥舞绿色的两把大刀，北京人因此叫它"刀螂"。细究它的名称，按李时珍的说法，"刀螂"其实是"当郎"的俗称——"螳蜋两臂如斧，当辙不避，故得'当郎'之名，俗呼为'刀蜋'。"而"当郎"之名，实际是"蟷蠰"的简化。这是最古老的字典《尔雅》里它的名字，"蟷"字应该来自"当车"的当，"蠰"呢？襄是高举，应是它奋臂的样子。古人对螳螂的形容就是"骧首奋臂"，"骧"是昂首，昔邹阳上书吴王就曾说："臣闻蛟龙骧首奋翼，则浮云出流，雾雨咸集"，多有气势啊。螳螂因此也就被称为"天马"，它轻行若飞而有马像，有天马行空态。而我更喜欢《尔雅》给它的另一个名字："不过"——不让经过，更骄横而更有诗意。

　　在西汉扬雄的《方言》里，螳螂一称为"虰"，二称为"髦"，三称为"芊芊"。"虰"字的意思是约定，汤显祖《牡丹亭》中有"知他同谁虰作夫妻分"的唱词。但《尔雅》中说虰蛵（dīng xīng）是"负劳"，也就是今天的蜻蜓，所以，"虰"的叫法是混淆了。时髦的"髦"呢？"马不齐髦"，"髦"

本指马颈上飞扬的长毛，因其英俊，才有"时髦允集"的用法。因此，称螳螂为"髦"，我倒觉得妥帖，其形态，从长颈、大眼，触须，再到扁肚、敛翅、弓足，都够"时髦"。而"芊芊"呢？"芊"是透明的绿色，"碧色肃其芊芊"，"青草芊芊晴扫烟"，用到螳螂上，"芊芊炯翠羽"，多美啊。

螳螂因螳臂当车的典故而显其高贵。这个典故由庄子讲述是，"怒其臂以当车辙，不知其不胜任也"。完整故事应是，齐庄公外出狩猎，竟有小小螳螂举臂要挡其轮。齐庄公问："此何虫也？"随从答，"此螳螂也，其为虫知进而不知退，不量力而轻就敌。"齐庄公由此意识到了勇士的作用。而庄子"不知其不胜任也"的概括，则使它更具悲剧感。

螳螂因此是不怕人的，别样昆虫都显低贱，独它头颅高昂，长颈能灵活地转动，一双大眼睛会目不转睛地与你对视。螳螂有翅膀，其翅碧透，展翅远美于蝉翼，但它似乎又不屑于飞，翅只作为其威仪的一部分。它循乔木攀缘而上，顺蔓草攀缘而下，常以"延颈鹄望"姿展示其在昆虫同类中之优越。鹄是天鹅，燕雀安知鸿鹄之志，一个小小昆虫竟有鸿鹄志，因此它是极易被捕捉的，被捕后，依然会挥舞其骄傲之臂。昔齐庄公，正是因此而懂了：勇士的作用，便是用以赴死的。

我不知道法国著名昆虫学家法布尔是怎样感受到螳螂的悲剧性的。他在《昆虫记》中说，螳螂是通过牺牲自己而繁衍后代的，公螳螂要在交配中把自己变成母螳螂的能量，才能保证母螳螂的生殖。于是就有了"螳螂杀夫"的说法。法布尔这样描写："在吃它丈夫的时候，雌性螳螂会咬住它丈夫的头颈，一口一口地吃下去，最后剩余下来的是它丈夫的两片薄薄的翅膀而已。"这当然被证明是文学的夸张——公螳螂在母螳螂饥饿时才会献身成为饱餐，当然，这献身本来就够壮烈的。

"蝉响螳螂急"，螳螂在生物链中，扮演的是捕蝉的角色。庄子说，螳螂捕蝉是"执翳而搏之"，所谓"螳螂翳下偏难见"，"翳"是遮蔽。螳螂是借树色为翳，志得意满地接近蝉的，这个"翳"指它本有融在绿叶间的保护色。而一旦它接近蝉，见得就忘其形了。蝉、螳螂、黄雀、童子组成的生物链——蝉在绿荫丛中饮清露本可自得，却偏要引颈自鸣其安，螳螂因此曲颈举臂而要捕之。螳螂一心捕蝉，贪心务进，就不知黄雀在后，正待其毕露原形。而黄雀正欲啄而食之，又不知童子正挟弹丸于树下，迎欲弹之。这都是因为前之利，而不能顾后之害也。

芒种之日螳螂生。螳螂与许多昆虫一样，都是感阴而生，阴盛时欢跃，到阴衰就完成了一个短暂的生命期。芒种是阴阳关系开始出现微妙变化的节气——阳气至此将壮硕，到夏至达到顶点，一阴在芒种时酝酿将生，螳螂就孵化了。也和许多昆虫一样，螳螂孵化，亦要经过多次蜕变，才能成熟为"骧首奋臂，修颈大腹，两手四足，善缘而捷，以须代鼻"，闻秋信而开始捕蝉。到了秋深，风寒了，叶红了，母螳螂就躲到已经稀疏的树杈上产子，产完子，身子就变得干瘪，似乎可被秋风吹走了。螳螂产下的子名"螵蛸"，唐朝诗人章孝标有诗句："花缘网结妒螵蛸"，诗意也美。为什么要"妒螵蛸"？古人解释"螵蛸"这个名称的意思是：螵从票，指螳螂成虫后能劲疾轻举；蛸从惟妙惟肖的肖，是母体体现的母性。螵蛸的外表是粘在树上的一颗硬壳，按李时珍的描写，它"长寸许，大如拇指，其内重重有隔房，每房有子如蛆卵。卵至芒种节后一齐出，故月令有云，仲夏螳螂生也。"夸张些，就说成"一房百子"了。而只有产在桑树上的螵蛸称"桑螵蛸"，它得桑皮之津而有药效，是一味滋阴益精的药，可疗男子虚损，可治小孩尿床。

螳螂的遗憾是不会歌唱。螳螂为什么静默无声呢？古人说，是因为其气散为杀气了，因此不鸣。

夏天的雨

　　我喜欢夏天的雨，是因为夏天的雨随心所欲，一切无所顾忌，说来就来、说去就去。来则兴致勃勃、气势滂沱，去则心满意足、艳阳高照，全没有半点阴霾。夏天的豪爽激情很大程度依赖于这刚性十足、弹性丰满的雨。夏天的雨全没有春雨那般踌躇娇羞、秋雨那般苦苦支撑着的情意缠绵。

　　让我深切体会夏天之雨境界的是苏东坡一则关于"不亦乐乎"的感叹，大致意思是说在夏日燠热难耐之时，大汗淋漓，好风四起、电光耀目、大雨携狂风倾盆而注，都是一连串的"不亦乐乎"。当时读到真感觉潇洒逼人，随即记成笔记。遗憾的是，后来笔记不可觅，在东坡文集中到处也找不到这一则。只见一首《飓风赋》，描写对飓风野蛮的恐惧，其中最耐琢磨的是"野马之决骤"。"野马"的气势，最早大约来自庄子的"野马也，尘埃也，生物之以息相吹也"。至于"鼓千尺之涛澜"、"吞泥沙于一卷"，也就是一般比喻。而我所迷恋的夏雨意境，是在"文革"中读到毛泽东未发表诗词中，有一首中有一句"雨弹光鞭欲杀人"，要是配上"黑云压城城欲摧"的背景，李贺的"神光欲截蓝田玉"相比就显得渺小。后来想找此诗，在确定的毛泽东诗词中肯定没有，那么估计是"文革"中的伪作，但也四处找寻不到。

雨在历代文人描述中太多女性化。比如余光中先生写得最好的散文《听听那冷雨》，余先生称那雨是"湿漉漉的灵魂"，他写得最好的是雨连绵落在黑色成鳞次栉比，又洗成油亮的檐上那种感觉。好似剥葱纤指弹拨、抚弄着那雨，弄出百般愁媚。这样的雨积聚了太多的呻吟与哀叹。

我心目中夏天的雨是飒爽的雨，它与湛蓝通透的天、金属般耀目的白云联系在一起。我喜欢《孟子》说，"油然作云，沛然下雨"。我将这"油然"体味成"悠然"——骄阳似火中，湿气自然悠然地上升，因为洁净，聚成的云娇白无比。这"沛然"是充沛——悠然集聚得多了，云腴情爱，自然也就要云雨。

夏天雨的飒爽，是因为它总与好风联系在一起。按古人说法，四季的风是不一样的——春天的风自下升上，所以风筝能飞起来；夏天的风横行空中，于是风在树梢间舞动；秋天的风自上而下，木叶因此凋零；冬天的风则在地面上流窜，吼地由此生寒。春温而和风，夏盛而怒风，当然也就是文人的一种说法。这风究竟是生于地、始于青萍之末，还是天气下降于高空密云之隙，谁又说得清呢？我感兴趣的其实是夏天的风云关系——没有风驰电激为势，雨也就不会下成气吞宇宙。这风的境界，先是清凉四起，烟飞草靡；然后八面来风，向四方疾驶，就成为一种疯狂。它在原野间飞沙扬砾，烟絮翻腾；穿堂入室就是"山雨欲来风满楼"，将门窗全都膨胀成鼓荡的风帆。风狂妄而无羁，与因情爱而变成愚蠢的云交合，风云际会，风起云涌，风驶云驰，就将雷召唤了出来。

我以为晋人杨泉的《物理论》中所说的风雷电关系比较有意思。他说风是阴阳乱气激发而起，就像人的内气，因喜怒哀乐而激发。积风成雷，雷风相薄，风的清热之气散开为电。雷电关系与风云关系一样，也是速度间的关系。雷开始只在远方云层之间，闪电的曲线曝光许久，它还在天边闷闷地鸣。等到风车云马将它渐渐推近，间隔时间越来越短，它也就越肆无忌惮。此时它与闪电就像是在风的刺激下彼此争逐：迅雷与蓝光在撕咬中同时赶到，就成为劈到地上的霹雳，所谓"迅雷不及掩耳"、"击电无停光，疾雷无余声"。雷电逼近的时候，天自然就一下子黑成锅底，闪电由此才能弯曲弹开，雷也由此才能变成狰狞。风云雷电一层层彼此撕裂，层层叠进，声色越演越烈。等到闪电中浓云疾驶，雷声惊天动地，一场大戏的结构形成，雨才潇洒到场。以佛教的说法解释这种关系就更有意思，佛教说：地倚水上，水倚于风，风倚于空；大风起则水扰，水扰而地动，因果更为丰厚。由此生发的禅意是——动遍动，等遍动；震遍震，等遍震；涌遍涌，等遍涌；吼遍吼，等遍吼；起遍起，等遍起；觉遍觉，等遍觉。

夏天雨的飒爽，很多是因以暴戾之态，暴烈之雨常必须伴随冰雹——漫天寒彻，砸到地面烟尘滚滚，雨点就全成透明的冰球。只有雹才足以镇压风云雷电。而雹一出现，风肯定就刚硬地嘶鸣成扬鬃弓背之烈马，不断撞击向不同方向，雷则在寒光下将它不断劈开。所谓雷风践踏，雹雨恣肆，地上积聚的暑气随气浪喷溅，如此就宣泄得淋漓尽致。

如此暴风骤雨，如果换一种佛教意境，就换成另一种趣味。佛教的说法，佛祖说法时，诸天降众花，满空而下。这意境延展为，佛祖撒开天雨众花，漫天飘飞成浅红色，万物滋润皆成觉悟。

夏天雨如此气壮山河，也是日久酷暑积郁的结果，无积郁也就无逆风而起的动力。风癫雨啸之际，要是配以音乐，我以为最给劲的是将瓦格纳《女武神之骑》的音量彻底放开。这音乐表现众神之主沃坦在暴风雨中追逐他的女儿布伦希尔德，因为她救助了英雄齐格弗雷德的父母——孪生兄妹齐格蒙德与齐格琳德。布伦希尔德由此带领她的姐妹在云浪中天马驰骋，这是最能表现瓦格纳气魄与泛滥的激情的音乐，最高潮处是女武神们的一段合唱。在电影《现代启示录》中，科波拉伟大地以它来表现直升机群对越南丛林的俯冲，只不过他把滂沱大雨与电闪雷鸣换成了枪林弹雨，还有凝固汽油弹在丛林中残酷地绽开的一朵朵血色之花。

夏天雨的美丽还在声嘶力竭地疯狂交欢之后。等风云雷电在歇斯底里交缠中全都精疲力竭之时，那雷声只变成贮满深情厚谊的痉挛；风意足情满后，星眼蒙眬只顾喃喃私语；雨云在胭脂满腮后开始像扇动着翅膀般起舞；雨丝风片眷恋着散开，天在虹霓下整个变成绯红。此时天地间变得特别静，穿越这宁静的鸟啾清脆得四处都是回声。这宁静与那喧嚣对比，雨后残阳如血，于是夏天就变成那般壮丽。由此我一直认为，夏天是人一生中最值得怀恋的季节。

三　伏

　　伏的意思，首先是覆，自上而下地笼罩遮盖。以它解释三伏，可理解为暑气铺天盖地覆蔽，人如泡在热水中。从姿态的角度，伏是面朝下，背朝上，所以又是匍，匍匐伏地而行，是未站立前幼儿状。匍匐伏地，危伏于安，是人面对暑毒的自我保护，此种幼儿状如犬。

　　查阅典籍，含义不同了。在唐朝徐坚等为唐玄宗编的类书《初学记》中，引用《历忌释》一书说法，说伏是何，是"金气伏藏之日"。这个何应是荷，是承受，金气乃秋气。这种解释是，秋气为避藏还在肆虐的炎气。《历忌释》对此解释说，从天气角度，"四时代谢，立春以木代水，水生木；立夏以火代木，木生火；立冬以水代金，金生水；至于立秋，以金代火，金畏于火，故至庚日必伏"。庚是天干中的第七位，一旬中的第七天，是西方之日，庚是更换——《周易》复卦说，反复其道，七日来复，也就是说，阳气循环，以七天为一个周期，周而复始。

　　这种说法，伏藏是气象自然更替的反应，这就需要理解夏、秋各自含义。南方为夏，夏为假，假是借——借助阳气长居而生养万物。西方为秋，秋为聚，这个聚是阴气四起的结果，阴气收敛借夏阳生长的万物，聚而成熟成象，金由此也是禁，是禁止。唐朝颜师古在解释《汉书·历律志》时说，伏是指"阴气将起，迫于残阳而未得升，故为藏伏"。换一角度，也就是金秋到来前，阴气被阳气强迫的结果——一个企求上升，一个疯狂下逼，才构成湿气蒸腾，闷热难耐。

周朝时应该没有三伏之说，西汉起才有。《初学记》引唐初吕才删定的《阴阳书》说，三伏原为"夏至后第三庚日起为初伏，第四庚日起为中伏，立秋后第一庚日起为末伏"。夏至后第三庚日在小暑、大暑间，第四庚日也未到大暑，所以初伏、中伏的时间不同。《阴阳书》还说，到曹植才确定一旬为一伏，但曹植何以制定，无从考。

后人讨论三伏，都引用夏侯湛的《大暑赋》与程晓的《伏日诗》。夏侯湛是曹操身边八虎骑之一夏侯渊的孙子，其《大暑赋》为："三伏相仍，徂暑彤彤。上无纤云，下无微风。扶桑舣其增焚，天气晔其南升。尔乃土坟地坼，谷枯川竭。寒泉潜沸，冰井腾沫。洪液蒸于单簟兮，珠汗沾乎絺葛。温风翕其至兮，若洒汤于玉质。沃新水以达夕，振轻箑以终日。"这里的相仍是延续，徂是至，徂暑彤彤形容暑气燃烧。舣是大红，这种艳红增添了热量，大火照耀着南方的炎热升腾。坟是隆起，坼是裂开，谷中流水枯竭，寒泉只在深井里腾起寒沫。汗流蒸于凉席，汗珠沾在细葛布衣服上，南风温顺而至，却若热汤洒在身上。箑（shà）是扇子，新水要一直浇到傍晚，扇子须摇以终日。在对暑气的描绘中，我很喜欢"南风不竞"

和"温风如汤"这两个形容，前者指南风熏染而黏润，后者指暑溽浑浊浓稠而难清爽。

程晓也是三国魏人，嘉平年间曾当到黄门侍郎，他的《伏日诗》："平生三伏时，道路无行车。闭门避暑卧，出入不相过。今世襬襶（nài dài）子，触热到人家。主人闻客来，颦蹙奈此何。谓当起行去，安坐正跨踦。所说无一急，嗜嗜吟何多。疲竭向之久，甫问君极那。摇扇臂中疼，流汗正滂沱。莫谓此小事，亦是人以瑕。传戒诸高明，热行宜见呵。"这首诗告诫，伏天家家闭门避暑，衣衫不整，彼此不宜交际，故走动要想到他人。襬襶本指夏日遮阳的凉笠，襬襶子在这里指闲极无聊，不懂事串门的热客。跨是交足而坐，嗜嗜是喋喋不休。此低智襬襶子安坐在那里絮叨，全不顾他人汗流浃背，摇扇不迭。

典籍中无入伏要吃饺子的记载。现存最早记岁时民俗的南朝梁宗懔的《荆楚岁时记》记载，六月伏日，要做汤饼为辟恶。按隋朝杜公赡对此注引《魏氏春秋》中何晏伏日食汤饼，取巾拭汗，面色光润，知非傅粉的记载，知此俗三国已有。汤饼大约就是今天的面片汤，东汉刘熙的《释名》解释，蒸饼、索饼、汤饼之类，都是随形而名。其辟恶驱邪，应是延续祭祀的作用，古人以夏伏、冬腊为祭祀，夏祀就用麦熟后的蒸饼。

从养生角度，告诫人们三伏天蛰伏，有安心保肾的前提。明朝高濂的《遵生八笺》，在"四时调摄笺"中说，季夏之月，重浊笼罩，万物疯长，所以要增咸减甜，滋补肾脏。他总结说，赤日炎炎，夏至后尤心气火旺，火能克金，金属肺，肺主辛，故宜减苦增辛以养肺。心旺肾衰，心气首先需调息——呵以疏之，嘘以顺之，目的是"常如冰雪在心"，心清自然避暑。此时脾旺肾微，宜减肥厚之物。因肾弱，腹中常冷，所以尽管大热，也不宜吃冷淘冰雪蜜水、凉粉、冷粥。顺应蒸热，唯以发汗，以暑抵暑。他引唐朝名医孙思邈的说法是，"此时阴气内伏，暑毒外蒸，纵意当风，任性食冷，故人多暴泄之患。切须饮食温软，不令太饱，时饮粟米温汤，豆蔻热水为好"。暴泄就是拉肚子。

值得注意是，《黄帝内经》中夏季补肾奇方是"补肾茯苓丸"。茯苓也称茯灵，乃松根气息抑郁而成的菌类，古人认为它吸纳了劲松神灵之气，能"开胸腑，调脏气，伐肾邪，和中益气，安心神"。

大 暑 赋

　　"暑"字烈日当空，底下的"者"无论指代人还是物，意思都特别清晰。这是无以躲避的骄阳似火，所谓火炎昆冈，玉石俱焚，是居高临下的笼罩。东汉刘熙的训诂书《释名》解释这暑字，则说暑是煮——大地如一锅煮开之水，自下而上，开水沸腾，热如煮物。上炙下蒸，夹在其中为热。《说文解字》说，暑就是热，清人段玉裁注释这暑热关系时，将两者对应，倒也有趣。他说，暑是湿，热是燥，阳光之燥引燃地热蒸腾而上，湿气弥漫为暑。这个解释建立在中医对这暑字的理解上。中医说法，暑是六淫之一，六淫为风、寒、暑、湿、燥、火，淫是过度浸淫，过度而淫乱，外感激而百病生。

　　从《说文解字》看字义关系，《说文解字》解热字为温，古字"温"、"蕴"通用，蕴是包裹郁积，寒冬包裹是温暖，炎夏包裹就是燠溽难耐。温风就是热风，溽是被热风焐蒸着湿气不断，溽而为淫。《黄帝内经·素问》的说法，中央生湿，湿生土，所以先有湿后有土。湿随阴阳之气下潜或上升，秋天阳气随阴气下潜，春天阴气顶阳气上升。阴气推阳气到暑天上升为湿热最盛，溽淫万物成熟，阳气盛极又开始反推阴气下遁，由此湿热退，天高气爽。

《礼记·月令》称"土润溽暑"，建安七子中陈琳的《大暑赋》，开头就是"土润溽而歊烝"。烝是蒸的古字，歊是热气升腾，它蒸腾成怎样？"时漫涩以溷浊"。漫涩是污浊，西汉刘向有一篇《九叹》，其中有一句"拨谄谀而匡邪兮，切漫涩制流俗"，乃刘向读屈原的《离骚》，立志如得进用，必治谄谀之人，拨邪归正；阻切贪浊之俗，还其清净。漫涩由此是玷污而被污染，陈琳说，蒸腾起的污浊就像沤在厕所、猪圈里，后面紧接一句是"温风郁其彤彤，譬炎火之烛烛"，滚烫而污浊的热风将一切都郁闷成红色，如小火在那里持续燃烧。与这"炎火烛烛"对应，《诗经·大雅·云汉》用的是"蕴隆虫虫"——草木以疯狂之绿隆盛，虫虫是这隆盛中蠕动的燠郁之气。

暑溽出大汗淋漓。有关这汗，相传随老子出关、被道教称为"无上真人"的关尹在他的《关尹子·八筹》中说，"心悲物出泪，心愧物出汗"，暑热也就是逼迫人类一年一度对天地万物作一次忏悔，大汗淋漓本是忏悔中的吐故净身，蒸发出积聚一年的体内污秽，干爽入秋。按《世说新语·言语》中魏文帝与钟毓、钟会对话的说法，战战惶惶，汗出如浆，战战栗栗则汗不敢出。战战惶惶是惶惑，随自然激发汗流浃背；战战栗栗是惊恐，汗腺封闭，汗栗入内，就会中暑了。

建安七子中，除陈琳外，王粲与刘桢也都有《大暑赋》。王粲的《大暑赋》写出汗，也用漫涩："气呼吸以祛裾，汗雨下而沾裳，就清泉以自沃，犹漫涩而不凉。"祛是衣袖，

裾是衣服的前后襟，他说暑气在衣衫里冲突而挥汗如雨，如
在泥泞中，即使埋进清泉，污秽仍挥之不去。此赋以"林钟
季月，重阳积而上升"开头，林钟是古乐十二律之一，对应
农历六月的音律。何谓林钟？林者，众也，钟律是时刻。等
草木盛满，阴就将始刑，所以也可理解丧钟即将敲响。《史记·
律书》对林钟解释是"言万物就死，气林林然"，林林本是
众多，林林总总之气错落，在将死前就变成了无生气。

王粲《大暑赋》有一段对赤日炎炎暑溽的描写，说熏湿
土而溽暑，扇热风而至兴；阳光刺目，燠蒸难耐；兽狼望以
倚喘，飞鸟垂翼而不飞；草木根在叶焦，含血茹苦；征夫病
于原野，隐者困于居室；枕席焚灼，如火炉在床，左右彷徨
避之无方；此时仰望庭槐而盼高风，风至却如沸汤。他这样
描写窘惶的产生："体烦茹以于悒，心愤闷而窘惶"，茹是
纳入，悒是郁积。刘桢的《大暑赋》中也用到这个悒字："温
风至而增热，歊悒慑而无依"，悒热烦闷而成恐惧。

陈琳、王粲、刘桢的赋中，都是暑气阴郁，独在曹植赋中，
才能读到被骄阳晒透，白云亮到耀目的那种感觉，曹植与建
安七子由此才构成气度上的区别。曹植的《大暑赋》以南方
炎帝神农、祝融执掌时节，日神羲和驾车，南宫朱鸟起舞权
衡万物的气势开头，朱鸟即浴火凤凰，神农与祝融之精，它
是二十八宿南方七宿的总称，这七宿相连而成鸟形。

曹植说，晒扶桑之高炽，燎九日之重光。扶桑是神话中
的大树，日出扶桑下，拂其树梢而升。燎是火焰腾起，火焰

升腾成九个太阳辉光相承。大暑在这样的背景下才"赫其遂蒸"，赫是鲜亮之红，鲜亮而成显赫。江淹的《翡翠赋》随之写暑气，才用"热风翕而起涛，丹气赫而为暑"，"翕"在这里是聚合。

曹植以"蛇蜕皮于灵窟，龙解角于皓天"强调暑气鼎沸——温风赫曦，草木低垂，山崩海沸，沙融砾烂，飞鱼断水，潜龟浮岸，鸟张翼难飞，兽交欢而云散。此时芸芸众生避暑纷杂如棋布叶分，完全是在高空中俯视的景象。但是农夫不再耕耘，织女不再机杼，漫山遍野的逃遁者到哪里去了？"背暑者不群而齐迹，向荫者不会而成群"，都匍匐委顿在荫凉处。

与小人委顿相对，大人迁居幽宅，缓神育灵，恰用暑气养精蓄锐——"云屋重构，闲房肃清。寒泉涌流，玄木奋荣，积素冰于幽馆，气飞结而为霜。奏白雪于琴瑟，朔风感而增凉"。超越众生而为大人，大人当然是隐者。云屋本是隐者居所，我却喜欢将此句理解成，在这滚滚白象般云山脚下有闲房一栋，被浓重的云影遮成幽静。闲房旁寒泉汩汩，奋荣之森林被逼成黑色。在此幽深中，室内素冰结为霜花，满屋回荡着清越的阳春白雪之曲。这就是气度的作用——曹植越过了燠热，在大暑中看到的就只是清凉。

乘风凉

　　从词意上说，"乘凉"的出现应该在"纳凉"之后。"纳"是"入"，南朝陈徐陵有诗"纳凉高树下，直坐落花中"，标题叫《内园逐凉》。杜甫的"竹深留客处，荷净纳凉时"，用的还是纳凉。从"纳凉"、"逐凉"到"乘凉"，词意明显深了一层，"乘"是驾驭，比"逐"更主动。

　　清人顾铁卿的《清嘉录》中有"乘风凉"条，说暑期铄石流金，无可消遣，只能借乘凉行乐。乘凉地点，或泊舟湖上桥洞，或借佛堂道观水窗冰榭。作乐内容，或在岸上斗牌、湖上斗曲；或招盲男盲女弹唱新声绮调，邀明目男子演说古今小说。之间有消暑之宴，当然需要衣着单薄的美女簇拥。

　　此种画船箫鼓，声光嘈杂，当然并不为获清凉。沈复《浮生六记》里则记独自面对佳人的另几种雅致：先是"月色颇佳，俯视河中波光如练，轻罗小扇，并坐水窗，仰见飞云过天，变态万状"。后是"月印池中，虫声四起，设竹榻于篱下。老妪报酒温饭熟，遂就月光对酌，微醺而饭。浴罢，则凉鞋蕉扇，或坐或卧，听邻老谈因果报应事。三鼓归卧，周体清凉"。他也记趁月色泛舟到《清嘉录》所说的苏州有名乘凉地胥门万年桥下，在"银蟾欲上，渔火满江"时用了一句"舟窗尽落，清风徐来"，其意境我非常喜欢。

　　按沈复追求的意境，自然面对荷塘月色塘花娇映为最佳。

但我以为，乘凉是对凉风飒沓而至的期待，无风时刻，塘中蚊虫绝不容月下花前之情。再说，塘边蛙鼓蚓鸣，也绝无清雅之境。

我记忆中的乘凉，始于落日西斜。夕阳余光一旦被檐角挡住，第一步先以吊桶一桶桶从井中提水，将天井泼透，驱走地上日影。井水的好处在天越热，水越寒气逼人，在没有冰箱的年代真如天然冰窖——西瓜用网袋吊在井里，酸梅汤灌在葡萄糖瓶里沉在井底，都是乘凉必需之物。

等日影消尽，两条长凳架上门板，就变成一张张床。或者横一张春凳，这是古人的做爱工具，本身也就是床。长辈们则搬出藤椅。门板先用以晚餐，夏天晚餐吃得最多的是南瓜糊加面疙瘩，或者清热去火的绿豆粥，南瓜和粥都连锅在盛井水的大木盆里已经浸到清凉。也有"冰酪"，就是琼脂煮凝冻后以井水激成，当时觉得特别新奇。夏天蔬菜中最有味道的是紫苋，苋红是一种美丽色调，隐隐被它淋漓的绿，正是李商隐"侧近嫣红伴柔弱"的诗意。

天热，肉食不多，最诱人的河鲜是籽虾。籽虾将脑涨成玛瑙，经葱油一爆，红香扑鼻。吃完虾，浓汁中的虾籽拌冷面，美味至极。此时瓜果价廉，黄金瓜去皮莹白似雪，青筋瓜去皮青翠如玉，果则基本是嫩红的番茄，也有紫透的杨梅和杏黄的枇杷。可吃的还有紫色与白色的糯玉米和芦粟。北方人称芦粟为甜竿，实际是甜高粱，其米可制糖酿酒。撕开外皮，红心色绿者最甜。

晚饭后是河边最热闹时分，几级水桥挤满裸露大腿的浣衣家妇，一人一根洗衣槌，将一件件衣服捶成水花四溅。有船从半月形桥洞下钻出来，赤膊的船夫将篙尖顶到腿与腿间长青苔的石阶上，招来一片骂声，还有笑声。

等天黑家务都忙完，乘凉才正式开始。所谓乘凉，我总以为是集体等候凉风的一种仪式。树梢一动不动，蝉声幸灾乐祸此起彼伏，风就显得特别珍贵。在等候中，只能每人一把蒲扇，扇热风也拍打蚊虫。蒲扇实际是"蒲葵扇"，大约晋朝已经有了这种以蒲葵叶贮干压平的平民用扇子，此前普遍使用的是白鹤之羽制成的羽扇。

候风仪式中的知识大赛，就是大家以最散漫姿态，穿少到不能再少的衣服，侃天南地北。主讲一般都是男人，女人多为听众，知多识广者总被女人们喜欢。此种神侃迷人在一个话题经七嘴八舌，往往演绎成南辕北辙，成为想象力的狂欢。从传奇到神话到天文地理再到家长里短，像绕线团一般又绕回来。天高地远间，悬在头顶的星罗棋布就变成特别的神秘深邃。身前身后，则好像都是夜来香游动的香气。这夜来香是缠绕藤本，到夜间开黄绿色小花。现在北京花市所卖者，花是白的，夜里摆在身旁也找不到那般香气。

往往越候风越杳无踪影，于是拉起被井水激了一天的西瓜，剖瓜解暑。那瓜从皮到瓤，都浸透了清冽水分。瓜吃完，风还未来，就干脆将春凳搬进弄堂，弄堂里南北无阻隔，可以最早感知到风。夏天北风最凉，但大家在晚上等的都是南风。

南风也称"凯风","凯"的本义是欢乐,《诗经·邶风·凯风》:
"凯风自南,吹彼棘心。"按朱熹解释,棘是小木,心极为
稚弱,凯风就好比母亲,棘心好比儿子,所以南风又称融风——
人人都为稚子,哺育于柔风之中。

　　常常是等不来风,就被母亲逼着上楼,只要楼顶瓦上热
气散尽,母亲就会让大家上楼各自安静。小木楼上,除无西窗,
三面都有成排的窗户贯通。最好的乘凉位置,是将门板一端
搭着桌子,另一端伸出南窗口,仰面繁星满天,身下就像枕
着邻家屋顶的瓦。躺在窗外,风来时,常常悄无声息潜在月
华似水中细细轻拂而过,轻柔到你感觉不到纤冶之态,周身
就已被素净清涤成凉爽。等听到风声细语,窗与窗间已经素
韵穿梭,窗外素壁上风影万种,氛围立时变为清凉。

　　夏天乐趣,我以为就在这等风、赏风间。燠热难耐中,
八窗尽落,八面来风,风声鹤唳,风流倜傥,这是何等惬意!
由此常感叹如今夏夜,在凉风习习沐浴中入睡却不可得——
首先是八窗尽落不可能,即使家中三面有窗,也窗窗无法对
流。为冬天保温,将窗牺牲成狭小,成排洞开之窗在建筑上
根本不被采纳。再则,家家紧邻相望,甚至薄帘都会使私密
景象一览无余,有窗也需以帘遮蔽,厚帘一遮,月白风清就
都被挡在窗外。想过去有窗之室前必有粉墙影壁,保证的就
是在室内可以轻薄衣衫尽情享用清风明月,待清风穿衣而过。
如今粉墙影壁都成了极端的奢侈,就只能以厚帘包裹卧室,
夜夜睡在空调制造的人工凉意中。

西瓜、寒瓜、绿沉瓜

　　按一般说法，西瓜的名称最早见于五代人胡峤的文字记录，也就是他给命的名。这胡峤原是后晋同州郃阳（今陕西合阳）县令，契丹灭晋后，天福十二年（公元947年）入契丹，在契丹待了7年，广顺三年（公元953年）回来写了一篇《陷虏记》，记录所见契丹地理、物产、风俗。我在《说郛》中找到此笔记，其中记从上京（今内蒙巴林右旗）往东40里，到真珠寨。第二天继续往东，地势渐高，再进平川时吃到了西瓜。他说这西瓜是破回纥得到的种子，以牛粪培育，"大如中国冬瓜而味甘"。这倒是与西瓜源于埃及说合拍——从埃及到波斯，波斯传给回纥。但黠戛斯破回鹘是在公元840年，距离胡峤吃到西瓜，一百年的传播时间很短。我想，按常态，从波斯到回纥到中原，即使张骞当年没带回种子，经丝绸之路传播到中原的时间也一定要比传到契丹的时间早。所以我觉得胡峤此篇文字中的西瓜，很可能是"从西方来的瓜"的指称。明代的徐光启在《农政全书》中，就据此说"种出西域，故名"。

　　李时珍的《本草纲目》中注，西瓜即"寒瓜"。李时珍引的是陶弘景的《本草经集注》，陶弘景在他著作"瓜蒂"

条下注，永嘉（今温州）有寒瓜，甚大，可藏到开春。陶弘景是南朝的道家医学家，生于公元 456 年，卒于 536 年。李时珍据陶弘景这种说法，认为此瓜肯定五代之前就已经在江南种植，之所以无西瓜之名，是因未遍及中国。

我比较相信西瓜就是"寒瓜"，因为它"性寒解暑热"，按李时珍引民谚说法，在暑热中食之"醍醐灌顶"、"甘露洒心"，只有西瓜才有这种感觉。如果设定"寒瓜"即西瓜，西瓜到中原落户起码有一千四五百年历史。那么还有无可能更早呢？有考古发现称，在江苏高邮曾发现汉代西瓜籽。其实《诗经》中就有"中田有庐，疆场有瓜。是剥是菹，献之皇祖"。这里的"疆场"是田界，中间有看瓜的茅棚，剥是切开，菹是腌渍。一般解读，腌渍的应该是菜瓜之类，但西瓜皮也能腌渍成又脆又鲜的腌菜。在《礼记》中记载，为天子切瓜，在吃之前要盖上细葛布，以防风吹。《礼记》是西汉的著作，东汉郑玄后来注释，切法是剖成两半后再剖成四半。那个朝代，皇帝吃的东西每一瓣估计不会切成很小，从一个瓜要剖成八瓣的大小看，我以为此瓜就是西瓜。

我以为西瓜的寒意是从皮到瓤都沁透了的——那瓜皮就是那种翠经寒凝成的绿沉，由此它在南北朝时就有另一个名称——"绿沉瓜"。《南史·任昉传》中记载，梁武帝听说任昉死了，正吃着"绿沉瓜"，把瓜丢在盘中，悲不自胜。任昉虽然只活了 48 岁，却在宋、齐、梁三代做官，文章又写得漂亮，梁武帝萧衍儿子昭明太子编的《文选》中就收有他的十多篇文章。

　　按元司农司编撰《农桑辑要》的说法，西瓜清明要以牛粪下种，入伏后开始开花，花是那种鲜嫩吐舌的黄，花瓣绽成很开，沾有浓重的花粉，是蝈蝈们最爱食之花。所以西瓜开花时节，漫天星空下，瓜地也是虫鸣最为激越之处。凡瓜都是蔓生，蔓是吸天地之精华自由舒展，绵绵而生，蔓蔓日茂。蔓生的另一个意思是懒散，瓜字最早的古字，是一个宝盖头下躺着两个瓜，古人解释此字意思是，草木都自立，只有瓜瓠之类卧在地上不起，就如懒人常躺在屋里，所以在它之上要有个屋顶。我由此倒觉得让星光照成素淡一片的瓜棚极有诗意——虫鸣声中，那舒展的蔓与绽开的花都承着漫天的露，夜也就变成那般缱绻。我读作为建安七子之一的刘桢有一篇《瓜赋》，赏瓜从瓜地里面对繁星流云始。他先说"三星在隅，温风节暮"——星在远处，秋风已经迟暮；然后"枕翘于藤，流美远布"，你可以理解身在被银绿染透的委婉藤蔓中，身边是黄花滴露，瓜藏于花之下跳出星光。这意境，也就是他这样一心"袭初服之芜秽，托蓬庐以游翔"的人才可领略。这《瓜赋》所记"蓝皮密理"，我以为也就是西瓜。刘桢说西瓜是"素肌丹瓤"，入暑气而瓜成，瓜也就为暑气而生。它刚结实时瓤是苦的，入伏后暑气之火入瓤便凝成水汽，水汽越多瓤也就越厚，厚厚的瓤积聚越来越丰盈的汁，最终酿成甘甜。这过程，瓜皮颜色是越来越沉，其中清香是越蕴越浓，瓤中颜色是越来越艳，其中寒气则越酿越重。这种与天时的

物理关系，刘桢称为"应时漱熟，含兰吐芳"，我由此想到
的是他自己一生的气节——他心高气傲，建安十六年曹丕盛
宴，甄夫人出场，众人皆伏地而拜，就他独坐在那里因平视
而获罪。后人在《文士传》中有一则故事，说获罪后罚他磨石，
曹操见他端坐在那里，就问他，石头怎么样？他答，"石出
荆山悬岩之颠，外有五色之章，内含卞氏之珍，磨之不加莹，
雕之不增文，禀气坚贞，受之自然，顾其理枉屈纡绕而不得申"。
曹操听后"顾左右而大笑"，当天就把他放了。

　　刘桢这篇《瓜赋》是意气风发之时，在曹植催促下即兴
作成，是经后人整理的残篇。他在赋中说，好瓜摘下来要"投
诸清流"，也就是先要养于清流之中，最好是清溪之水，那
瓜在水中"一浮一藏"，彼此嬉戏而清凉遍侵瓜皮，将皮中
之绿刺激出来。由此想到儿时西瓜切开前需要在井中浸泡一
天，那井水在暑天泛出地底深处的阴凉，为的也是切瓜之时，
那瓜遍体寒气中沉郁之绿能激成新绿。按刘桢说法，这西瓜
是"含金精之流芳"，在伏地蔓生中土生金、金生水，金为
阳水为阴，阴阳交替，才清香扑鼻。于是吃瓜环境，要"布
象牙之席，熏玳瑁之筵，凭彤玉之几，酌撩碧之樽"，盛在
雕盘中再盖上细葛布，这等铺垫下才能感受"甘逾蜜房，冷
亚冰圭"。"圭"就是一种美玉。

　　按士大夫传袭下来的风气，任何食物皆生成于情景中，
究其情景也才能吃出真味道。西瓜是西域物种，好长在沙土
之地、干旱酷热之中，所以雨水多则瓜不甜。好瓜必须是瓜

地里新摘下来成熟之瓜，从蔓上摘下，瓜也就死了。用清凉之水激活后，杜甫诗叫做"落刃嚼冰霜，开怀慰枯槁"，剖开来必须立即食用，让风一吹则清冽全无。现今种瓜、吃瓜都不再有季节，从一开始情景都是粗糙简便，所以即使自己到瓜地摘瓜，也无在清冽之水中浸泡之条件。在冰箱里冰过之瓜，凉则凉矣，那种清新的活的水汽也全被破坏，最后吃到的只能是一种冻僵了的冰凉。

大蒜的文化问题

当初做《考吃》的想法是在芝加哥大学东亚图书馆里萌生的，在美国泡在中文图书之中闲得无聊，突然觉得中国文化其实体现在一个个细节之中。只要从油盐酱醋开始，搞清源流，每一细部都可以是一部文明发展史。而在实际考吃的过程中，又感觉到每一细部都是一部东西、中外文化的交流史——因为一切都是多重文化融合的结果。再看看我们目前的文化成果——洋洋洒洒宏观的总结日积月累，已经成为我们越来越沉重的文化负担，但我们对各种细部的了解又是那样有限。苛刻一点说，我们对文明史的了解，除现成概念外，又提供了多少真正微观扎实的基础呢？比如"食物公社"首

批推出的五种（土豆、番茄、大豆、辣椒、大蒜）中看起来
渺小而又庸俗的大蒜？

《大蒜：平凡鳞茎中的魔力》是一个美国大蒜爱好者写
成的一本对大蒜寄托了深情厚意的书，它缺少我所希望的文
化容量，但毕竟有通过一个细部来研究文化传播的愿望，能
以研究大蒜的历史开头——尽管所有判断都是不确定的。我
从此书中获得的兴趣是——我能不能在有限时间里把大蒜的
问题弄清楚。按照我的粗浅历史知识，大蒜应该是张骞出使
西域带回来的，所以也叫"胡蒜"。而在张骞带回"胡蒜"
之前，我们本土应该就有"小蒜"。那么"小蒜"与"胡蒜"
究竟有什么差别，我们又为什么称它为"蒜"？我为此专门
跑了一趟琉璃厂，最后一无所获。每次找书得出的感慨都是：
现在有那么多书，可真正有知识含量、有用有趣的书又是那
么少，信息时代繁衍的是那么多的糟粕。一个美籍学者谢弗
曾著成一本《唐代的外来文明》翻译成中文在中国出版（但
此书出版时，书上居然连作者的原名都找不到），虽然不全
面与深入，但看看后面的引文资料，也足够让我们善于投机
取巧的中国文化人汗颜。

现成资料找不到，只能回家从藏书中一点一滴寻觅。查《太
平御览》——《说文》："蒜，菜之美者，云梦之荤菜。"
古人曾泛指江北为云江南为梦，而《汉书·地理志》中特指
云梦在南郡华容（今湖北潜江西南），这里的云梦显然是泛指。
《正部》："张骞使还，始得大蒜、苜蓿。"潘尼《钓赋》："西

戎之蒜，南夷之姜。"《诗经·小雅·出车》中有"赫赫南仲，薄伐西戎"之句，《史记·匈奴列传》中记秦穆公时有西戎八国，但这里肯定也是泛指西北戎族。再查《本草纲目》，李时珍是把蒜分成蒜与葫，蒜为小蒜，本土而生；葫才是大蒜，是张骞从西域带回。小蒜根茎小、瓣少而辣；大蒜根茎大、瓣多而甘。按他的说法，小蒜是本土野生，为什么叫"蒜"是像蒜根之形，它往往两株并生。而《大戴礼记·夏小正》中有"十二月纳卵蒜，卵蒜者何？本如卵者也。"小蒜在古人俗称又叫"卵子"，也就是指蒜的形状。为什么叫"蒜"？按李时珍说法，从算而谐音，也就是指"卵子"的数。《大戴礼记》是西汉戴德编定，看来至少先秦古人已经开始腊月藏蒜。八月种蒜，春食苗，夏初食苔，五月食根，秋月收种。腊月不是收蒜时节，那么是不是泡蒜呢？不得而知。

张骞于武帝建元二年（公元前 139 年）出使西域，12 年所经之地为大宛（今中亚费尔干纳盆地一带）、康居（今中亚巴尔喀什湖与咸海之间）、大月氏（今阿姆河流域）、大夏（今阿富汗北部），多为游牧者集居之地。从宋人罗愿的《尔雅翼》中读到"胡人以大蒜涂体，爱其芳气，又以护寒"。这种涂体的记载也是无从考，但调鼎之用很可能一开始就与牛羊肉烹饪联系在一起，"置臭肉中能掩其臭"。大蒜从一开始就被认为是"性最荤者"，荤辛"辛臭昏神伐性"——佛家五荤是大蒜、小蒜、兴渠、慈葱、茖葱，兴渠是出自天竺带臭气的的阿魏，茖葱就是韭的一种。道家五荤是韭、薤、蒜、芸薹、胡荽。薤是藠头，芸薹是油菜，胡荽是芫荽也就是香菜。为什么这蒜最荤呢？古人医书中说法，它"属火，性热，善化肉"，引申就是"辛熏之物，生食增恚，熟食发淫。"恚是怒，显然是乱性之物，所以要说它"伤人忘性"、"有损性灵"。

大蒜能杀腥膻虫鱼之毒，所以调鼎之用不仅是为去腥膻，还为去邪毒。但是查先秦的烹饪史料，在烹肉去腥膻调料之中有葱、姜、芥、韭、薤，就是没蒜。可见蒜的使用还是汉以后。张骞引进大蒜后用于调鼎的记载，我见到的是《齐民要术》，那已经是北魏了。《三国志·魏志·华佗传》中记"佗行道，见一人病咽塞，嗜食而不得下，家人车载欲往就医。佗闻其呻吟，驻车往视，语之曰：向来道旁有买饼家，蒜齑大酢，从取三升饮之，病当自去。"结果吐出一条蛇来，病也好了。华佗死于公元208年，距张骞带回大蒜300多年，实际在小铺捣蒜泥食饼已经普及。吃饼而食蒜，我怀疑是张骞从西域带回的食俗。

大蒜列入五荤倒是不足奇，古人认为味重发热之物都易乱性。因为发热，嵇康在他的《养生论》中说，"荤辛害目"，后人因此说蒜能使人视觉模糊，"装蒜"一词由此而来——装糊涂。但辛能散气，热能助火，所有东西都是相辅相成，医家从消谷、理胃的角度，又觉得它"入太阴阳明，通五脏达诸窍"，邪邪得正，所以又"多食不利目，多食则明"，而且"久食令人血清"。转了一圈，又回来了。

大蒜调鼎的好处，从西域到中原，被解释成中国文化中的物物相克又物物相融——味味相重不仅更为鲜美而且荤气也在相克相融中减为柔和，如鱼羊为鲜一样的道理。蒜之味重而刺激他物原味，与他物本味相克相融而产生更丰富味觉。其保健功能，一是杀菌，二是去寒湿，以至成为辟邪的象征。对大蒜的赞扬，我见到最肉麻的是元人王桢，他说蒜"味久而不变，可以资生，可以致远，化臭腐为神奇，调鼎俎，代醯酱，携之旅程，则炎风瘴雨不能加，食饐（ài）腊毒不能害，夏月食之解暑气，北方食肉面尤不可无，乃食经之上品，日用之多助者"。王桢是山东人，以致现在山东人对大蒜的钟情远胜于西域人。

晚饭花

晚饭花，上海话称"夜饭花"，很亲切的一个名字。

夏天的天井里，日影移走之，先吊起一桶桶井水，将天井整个儿浇一遍，驱走一天的暑热，然后是排队上楼洗澡，这时晚饭已经煮好，母亲连锅将它端到了木盆里，木盆里盛着大半盆井水，那锅就浮在井水上，靠井水将其逼凉。一夏天，井水之阴凉是每天的依靠，清早就将红绿黄的瓜果西红柿漂浮在盛井水的水桶里，晚上乘凉吃的西瓜中午就用网兜兜着漂在了井中，酸梅汤用葡萄糖瓶灌好，瓶口拴上绳，小心翼翼沉到了井底。那口井静静如镜一般，趴在井口往下望，只觉得水深而神秘。吊桶是时常会断绳或脱绳的，这时大人们就会用长长的竹竿伸到井底，靠着井壁一点点探桶把的位置，等到那脱绳的桶带着井泥被钩住提上来，大家就一片欢呼。

天越热，井水就越凉；反之，天越冷，井水就越热。冬天，打开井盖，井水就冒着热气；夏天，井水则能一直阴凉到骨髓，所以，每到蝉声满树的午后，最过瘾莫过于拿着竹竿去粘蝉前，从井里汲起最凉的一桶水，整个将脑袋埋进井水里，那凉会一下子爆炸开来，这时楼上祖母就会从北窗口飘下慈爱的责怪："阴井水！要头痛的！"而我们一帮小伙伴早就甩着满头的水珠，扛着长长的竹竿出门了。

　　那时候还没有海绵拖鞋，穿木屐，弄堂里一方石铺成的路面上，到处是趿拉木屐的声音。

　　晚饭花是开在天井外石阶下的，但它其实要在晚饭后，待天黑了，星星出现在天井上空时才开花的。

　　洗完澡母亲会给我们身上都洒上爽身粉，母亲经常把我们的脖子与额头都抹得白白的，怕生痱子。有时鼻子也抹白了，就成"奸臣白鼻头"了。晚饭就在灶间门口摆一个小方凳，两把小竹椅。最常见的晚饭是绿豆粥或者熬得稠稠的南瓜加上面疙瘩。母亲则自己搬个小板凳在井边洗衣服，洗完衣服要上楼去晾，此时屋檐每一瓦片都在散发着晒了一天的余热，她下楼总说，楼上热得就像蒸笼。

　　洗完澡母亲是绝对不许我们再出汗的，这时，长凳搭上门板，天井里已经搭成了床，我们躺在上面，就看着天怎样一点点由浅变成深。老宅天井与屋外，本是隔着粉墙有门的，门外还有人家，出弄堂口还有门。我儿时，密闭天井的那扇门已经拆掉，只留一截高到二楼的粉墙。母亲每年都带我们在天井外能种花的地方都种上了花，一到夏天，墙根是凤仙花，路边是太阳花，阶边则是黄色夜来香与这紫红的晚饭花了。

　　晚饭花与夜来香，其实都是要等到天黑星星出来了，才会慢慢开花的。夏夜乘凉时候，也许大家都习惯了夜黑，于是星斗满天，没有明月，天也是亮的，反而显出檐角的暗。谁家屋里开了一盏灯，反而显得刺目。晚饭花就是在这样明亮的夜黑中一片片地开花的，它散发出一种浓郁的甜香，这甜香弥漫了天井，就使得那些乘凉时大人们讲的故事都变得朦胧起来。后来看汪曾祺先生的小说，写晚饭花是，"浓绿的多得不得了的绿叶了，殷虹的，胭脂一样的，多得不得了的红花，在浓绿浓绿的叶子和乱乱纷纷的红花面前，坐着一个做针线的王玉英"。汪先生这是小说的写法，晚饭花其实是不会在天光大亮时候开花的。

凤仙花与晚饭花，都是女孩子喜欢的花。凤仙花摘下来，揉碎了可以染指甲，晚饭花摘下来，小心翼翼抽出它的长长的花蕊，挂在耳朵上，一边一朵，就变成美丽的耳坠。

晚饭花是六瓣，它的茎一节一节，其中有充足的水分，所以能长出很多很多的叶，每天都开出很多很多的花。但它们一折便断，脆弱得很，一场雷雨过后，必然瘫成一地。但它们又顽强得很，折断的即使已经趴在地上，匍匐着也很快又能长出新叶，很快又能开花，花谢结成黑黑带花纹的小圆子，状如地雷，所以也有人叫它"地雷花"。

留在记忆中最深的，邻居李家大哥在这样的夜晚就会吹箫，箫声显得那样悠长忧伤。而住在楼下的孟家儿子刚考上了北京外国语学院，暑假回家给我们讲第一次世界大战，我们听了都感觉失望：我们那时不可能对战争趋势感兴趣。当我们准备在天井里吃晚饭的时候，它就开始开花了，紫红色，一种甜香就飘到了晚饭里。

Qiu

秋

七　夕

现在许多人都在鼓捣要将七夕喧闹成"中国的情人节"。实际上，牛郎织女是因七七相遇硬拉来相会的。回到源头，七七的意味究竟是什么？现在多数学者都认定了七是生命的数字——正月初七是人日，所以人有七窍，中医有七伤，人出生后经七七四十九天魂魄成，死后也要七七四十九天才魂魄散。那么七七相遇又为什么叫"七夕"？"夕"是傍晚，可以延伸为晚上，难道从一开始这个"夕"，就因牛郎织女要在晚上鹊桥相会？

从字义说，我以为"七七"首先是生命周期。《黄帝内经·素问·上古天真论》中的说法："男不过尽八八，女不过尽七七，而天地之精气皆竭矣。"它说男子以 8 岁一个周期，女子以 7 岁一个周期。女子 7 岁肾气盛，换牙齿头发变长；二七天癸至，任脉通。天癸是肾精，任督二脉，以中医说法，"为一身阴阳之海，五气贞元"，也就是说，二七就来月经，可以生子。三七肾气平均，最后的牙齿长齐，发育完全成熟。四七筋骨坚，头发长极，身体盛壮，到了顶点。五七阳明脉衰，面容开始焦黄，头发开始掉。六七"三阳脉衰于上，面皆焦，发始白"。七七"任脉虚，太冲脉衰，天癸竭，地道不通，故形坏而无子也"，是一个生命周期结束。"七"这个数字又指西方，所以七七相遇，应该是结束中的诞生。《周易·复卦》："反复其道，七日来复，天行也。"孔颖达疏："天之阳气绝灭之后，不过七日阳气复生，此乃天之自然之理，故曰天行。""来复"是去而复来，也就是重生，轮回循环，所以七七四十九天魂魄散尽，又七七四十九天魂魄丰满。

七夕原始的生殖崇拜意味，我以为是建立在这个之上。

再来看牛郎织女。牛郎原名牵牛，牵牛与织女本是星座名称，《史记·天官书》的说法，牵牛星是牺牲，织女又称"天女孙"。《诗经·小雅·大东》刚出现织女的说法是，"维天有汉，监亦有光。跂彼织女，终日七襄。虽则七襄，不成报章"。这里的"维"是助词，强调天河就像镜子，但鉴而有光无影。"跂"是指织女由三星组成，鼎足成三角，并非踮起脚尖无为地眺望。"七襄"是"终一日历七辰"，一日移位七次，也就是逢七来复。郑玄说，"襄"是驾驭，后人浮想，也就将它理解为完成；"不成报章"，也就是"织不成花纹"。"章"其实可以是花纹也可以是典章，"报"还应是"往复"。紧接着说到牵牛："睆彼牵牛，不以服箱"，"睆"是明亮的意思，"服箱"，"服"又是"驾"，古时驾车中间的马称"服"，"箱"是车厢。联系后面两句"东有启明，西有长庚。有捄天毕，载施之行"，是面对满天星象，牵牛织女星座距云汉无涯，叹在天网下一切徒劳。一开始强调的是天河距离，但遥遥相对之貌，又实在是后来添油加醋的基础。

到东汉人流传的《古诗十九首》，两星相对相视的味道突显出来："迢迢牵牛星，皎皎河汉女。纤纤擢素手，札札弄机杼。终日不成章，泣涕零如雨。河汉清且浅，相去复几许？盈盈一水间，脉脉不得语。"先以织女伫候在那里的洁素明媚来表现牵牛在深远冷烟迷离处，"擢"在这里，简单理解就是"出"，但此字本身可组成"擢秀"与"擢颖"，以它再连接纤纤与素手，就别有味道。邈远迢迢，可眼前又偏偏是清浅清盈，这距离就成了悲怆，最后的"脉脉不得语"已经为情事留出了空间。此时织女的悲戚不止成了感怀主体，她也就被赋予了身份——或者是西王母的女儿或者是外孙女。为什么加入西王母这个背景？因为传说中她生了七仙女，七月初七她要下凡，她掌管着天上人间生死。在牛郎织女故事成形前，其实七夕迎接的是她。

那么，"牵牛"何时变成"牛郎"，又安排了他们相会？相会是俗世生殖需要，它把西王母的意味通俗化了。关于织女身世，《月令广义·七月》引南朝梁殷芸《小说》，详细叙说了原委："天河之东有织女，天帝之子也。年年机杼劳役，织成云锦天衣，容貌不暇整。帝怜其独处，许嫁河西牵牛郎，嫁后遂废织纴。天帝怒，责令归河东，但使一年一度相会。"而鹊桥之说最早来自《风俗通》："织女七夕当渡河，使鹊为桥。相传七日鹊首无故皆髡，因为梁以渡织女故也。"《风俗通》是东汉末应劭所撰，原书三十二卷，今存仅十卷。这说法还极悲壮："髡"是古代剃发的刑罚，为架桥让织女渡河，喜鹊的头上都没了毛。

　　喜鹊如何才能架成有诗意的鹊桥？南朝梁庾肩吾的《七夕》诗中有："玉匣卷悬衣，针楼开夜扉。姮娥随月落，织女逐星移。离前忿促夜，别后对空机。倩语雕陵鹊，填河未可飞。"开头两句指宫女将挂着的衣服收入玉匣后登上针楼，按《西京杂记》："汉彩女常以七月七日穿七孔针于开襟楼"，是"开襟楼"而非"针楼"。"七孔针"是什么？今天已不可考，但"七孔"肯定是指"七窍"。为什么是"开襟楼"？从《西京杂记》看，与"月影台"、"鸣銮殿"一样，只不过是宫楼名称。但与"七孔针"联系，就有实在的生殖意味。这首诗中说填河的是"雕陵鹊"，一种巨鹊。《庄子·山木》："庄周游乎雕陵之樊，睹一异鹊自南方来者，翼广七尺，目大运寸。"这就不是温煦的喜鹊了，无数喜鹊尽心尽力将头顶毛发掉尽而填河的悲壮也没有了。吴梅村的《七夕感事》诗："天上人间总玉京，今年牛女倍分明。画图红粉深宫恨，砧杵金闺瘴海情。南国绿珠辞故主，北邙黄鸟送倾城。凭君试问雕陵鹊，一种银河风浪生。"填河所生的风浪是另一种悲凉。

　　"乞巧"的名称，我以为是后来赋予，将"开襟楼"变为"针楼"又引申为"乞巧楼"，七夕变成女儿们向织女乞讨女红机巧，成为三从四德一部分，味道就整个变了。

女 儿 节

又近七夕，在商家忙于"情人节"促销的背景上，忽然发现有关"女儿节"的声音多起来。对这个节名的期望，追溯起来，可能多少来自冰心当年的那种感觉——1924年的七夕，冰心在一封写给她弟弟的信中说，"七月七，是女儿节，只这名字已有无限的温柔！凉夜风静，秋星灿烂，庭中陈设着小儿瓜果，遍延女伴，轻悄谈笑，仰看双星缓缓渡桥。小孩子满握着煮熟的蚕豆，大家互赠，小手相握，谓之'结缘'"。那时冰心的文字，真有一种素淡中撩人的干净。她总结这个温柔的由头，七夕的内涵应是"结缘"——"'缘'之一字，十分难译，有天意，有人情，有生死流转，有地久天长"。

从表面体会，"女儿"确实是个温馨称呼，也确实能与"乞巧"的表面词义结合起来。旧时七夕一项重要民俗，就是在午时阳光下，将针投以水盆，以水中针影，辨女子是否智巧。但追究历史，女儿节的说法，明清时才有，且说法混乱。明朝崇祯年间刘侗的《帝京景物略》卷二，记录东直门外的"春场"时说，农历五月一日至五日，家家鲜艳地装饰小闺女，以石榴花插在鬓角，名为女儿节。这是为迎接盛夏。写成于光绪二十六年（1900年），富察敦崇的《燕京岁时记》，在农历九月九日的"花糕"中，还是引《帝京景物略》说，重阳节，父母要迎女儿回家吃糕，称为女儿节。这是重阳节的一部分，专体现舔犊之情。只有苏州文人顾禄在道光年间刻印的《清嘉录》中，记录苏州民俗，引用《吴县志》的记载才说，七夕有乞巧会，儿女辈皆参与，称为女儿节。

女儿这个词，在文化传承中，总觉得有特殊的意味。也许因为它最早被用在古诗《为焦仲卿妻作》中，就定了某种基调。这首以"孔雀东南飞，五里一徘徊"为开头的长诗，叙述小吏焦仲卿妻被不讲理的焦仲卿母遗弃所构成的悲剧。其中焦仲卿妻向焦仲卿母告别时，这样用女儿这个词："昔作女儿时，生小出野里。本自无教训，兼愧贵家子。受母钱帛多，不堪母遣使。今日还家去，念母劳家里。"前两句卑谦说，自己从小缺少家教，愧对你家和你儿；后两句说，你给儿媳很多钱和布，儿媳却辜负你期望，如今还家去，只能靠你自己持家操劳了。这首古诗后，南朝宋鲍照的《北风行》加重了这称呼的悲凉气息："北风凉，雨雪雱，京洛女儿多妍妆。遥艳帷中自悲伤，沉吟不语若有忘。问君何行何当归？苦使妾坐自伤悲。虑年至，虑颜衰，情易复，恨难追。"一首怅望郎君不归的伤悲诗，苦灯寒影，诗中最值得琢磨是"遥艳"——遥是远，向着远方是飘荡，所以是摇。这首诗使京洛女儿变成一种象征，所以有王维的《洛阳女儿行》。王维这首诗开头是，"洛阳女儿对门居，才可容颜十五余"，随后表面是跟踪这个女儿的富贵过程：丈夫骑着以美玉为笼头的青白马，侍女端着盛鲤鱼脍的金盘来迎婆。婚后坐在画阁珠楼里看桃红柳绿，走出罗帷就坐上以多种香料熏染的香车，再以雉尾扇迎回珠宝装饰的帷帐。丈夫富贵奢华，堪比西晋与王恺斗富的石崇。他亲自教舞蹈，不惜赐珊瑚；通宵欢愉，点着只有富贵人家才用的九微灯，灭灯后火星如萤火直扑花窗。城中相识都是繁华中人，日夜游乐，戏罢顾不得习曲，盛妆后坐在熏香里。通篇娇贵到最后，结尾是，"谁怜越女颜如花，贫贱江头自浣纱"，形成强烈的对比。越女就是西施，浣纱是洗衣。

　　以这样的背景，星空寥寂，也就再没有温柔的感觉了。七夕之所以能联系到女儿节，还因为乞巧这个词。怎么理解这个词呢？乞是祈求，巧是工巧，《周礼·考工记》中早就说过，天有时，地有气，材有美，工有巧，合这四者，才可以为良。这个词本应念作"乞工"，工也是功。工是极为宽泛的概念，女工当然可理解为纺织、刺绣、缝纫这些技艺，但细想，这些技艺是作为女人本就需要具备的，其实不该祈求。那么，祈求的是什么呢？回到南朝梁宗懔《荆楚岁时记》的记载。宗懔在梁承圣三年（公元 554 年）做到吏部尚书，此书大约成于此前后。它具体记载，这天晚上家家女子要结彩缕，穿七孔针，或以金、银、铜为针，陈瓜果在庭院中乞巧。关键是，这时"有喜子网于瓜上，则以为符应"。喜子是一种长脚的小蜘蛛，也称"喜母"，它爬到瓜上，就被认为天意与人事相应，这明显是为求子。从求子的角度，祈求的也就肯定是生育之功了。

再追究彩缕与七孔针。彩缕就是彩色丝线，七孔针是什么？晋朝葛洪的《西京杂记》里已经有"汉彩女常以七月七日穿七孔针于开襟楼"的记载。彩女是汉代宫女的一种，七孔代表人体七窍的意思是明确的，别忘了"七者，天地、四时、人之始生也"。开襟的意思也是清楚的，对女子而言，这显然是一种仪式。结缕是什么呢？它本是一种蔓生小草，结缕蔓生，如缕如结。穿针与结缕，当然也可理解为缘分，但其目的非为爱情，而为生育。有关结缕的意象，我很喜欢韦庄那首《定西番》："芳草丛生结缕，花艳艳，雨蒙蒙，晓庭中。塞远久无音问，愁消镜里红，紫燕黄鹂犹至，恨无穷。"红颜春老，它更接近我对女儿这个词的联想。

七 月 十 五 夜

七月十五是秋后第一个月圆夜，此时暑热刚褪，金风正在霏微潜入，不似八月十五，已是夜凉如水。七月十五夜，在尚含温燠的空明之中，有晚饭花、茉莉花混合着金银花残余的甜香，牵牛花、茑萝花、丝瓜花、南瓜花则都趁着流萤明灭，在悄悄舒展出花蕊，只待黎明时竞相绽放。澄明月色中弥漫着草木庄稼争取最后繁盛，汁液黏稠的气息。虫声如织，还未有肃杀到来前的悲苦，纺织娘在从容地将青翠的织机弹成竖琴，金铃子摇着晶莹绿的摇铃，蟋蟀"蛐蛐"与"唧唧"的应和像似水弦乐飘荡得无边无际，其中夹杂着油葫芦漏气般美妙交织的吹鸣，郊野里完全是欢愉起伏的海洋。

七月十五景象，我们习惯于东坡所描写的，月出于东山之上，徘徊于斗牛之间，白露横江，清风徐来，水波不兴。再有就是曹孟德的"月明星稀，乌鹊南飞"了。而我其实更喜欢南宋周密所作的一首"齐天乐"词，此词前半阕是："清溪数点芙蓉雨，萍飘泛凉吟舫。洗玉空明，浮珠沉瀣，人静籁沉波息。仙潢咫尺，想翠宇琼楼，有人相忆。天上人间，未知今夕是何夕。"芙蓉是荷花，此时翠幢红粉，正烘人香细。"飙"是风，"萍藻泛滥浮，澹澹随风倾"，舫是船头，萍风低吟船首会受梗，这境况便是，"浪萍风梗诚何益。归去来，玉楼深处，有个人相忆。"沉瀣是深夜的露气，晶莹的露珠饱含在沉瀣中，泛为仙潢。潢是滉漾之貌，银潢淡淡横，待玉漏迢迢地尽，太美了。

下半阕是，"此生此夜此景，自仙翁去后，清致谁识。散发吟商，簪花弄水，谁伴凉宵横笛。流年暗惜，怕一夕西风，井梧吹碧。底事闲愁，醉歌浮大白。""簪花弄水"应是簪花仕女在月光池中戏弄之倒影。"吹碧"一词，晏几道曾用"雨罢萍风吹碧涨"，是我特别喜欢的一个形容，用到西风井梧上，倒是显出俏皮。"大白"是什么呢？"饮不釂者，浮以大白"，"尽爵曰釂"，"釂"其实就是饮酒尽的意思，"大白"其实就是大酒杯。东坡词："翠袖争浮大白，皂罗半插斜红。灯花零落酒花秾"，皂罗是黑丝头巾，把酒席写得这样诗意。

这样的月圆夜，松院有静苔之色，竹房有深磬之声，正是古人反思人生之时。七月之七为西方，西方对应五行中金，金对应秋，金为革为生，故七是日月、五星运行的周期之数，所谓"反复其道，七日来复，天行也"。此月，天气主生对应着地气主成，七月十五因此才对应为中元节。道教的说法，中元节是三官中地官的诞辰，三官各自承担的任务是，天官赐福，地官赦罪，水官解厄。

而我理解，中元节之所以仅次于上元节重要，正因为赦罪与投生有关。按照唐玄宗官修的类书《初学记》中道书原始的记载，这一天是"地官校勾搜选众人，分别善恶。诸天圣众普诣（至）宫中，简定劫数。人鬼传录，饿鬼囚徒一时俱集。以其日作玄都大献于玉京山，采诸花果，世间所有奇异物、玩弄服饰、幡幢宝盖，庄严供养之具，清膳饮食、百味芬芳，献诸众圣。及与道士于其日夜讲诵是经，十方大圣齐诵灵篇，囚徒饿鬼当时解脱，一切俱饱满，免于众苦，得还人中。若非如斯，难可拔赎。"这就是七月十五供养献圣、香火繁盛的原因了，它不仅事关冥界亲人能否解脱苦难回归人间，更重要还事关自己之劫数。那么，"玉京山"在哪里呢？西晋葛洪已经记载了："元始天王，在天中心之上，名曰玉京山，山中宫殿，并金玉饰之"，"玄都玉京七宝山，周回九万里，在大罗之上"。大罗是道教所称三十六重天的最高一层，大罗之上，是元始天尊居住处，冲虚凝远，就莫知其极了。

道教在这一天通过集体供献、诵经"拔赎"的说法其实与佛教在这一天召唤集体供献，求助十方大德救难普渡的说法很接近，但佛教称这一天为"盂兰节"，就更显诗意。"盂兰"一词其实是梵文音译，但"盂"本是食器，自司马迁《史记》有"圣帝在上，德流天下，诸侯宾服，威振四夷，连四海以外都为席，安于覆盂"的说法后，就有了"盂安"一词。兰呢？农历七月本称为"兰月"，"纫秋兰以为佩"，纫是搓为挂索。"盂兰"一词是西晋竺法护（231年—308年）所译，竺法护是月氏人，被称为"敦煌菩萨"，他精通西域三十六国语言，总计翻译了159部经书，《盂兰盆经》是其中的一小部。

《盂兰盆经》中所记目连救母的故事，目连是释迦牟尼的十大弟子之一，他具备法力后，才看到了母亲的倒悬之苦。竺法护在译名时将其"摩诃目犍连"略为"目连"，"目"是观，无论观莲，还是观连四方，都充满寓意。正因这个译名，才使其救母故事变成了经典戏剧，经历代传播得家喻户晓。

我读《初学记》所载《盂兰盆经》其实极简略："目连见其亡母生饿鬼中，即钵盛饭往饷其母。食未入口，化成火炭，遂不得食。目连大叫，驰还白佛。佛言汝母罪重，非汝一人所奈何，当须十方众僧威神之力。至七月十五日，尝为七代父母厄难中者，具百味五果以著盆中，供养十方大德。佛敕众僧皆为施主，祝愿七代父母，行禅定意，然后受食。是时目连母得脱一切饿鬼之苦。目连白佛：弟子行孝顺者，亦应奉盂兰盆供养。佛言大善。故后人因此广为华饰，乃至刻木割竹，饴蜡剪彩，摸花叶之形，极工妙之巧。"现在流传的此经，是把它繁化了。

其实，在七月十五月圆时，我倒觉得，趁着阴气初起，以生者精神，招死者灵爽之招魂更有内涵——在俯视人世已几千年，毫不磨损的一轮如镜素月映照下，趁着清光虚白燃一盏河灯，看烛光摇曳出宁静蛇影游向荷风深处，借初起金风，连接起一辈辈的情愫，送去遥远之告慰，水漾波移，树影婆娑，籁声起伏，处处生生相惜，便四处都是共鸣。

这放河灯似乎是清代才有的记载，清潘荣陛在《帝京岁时纪胜》记着："每岁中元建盂兰道场，自十三日至十五日放河灯，使小内监持荷叶燃烛其中，罗列两岸，数以千计。"潘荣陛是雍正九年入清宫谋事，写成这部书，已经是乾隆十年退休后的事了。

赤壁赋

苏东坡的《赤壁赋》写于宋神宗元丰五年（公元1082），他被贬黄州的第三年，当时他已经四十多岁了。此赋作于农历七月十六——古人称月满之日为望，既是尽，既望是月缺之始。

此赋所记黄州赤壁，其实是赤鼻矶。苏东坡再自己的《记赤壁》中说，他在黄州居处，数百步远就是赤壁，"断崖壁立，江水深碧，或言即周瑜破曹公处，不知果是否"。在之后写成的《念奴娇·赤壁怀古》中，他用"人道是，三国周郎赤壁"，心已知其非。实际赤壁或在蒲圻赤壁，或在武昌西赤矶。清朝顾祖禹的《读史方舆纪要》在考证黄州府时说，赤鼻山在黄州府城西北汉川门外，土石都呈赤色，下有赤鼻矶，"苏轼以为周瑜败曹公处，非也"。而苏东坡死后不久，南宋范成大就在他的《吴船录》里说，东坡所记赤壁，不过是一座小赤土山，"未见所谓乱石穿空及蒙茸巉（巉）岩之景，东坡词赋微夸也"。

此赋内涵在典故中。其中所歌"窈窕之章"，显然不是"窈窕淑女"里那个窈窕，而是南朝宋名琴家、名画家宗炳《明佛论》"萍沙见报于白兔，释氏受灭于昔鱼，以示报应之势，皆其窈窕精深，迂而不昧矣"中那个窈窕，指深邃。东山也非泛指，李白《梁园吟》中有"东山高卧时起来，欲济苍生未应晚"句，指东晋谢安隐居多年，被桓温请为司马时，中丞高嵩戏言他说，卿累违朝旨，高卧东山，大家每每都说，安石不肯出，将如苍生何！苍生今亦将如卿乎！东山高卧显然是东坡在不得意中的某种精神慰藉。"纵一苇之所如"，借一片苇叶可纵意恣肆，恣肆向何方呢？如是佛家的如实之相。"凌万顷之茫然"的凌是乘，是驾驭，苇叶如扁舟，却茫然于波光月照的通途浩茫中。浩是水势盛大，西汉枚乘在他著名的《七发》中，曾用到"浩㳹漾兮，慌旷旷兮"，㳹就是水面上的光芒，水气荡漾，寒光逼人，慌旷旷表达着一种对浩茫无涯的恐惧。

东坡的茫然应在"凭虚御风"的典故中，凭虚才能凌空，御还是驾驭。凭虚御风典出《庄子·逍遥游》："列子御风而行，泠然善也"，泠然是飘然、轻妙态。列子即列御寇，相传战国时的道家，在《列子·黄帝篇》中，说他师从老商氏，以伯高子为友，得道后乘风而归。有个尹生想随他学技，他告诉尹生，得道是漫长的羽化过程：三年后，心不敢念是非，口不敢说利害，才能博师父一瞥。五年后，心能念是非，口能说利害了，才能博师父一笑。七年后，随心所想无是非，随口所说无利害了，才能与师父并席而坐。九年后，不知彼此是非利害，眼如耳，耳如鼻，鼻如口，心凝形释，骨肉消融，形无所依，就能自然地随风东西，"竟不知风乘我邪？我乘风乎"。遗世就是超脱尘世，超脱苦厄才能飘飘然独立，羽化为蝶，登仙。

东坡的扣舷之歌有怆然之意，这表明他当时虽好释道，仍超脱不了沉重的肉身。桂与木兰都是香木，棹亦是桨，兰、桂都怀才抱德，是华贵。棹歌乃行船所唱，汉武帝《秋风辞》："萧鼓鸣兮发棹歌，欢乐极兮哀情多"，是哀调。"桂棹兮兰桨，击空明兮泝流光"，我以为变自屈原《楚辞·九歌·湘君》中的"桂棹兮兰枻，斫冰兮积雪"，枻也是桨。这是屈原描写湘夫人对湘君的思念，小船破冰而行，桨击冰纷纷如积雪的景象。东坡在这里则表现另一种心境，泝是溯，逆水，渺渺水光引发出怅然，思念。怅然什么呢？"望美人兮天一方"就是指美女么？屈原的《九歌》中也有"思美人"章："思美人兮，擥涕而伫眙。媒绝路阻兮，言不可结而诒。"乃美好之殇。擥就是揽，持的意思；伫是伫立；眙是惊视。媒在这里是中介、交际，诒是流传。流泪在哪里惊视一切皆失，良友隔绝，无人对话，无人告慰，这样的语境中，才有箫声如怨如慕，如泣如诉。东坡所说的吹洞箫者，后人考证认为是杨世昌道士，孤舟嫠（lí）妇，嫠妇就是寡妇。

苏子愀然改容，问客："为何这等哀怨呢？"客曰正是昔日曹操《短歌行》中的名句——"月明星稀，乌鹊南飞，绕树三匝，何枝可依？'"缪是缠绕，郁是蕴积，苍苍为深青色。舳舻千里，舳是船尾，舻是船头。渔樵，打鱼砍柴，指隐居。江渚，渚是水边，况且我与你隐居江边，与鱼虾为伴，麋鹿为友，驾扁舟一叶，徜徉长江之无穷。匏是葫芦的一种，

匏尊是匏制酒樽，相属是相类，这里指互相劝酒。蜉蝣是朝
生夕死的小虫，人本渺小在天地间，如浩然沧海中一粒谷子，
但超脱却仍何其之难——骤得是疾速得到，遗响是余音，最
后仍然悲风萦绕，余音不息。

逝者如斯典出《论语·子罕》："子在川上曰：'逝者
如斯夫！不舍昼夜。'"逝是去，往，斯是事。孔子在川上说，
逝者皆如此，就如川流不息。这显然与曹操《短歌行》中的"对
酒当歌，人生几何！譬如朝露，去日苦多"亦有关联——未
曾逝，就计较盈虚，但最终，盈虚其实都无增减，人生本徒劳。
我把这最后一段看作东坡对自己的说理——以自己的变化看，
天地每一瞬间都不能给予满足；以自己的不变看，则我与所
有物都无尽，那又有什么可彼此羡慕的呢？况且天地间物各
有主，若非我所有，丝毫也取不得，唯江上清风、山间明月，
能以声、色享用，取之不尽、用之不竭。觉悟到这些，大概
就是"泠然善也"。

花绕槿篱秋

　　"花绕槿篱秋"是元朝龚璛的诗句。龚璛（1266年—1331年），镇江人，所存诗稿为《存悔斋集》，这首诗出自《嘉定州道中寄庶斋》："客梦孤云散，渔翁一帆投。人行江路晚，花绕槿篱秋。有酒谁同醉，还家此暂留。中年发尽白，岂必为离忧。"整首诗的意境并不突出，但我却特别喜欢这一句。木槿为篱，芍药为栏，是历代文人雅士所求的一种烂漫景致。两种都是仲夏农历五月始，感知阳光炽热而激情燃放之花，只不过芍药夭艳，便所谓"红笑笑不休"；木槿娇羞，只回眸一笑嫣红。秦观的"槿篱护药红遮径"是最典型的盛夏美景——槿花卫护着芍药花拥，耀红一条幽径。而"槿篱秋"是什么景象呢？此时，红药早已零落为泥了，秋高气爽，已是"日光风绪澹无情"。白居易用"萧条槿篱风"，在金风穿梭之间，槿篱就疏了，槿叶就浅了，感人的是这样一种夕死朝荣之花，竟能任朝昏荣落，前赴后继，花开一直延续到风露凄凄的晚秋。我喜欢的是这些晚花，依然密丛丛妆点篱叶的色调。所谓"花绕槿篱秋"，换一角度，便是"槿花半照夕阳愁"罢。

　　木槿是一种古老的花，最早它大约就两种颜色，洁白称

"椴"，胭脂红称"橧（chèn）"，绛紫大约是胭脂红的变种。
"椴"与"橧"都是《尔雅》中的名称——现在的椴树、梧桐显然都与它无关。很多人喜欢白木槿，因为它质素而清淡，更有一番雅致。但我还是喜欢胭脂红。"林花着雨胭脂湿"，这胭脂红是一种淡淡洇染开的色调，是少女脸颊上的红晕，我以为这才是《诗经·郑风》中"有女同车，颜如舜华"、"有女同行，颜如舜英"的"舜"。在我心目中，木槿之美，就美在这样的颜色吧，舜是瞬，那种清纯的晕红，如无人珍惜，瞬间就要凋零的。都说木槿是朝开暮落之花，按西晋潘尼（约250年—311年）的说法，凌晨结蕾，天明绽开，中午盛放，日暮陨落。其实我理解，"舜"是指颜色的变化，槿花之色染于清露，王维所以吟"山中习静观朝槿"，朝槿淡冶而笑，最美。若仔细观察，从早到午，水气吸干，花色便自淡至浓。一旦过午，则是一种渐渐黯然的过程，如胭脂红晕逐渐褪尽，到傍晚萎靡前，花朵彻底失却水分，会变成暗紫，状如绢花。然后，再萎缩成垂下的一球，色调彻底变紫，终坠落泥中。而它是一朵凋零另一朵又要紧接着绽放的，密丛丛枝丫间，布满簇簇花蕾，每被风吹落一球，另一蕾又饱含殷红，趁着夜色，准备呼之欲出。从夏到秋，它不断地结蕾，开花，唐朝诗人卢纶描写深秋的名句，"篱槿花无色，阶桐叶有声"，说花容会褪色，夸张而已。

有关槿篱，最有魅力的描述，无疑是后唐词人孙光宪（约895年—968年）的《风流子》了："茅舍槿篱溪曲，鸡犬自南自北。菰叶长，水荇开，门外春波涨绿。听织。声促。轧轧鸣梭穿屋。"弯溪映槿花，槿花照茅屋，鸡犬南北，多宽阔的构图！菰首便是茭白，它开紫红色小花。水荇是什么呢？一种水草，卵形叶，亦开鲜红色花，"翡翠馈鱼裛水荇"，"水荇花影上春绡"，在它们铺垫下，春波盈绿，所有美丽意境尽在小小的园中了。此时，茅屋里自然是暗的了，应此春红黛绿的，唯有促织鸣空壁了。以这首词比韩偓的"插槿作藩篱，丛生覆小池"，就显得韩偓太小气了。

我关于槿篱的美好记忆，其实来自童年。那魂牵梦萦的小巷深处啊，记忆总是停留在潮湿的晨光里。一条窄窄的似乎被水气浸泡一夜的麻石小径，分开挤向两边的粉墙，小巷尽头，是那座不知印过多少脚印的已经下陷的石桥，爷爷在这被水波映亮的桥上佝偻的身影就如雕塑。桥洞下，有小船在船头灶上炊饭，蔚蓝色的烟气与甜腻的米香弥漫在涨满的流水之上。下了桥是青石板路，石板上长满苔茸，沿石板路往前，有鸣声烦琐，那槿篱遮掩的院落就在飘忽的雨丝里。槿之美，先是叶，雨润翠碧，那叶片像是手工剪成的锯齿三角，叶脉很深，是最好的书签。然后，翠鲜中那般粉嫩的花，淡白的蕊，没有香气，却开得那样繁密，那姣好的颜色就刻在这遥远的记忆里。鲜嫩的木槿叶据说是可入肴或佐茶的，儿时还真未听说过，只知嫩叶饱含着青绿的黏汁，对它很深的记忆是，在那尚无洗发膏、肥皂也需凭票的年代里，母亲与姐姐们摘了它搓碎了洗发。以它洗过的黑发，一沐夏日凉风，就飘来特殊的清香。

因童年记忆，也因"鸡犬自南自北"，槿篱就成了一个小院梦。而待这个梦真成了现实，才发觉，以木槿作篱其实是对美丽的摧残——想想密密的槿丛排列在一起会是什么景象？早春时节，它们会是一墙可爱的新绿，每一片嫩叶都能被春阳映透。但它们的生命力太顽强了，每一枝杈都会再伸出新的枝杈，每一绿叶都还会召唤出新叶，到晚春已经绿不透风，腻虫就开始无情地吸吮那些鲜嫩的翠汁。之后，也会结蕾开花，但叶比花密，哪还会有花绕槿篱的繁荣呢？所以，其实，槿花本意是不愿群生的，独孤才有好花。还是李白懂花语，他说，"园花笑芳年，池草艳春色。犹不如槿花，婵娟玉阶侧。"独立在阶旁，独享清风阳光，才有槿妍。

秋声夺人

欧阳修有《秋声赋》，"草拂之而色变，木遭之而叶脱"，"声在树间"，描写的是风中的肃杀之气。更早时间，庾信有"树树秋声、山山寒色"之句，声也在树间——都是晚秋景象。晚秋之时木叶摇落，我以为最美的是秋水——所谓"落霞与孤鹜齐飞，秋水共长天一色"。晚秋的好处是"纤尘不动天如水，一色无痕月共霜"。秋光清浅、秋明空旷，此时那水让天滤得净透，任何色彩都恬静地包容在他清潋的微笑之中。杜甫因此而有诗"秋水为神玉为骨"。

但如果将秋作为一个过程，其美丽其实不在这种清朗与逐渐的清静、清瘦与清寥，我不喜欢这过程中的秋风生哀、花落悲心。我喜欢夺人的秋声在早秋那种清高与清锐中的秋声浩荡。贾岛有诗句"一点新萤报秋信"，意思说，秋天是随萤火虫而始。萤火虫三月出幼虫，没有翅膀的幼虫要经六蜕成蛹，雄虫蛹羽化后才漫天飞舞。按《汲冢周书》的说法，"大暑之日腐草化为萤"，我却一直以为秋实际从夏至就开始了——夏至阴阳会聚，阳气盛到至极，阴气就开始萌生。秋是阴气逐渐弥漫的季节，又是秋虫用歌声一点点呼唤再一点点送走的季节。《诗经·七月》中有"五月鸣蜩"、"五月斯螽（zhōng）动股"，蝉就是蜩，斯螽就是螽斯。《诗经·周南》中专有一首有名的《螽斯》，这个"斯"在最早使用中我怀疑是助词，后来才与"螽"合成一个名词。大自然的事情处处耐人寻味——夏至后蝉在高处树干上歌颂夏天，螽斯则在低处草浪中呼唤秋天。夏至后过一个月才是大暑。

螽斯是靠翅膀振动来鸣秋、使秋素得迷人的虫的统称。我在一本植物书中读到，光我国的螽斯就有300多种。其中我所喜欢者，一为金铃子，另一为纺织娘，而蝈蝈我总觉得因为在日光中聒噪，叫声廉价却并无清雅之声。古人原来称蝈蝈是"日虫"，其实它在夜里也叫。但金铃子与纺织娘是"夜虫"，白天一般是不叫的。金铃子我未见古人有特殊的名称，我喜欢它是因为它的娇嫩——身体是绿成近乎透明的那种嫩绿，鸣声因其脆弱在清悄、清微中充满清淡与素净。纺织娘相比要个大，其绿比金铃子深厚，鸣声也比金铃子清亮，其鸣的好处是上下交织那种节律的丰富性，在清俐中显出清质。这纺织娘古人称它为"莎鸡"——《诗经·七月》："六月莎鸡振羽"，也叫"梭鸡"与"络纬"。

我喜欢立秋前旷野里那种浩荡着的秋声夺人。童年中郊外的夏夜是晴透得中间没有一丝阻隔，黑成那样纯厚的透，萤火虫在夜幕中真可谓"飞光千点"。古人说萤火虫是因腐草与竹根间本身的光感湿热之气变成，所以那漫天的忽明忽暗给人一种清袅，也可谓清气入肌。但各种各样螽斯在这清袅里清舒、清晶、清亮、清越的鸣又组合成一种极强劲生命的力，反过来将那漫天本来阴气氤氲的荧光装饰得那样壮丽。那时身在旷野中，鸣声真构成一种向你撞来的声浪，千错万织无边无沿，集在一起好像都在争着一个清高，使你不由自主就会被这庄严感动——千百万的虫历尽艰辛羽化后就为通过这声光召唤传种接代。萤火虫雌虫不飞行，雄虫漫天飞舞地呼唤她们，找到伴侣后他们会有淋漓尽致到数小时的交尾，然后雄虫使命完成，过一两天就死了。雌虫找到合适的土缝、石缝产卵，目的也为迎接勇敢的死。雄螽斯同样用鸣声呼唤雌螽斯，不断急促的鸣声是为不断获得新伙伴——只要还有气力，就希望有尽量多的伴侣、尽量多的子孙，这种古人称为的"螽斯之德"后来被喻为后妃妻妾间互不嫉妒的妇德。雄螽斯明知自己用多了气力会加速死亡，也要穷尽自己生命之力欢乐地歌唱与交尾，等它们力气用尽，也就死了。

在童年记忆中，我们捡冰棍棍儿，集在一起将它们编成笼子，抓来的纺织娘与金铃子都挂在檐下，萤火虫则都在瓶子里。躺在蚊帐里草席上，月光将窗外一堵粉墙映出坚硬的檐角的影子，萤火虫的光在瓶子里一暗一明地交错，纺织娘与金铃子则也会在笼子里委屈地鸣。他们知道在笼里唤不来他们伴侣的温馨，因此在月光下的鸣没有旷野里那种清媚，却带着一种清悲。它们最喜好的食物是丝瓜花，我们会冒着被主人发现训斥的风险帮它们去采花，它们感动后在月光下也会在我们注视下抖开双翅使鸣声变成清婉。但大人们一出现，它们的歌声马上戛然而止。它们不喜欢大人。而白天看那些萤火虫，它们会抖动精巧的黑黑翅膀，它们的肚子圆鼓鼓好像包着一肚子的黄蜡。

立秋后，但凡美丽的萤火虫与螽斯们大约都在享受过短暂的欢愉、产过卵在这世界上留下过印迹后一批又一批地死去。这时唱主角的就成了蟋蟀。蟋蟀也有很多品种，鸣声中最好听的其实是油葫芦，好的油葫芦个大，色泽如油，鸣声婉转，声颤而长，据说叫声拖得最长能至十三次婉转，但我实在觉得那鸣声太过幽怨。与螽斯不一样，旷野草地中的蟋蟀是没有力量的，越钻在重石中的鸣声越为低沉与雄浑。童

年中捉蟋蟀用的是竹筒，蟋蟀怕水，在石缝那端滋一泡尿，
这端就用竹筒候着。但能自觉跳出来的还是少数，那就几个
人鼓足了劲也要将石板翻起来。抓住的蟋蟀作比较，真正能
留下养到蟋蟀罐中的是少数，好蟋蟀的鸣声应该有金属声。
甲骨文的"夏"是蝉的象形，"秋"是蟋蟀的象形，《淮南
子》里所谓"春女思，秋士悲"，"悲"是"物过盛而当杀"，
所以蟋蟀之鸣其实更秋声。孟浩然诗"何以发秋兴，阴虫鸣
夜阶"，孟郊诗"一床空月色，四壁秋蛩（qióng）声"，只
是我自己不喜欢那种清哀中的悲秋感觉罢了。蟋蟀之鸣在一
般意义上总是低沉的对即将逝去的无奈，但在我感觉中，它
们也有那样的激情夺人——白露前后，午夜时分，从家里的
小木楼下到天井，那是一个清明月圆之夜，厚厚的月光如同
凝脂，粘得四处晶亮。那时满天井竟会是鸣声沸腾，实在也
如"波涛夜惊，风雨骤至"之感。钻在各种缝隙中蟋蟀、油
葫芦好像全都拼尽了力气在这月色中比鸣，好像就是最后的
悲促沸腾歌唱，那比拼着的鸣甚至都要达到快撕裂的感觉。
那不是庄严，真正变成一种悲壮，那沸腾是在一个空间里放
大了的那种旷野的感觉，月色凉阶的凄清全部变成辉煌的耀
亮。

我将这耀亮凝滞成一种秋的告别。白露之后，梧桐树叶
飘零，月色变浅，蟋蟀的鸣声变成越来越痛苦疲惫的清虚悲
咽应答，生物们有声有色的一年也就又过去了。

中秋考

古人"中秋"与"仲秋"通用。在流传的，应该是最早的《尚书·尧典》中，有"宵中，星虚，以殷仲秋"的记载。"宵中"指昼夜长短相等，"虚星"是北方玄武七宿之一，"殷"是"正"，也就是以虚星黄昏时在南方出现，昼夜平分来说明仲秋时节气候。春夏秋冬，四时成岁，每季都有孟、仲、季三个月，"孟"是第一，"仲"是第二。在西汉刘安的《淮南子》里，有为什么每季是三个月的解释："一而不生，故分而为阴阳，阴阳合和而万物生，故曰：'一生二，二生三，三生万物。'天地三月而为一时，故祭祀三饭以为礼，丧纪三踊以为节，兵重三罕以为制。""踊"是跳脚号哭，兵以三军为制，"三"也就是终。按编纂于战国时期的《礼记》的解释，"月者三日成魄，三月而成时"。"三"也就是终。

同样编纂于战国时期的《周礼》，在《天官·司裘》中有"中秋献良裘"的记载。"司裘"是管皮衣的官，中秋时节，夜寒风凉，要献上精致的皮衣。在《春官·籥章》中有："中春昼击土鼓吹豳（bīn）诗以逆暑，中秋夜迎寒亦如之。""籥（yuè）"是古乐器，共两种，"吹籥"是早期的笛，"舞籥"

是早期的箫。"籥章"是专管"籥"的官，还有"籥师"，专管与"籥"配合的舞蹈。这里的"中秋"显然指仲秋时节，古人在仲春与仲秋都有顺应时节的歌舞，只是舞蹈性质不同：仲春击鼓吹幽管唱迎暑之歌，为顺应阳气，用斧与盾跳武舞；仲秋击鼓吹幽管唱迎寒之歌，为顺应阴气，用羽毛跳文舞。秋分时节的祭月，实际就是这种顺应时节礼仪的发展。《夏官·司弓矢》中还有："中春献弓弩，中秋献矢箙。""司弓矢"是专管弓箭的官，"矢箙"是用兽皮做的盛箭的口袋，是为秋冬的狩猎做准备。

　　秋分这个节气一般与中秋相距最近，偶然也有碰上中秋的。何谓秋分？按西汉董仲舒在《春秋繁露·阴阳出入上下篇》中的说法是，"阳在正西，阴在正东，谓之秋分。秋分者，阴阳相半也，故昼夜均而寒暑平"。他说，春分是"阳在正东，阴在正西"，所以"阴日损而随阳"，阳尊阴卑，要跳武舞。秋分是"阳日损而随阴"，变成相对的阴尊阳卑，要跳文舞，阴气日益加重才会有霜降。这样，春分在早晨朝拜太阳，秋分在傍晚朝拜月亮，都是歌舞具体内容。"春分朝日，秋分夕月"，是通过顺应天道来建立王者之尊。按规矩，朝日在东门外，夕月在西门外。《周礼》的《天官·掌次》说："朝日，祀五帝，则张大次小次，设重帟（yì）重案。"四时祭祀都为"迎气"，五帝是传说中上古的五位帝王，"大次小次"是大幄小幄，君王祭祀前后休息的地方，重帟重案是摆祭品的用具。

　　春分朝日的礼拜是迎日，因为日是太阳之精，所以君主要天未亮先到大幄等待，祭祀日出后再到小幄休息。秋分夕月是迎月，月是太阴之精，秋分日还有天人会月的说法。万物春分而生，秋分而成，也就是一个生长周期的结束。但《周礼》中没有迎月仪式的详细记载。"夕月"应该是今天中秋崇拜的基础，也就是说，中秋崇拜基础是膜拜太阴之精，随阴尊阴。因为从这一天起，阴气将左右天地万物，直到来年春分阳气重新突地而出。

那么什么时候才有中秋节的名称？查宋人李昉为宋太宗赵光义编《太平御览》时，"时序部"里还没有中秋节或者八月十五。李昉生于后唐同光三年（925 年），卒于宋至道二年（996 年），说明北宋初中秋尚未成节。但唐诗中已经多有八月十五记载，白居易的《效陶潜体》之七中，已明确有"中秋三五夜，明月在前轩"。"三五"就是十五，《礼记·礼运》说月亮是："三五而盈，三五而阙。""盈"为圆满，圆满也就是缺损的开始。唐人张读的笔记《宣室志》中，已经记载东晋太和年间，有一位周生善道术，"中秋客至，周曰：'吾能梯云取月置之怀。'因取筋数百条，绳梯架之。闭目良久，忽天黑，仰视无云，俄，呼曰：'至矣'，手举其衣出月寸许，一室尽明，寒入肌骨，食顷如初。"但我理解，唐代只是已经从迎月发展到玩月，八月十五显然还没有成为合家团圆专门的节日。因为在顾况的《望秋月简于吏部》诗中，仍有"沉寥中秋夜，坐见如钩月"句，诗中的"中秋"还是泛指八月。"沉寥"是空旷而清朗，《楚辞·九辩》："沉寥兮天高而气清。"

最早明确记载有一个"中秋节"的，应该是南宋孟元老的《东京梦华录》，此书是南渡临安后对北宋末年汴京民俗的追记，在卷八中有"中秋"条："中秋节前，诸店皆卖新酒，重新结络门面彩楼花头，画竿醉仙锦旆。市人争饮，至午未间，家家无酒，拽下望子。是时螯蟹新出，石榴、榅桲（可做蜜饯的酸果）、梨、枣、栗、孛萄（葡萄）、弄色枨桔，皆新上市。中秋夜，贵家结饰台榭，民间争占酒楼玩月。丝篁鼎沸，近内庭居民，夜深遥闻笙竽之声，宛若云外。闾里儿童，连宵嬉戏。夜市骈阗，至于通晓。"其中没有馈赠月饼的记载，强调的是喝酒和吃螃蟹、吃各种新鲜水果。从玩月发展到以酒邀月、赏月，热闹中一片酒气蒸腾。

之后，同是南宋人的吴自牧模仿《东京梦华录》作成《梦粱录》，卷四"中秋"记："八月十五日中秋节，此日三秋恰半，故谓之'中秋'。此夜月色倍明于常时，又谓之'月夕'。此际金风荐爽，玉露生凉，丹桂香飘，银蟾光满。王孙公子、富家巨室，莫不登危楼，临轩玩月。或开广榭，玳宴罗列，琴瑟铿锵，酌酒高歌，以卜竟夕之欢。至如铺席之家，亦登小小月台，安排家宴，团栾子女，以酬佳节。虽陋巷贫窭之人，解衣市酒，勉强迎欢，不肯虚度。此夜天街买卖直至五鼓，玩月游人婆娑于市，至晓不绝。"这里，欢饮开始有合家团聚的背景，而且在卷十六的"荤素从食店"中出现了"月饼"记载。但月饼此时还没与中秋联系，它陈列在当时临安的"市食点心"类中，是点心的一种。"四时皆有，任便索唤"，与它排列在一起的还有芙蓉饼、菊花饼、梅花饼、开炉饼。在南宋周密的《武林旧事》中，月饼则列在"蒸作从食"中，说明它最初是一种蒸食的点心。

月饼与中秋联系起来的最早记录，可能是明朝田汝成的《西湖游览志余》，此书卷二十《熙朝乐事》中明确说："八月十五谓之'中秋'，民间以月饼相遗，取团圆之义。"但明代的月饼究竟是不是烘烤的？还是没找到文字记载。直到清人袁枚的《随园食单》中，有两种明确的月饼记载——"刘方伯月饼：用山东飞面作酥为皮，中用松仁、核桃仁、瓜子仁为细末，微加冰糖加猪油作馅。食之不觉甚甜，而香松柔腻，迥异寻常。""花边月饼：明府家制花边月饼，不在山东刘方伯之下。余常以轿迎其女厨来园制造，看用飞面拌生猪油团，百搦才用枣肉嵌入为馅，裁如碗大，以手搦其四边菱花样。用火盆两个，上下覆而炙之。枣不去皮，取其鲜也。油不先熬，取其生也。含之上口而化，甘而不腻，松而不滞，其功夫全在搦中，愈多愈妙。"两种都是酥皮月饼。

中秋夜，天高月圆，酒足饭饱，最易舒展对明月的感触。当年东汉人张衡在他的天文著作《灵宪》中说，月亮中是因"阴精积而成兽，像兔、蛤焉，其数偶"。唐人段成式在《酉阳杂俎》中引用佛家说法，说月中所有，乃地上山河的影子，蟾兔都是"地影空处水影也"。北宋沈括在《梦溪笔谈》中的观察，倒是与今天科学的说法一致。他说："月如银圜，本自无光，日耀之乃有光。其圆非圆，乃月与日相望，其光全耳。及其阙也亦非真阙，乃日光所不及耳。"在很早之前，刘安在《淮南子》中其实已经说过："月望日，夺其光，月十五日与日相望，东西中绝则月蚀夺光也。"

至于嫦娥奔月的说法，在《淮南子》中记："羿请不死之药于西王母，嫦娥窃之奔月宫。嫦娥羿妻也，服药得仙，奔入月中为月精。"张衡的《灵宪》中补记："嫦娥奔月，是为蟾蜍。"于是蟾宫便变成月亮代称，蟾蜍是为月精，其阙也就变成银蟾所食。然后有玉兔，银蟾是嫦娥，倒是阳；玉兔变成金兔倒是阴，蟾蜍与兔共明，阴系阳。然后有广寒宫，柳宗元的笔记《龙城录》记，开元六年八月十五，唐明皇"与申天师、洪都客作术，卧游月宫，见一宫榜曰'广寒清虚之府'，下视王城，嵯峨若万顷琉璃之田。有素娥十余人，皆乘白鸾舞于广庭桂树之下，音乐清丽。归按其调作霓裳羽衣之曲"。有了广寒宫中的桂树，才有了与嫦娥配对的吴刚。吴刚出现于比《龙城录》略晚的《酉阳杂俎》："旧言月中有桂，有蟾蜍，故异书言，月桂高五百丈，下有一人常斫之，树创随合。人姓吴名刚，西河人，学仙有过，谪令伐树。"至此，赏月一切要素都已具备，以后的诗人们只不过以此为题材，对酒当歌，不断重复地抒发自己的幽思而已。

苏东坡的中秋词

　　每到中秋佳节，面对皓月当空，一碧如洗，首先想到的一定是苏东坡的"明月几时有，把酒问青天"。这首词写于北宋的熙宁九年（1076年）中秋，地点在山东密州的超然台上。当时密州城即今天山东的诸城。这是神宗执政后执意依靠王安石改革的第九年，苏东坡1071年因公开反对王安石的新法，被弹劾离开京城，到杭州当了不到三年通判，最后一年纳了名妾朝云。通判的地位低于知州，也就是州府长官的副手。1074年底他从杭州调密州当知州，相对杭州，密州自然是个小州。这是他到密州任上的第二年，实际上，到1076年9月他就离开密州又到徐州当知州了。这年10月，王安石第二次被罢官，终于罢而不得翻身。但苏东坡的坏运却没有结束，这年中秋后三年，他被王安石的门徒诬告在诗中讥讽朝廷，成为中国历史上第一桩文字狱的受害者，1079年中秋他凄凉地在押解到京途中，农历八月十八日进京入狱。

　　1076年中秋，苏东坡当然不能预料3年后更进一步的厄运，他1074年农历腊月一到密州，就看上了原来筑密州城在北城边遗留的两个高台，其中西台经修葺后，他写了《超然台记》，记中说他当时，伐"安秋、高密之木以修补破败"，"台高而安，深而明，夏凉而冬温"，在台上能东望秦朝博士卢敖当年因避暴政隐遁洞中，绝食修炼成仙的庐山，西望当年齐国的疆界穆陵关，可"放意肆志"。它成为失意的东坡会客、喝酒、登高寄托雅兴、自以为得意之处，"雨雪之朝，风月之夕，余未曾不在，客未曾不从"。台下有旧园，经维修后称为"西园"。

"超然台"是他弟弟苏辙命名，意境取自《老子》的名言"虽有荣观，燕处超然"。古人解"燕"是"安"，"燕处则听雅颂"，是一种安逸闲适。关于这个台，近年有一位邹金祥先生专有仔细考证，说它原址应在"今诸城市人民路台下巷北端与北关路交汇处"，邹先生所据大约是当时州志，他说，"超然台背北面南，北面紧依城墙，高三丈。台面略呈梯形，前沿东西长八丈余，南北宽七丈余。台壁基础为花岗岩条石砌成，高六尺许，基础之上为古代大青砖垒就，自下而上，渐次内缩，成为下宽上窄的梯形竖壁"，上台须走54级台阶。可惜，诸城政府大约还未顾及这个著名遗址，此台如作为古迹修复，倒会成为中秋最经典的赏月去处。

按照孔凡礼先生所撰《三苏年谱》，1076年这个中秋，苏东坡在这超然台上作《水调歌头》表达对弟弟苏辙的思念前，先作了《和鲁人孔周翰题诗两首》。在这两首诗前，东坡有引语说，在台上喝酒赏月，听酒友说到孔家后代，仙源令孔周翰企求来密州，引出传诵这孔周翰五年前在中秋节有题壁诗，感慨时隔十七年，亲友生死分离，月色依旧。孔周翰的诗为："屈指从来十七年，交亲零落一潸然。婵娟再见中秋月，依旧清辉照客眠。"此诗应是促发东坡后来写《水调歌头》的一个引子，但他当时先写的两首诗完全是即兴为"他日一笑"——"坏壁题诗已五年，故人风物两依然。定知来岁中秋月，又照先生枕麹眠。""更邀明月说明年，记取孤吟孟浩然，此去宦游如传舍，拣枝惊鹊几时眠。"后一首中之所以提到孟浩然，是因当时都嗟叹孟浩然写秋月清绝到骚客们都"搁笔不复为继"。孟浩然的《秋宵月下有怀》中用到"惊鹊"："秋空明月悬，光彩露沾湿。惊鹊栖未定，飞萤卷帘入。庭槐寒影疏，邻杵夜声急。佳期旷何许，望望空伫立"。而这"惊鹊"最早出自曹操的《短歌行》："月明星稀，乌鹊南飞，绕树三匝，无枝可依"。指月色亮到乌鹊都绕树而不敢登枝。

那个晚上，苏东坡欢饮达旦，大醉，此篇为醉前思怀而作。他喝的可能就是以当地土米酿成的劣质酒，因他在一篇杂文《黍麦说》中曾说，酒的好坏与稻麦的阴阳有关，北方之稻不足于阴，南方之麦不足于阳，所以南方因籼麦杂阴气而无佳酒。他到杭州时，专运百石北方麦子去制糯，结果酿成佳酿赛过京都酒。北方制酒如用南米，也能成就好酒，"吾昔在高密，用土米作酒，皆无味"。

那时王安石推行新法，削减公使费用，苏东坡这年春天请好友喝酒，曾写诗发牢骚说，当年陶渊明一个县令，以公田二顷五十亩种高粱酿酒，我身为太守，只能"岁酿百石何以醉宾客"？他说，还不如回乡贷粟作酒，以足畅饮。

其实苏东坡对酒的品位，后人多有鄙视，他写过一篇《浊醪有妙理赋》，开头就是"酒勿嫌浊"，认为神圣功用并不以酒见高下，浊酒有浊酒好处——"浑盎盎以无声，始从味入；杳冥冥其似道，径得天真"。强调的都是酒外忘我境界，所谓"坐中客满，惟忧百榼（酒器）之空；身后名轻，但觉一杯之重"。后来真正好酒的文人对他不屑，还因为他喜好蜜酒、桂酒之类有浓香的甜酒。他到黄州后作有《蜜酒歌》："真珠为浆玉为醴，六月田夫汗流泚。不如春瓮自生香，蜂为耕耘花作米。一日小沸鱼吐沫，二日眩转清光活。三日开瓮香满城，甘露微浊醍醐清。"并在《东坡志林》中专记这种蜜酒酿法——蜜炼熟后用热水搅拌，加麦麯与南方米麯，密封，暑天三日后，如果"味极辣且硬"，就再加入"炊饭"，甜软则再加入酒麯。这等甜酒的质量可想而知。其实在东坡之前，古人早就说过，酒以红见恶，因为酒红为浊，白则清，所以称薄酒为红友，玉醴玉液、琼饴琼浆都指白酒。年纪比他小 40 岁的叶梦得由此在他的笔记《避暑录话》中记，其实东坡酿的蜜酒喝了经常会突然拉肚子，因蜜水发酵不够，经常会腐败。叶梦得由此说，酒要不是好麯所酿，何以为酒？若不像酒，渍木瓜、柑橘吃就是了。将东坡踩得不轻。

但苏东坡说，喝酒的境界在神游，促使"刍豢饱我而不我觉，布帛燠我而不我娱"，刍豢是吃草的家畜，意思就是吃肉、穿衣都会浑然不觉，神游物外，所以"在醉常醒，孰

是狂人之乐？得意忘味，始知至道之腴"。那么他究竟有多
大酒量呢？南宋张邦基在《墨庄漫录》中说，东坡好酒，但
酒量实在不行。苏东坡自己也承认，他在《东坡志林》中说，"吾
兄子明，饮酒不过三蕉叶。吾少时望见酒盏而醉，今亦能三
蕉叶也"。蕉叶是古人对最小酒杯的代称。饮器中，钟鼎最大，
梨花蕉叶最小。

那天晚上在超然台上赏月，除无好酒，大约也没什么好
吃的。为什么？苏东坡在 1075 年中秋前作过《后杞菊赋》，
在这篇赋前记中说，"余仕宦十与九年，家日益贫，衣食之奉，
殆不如昔者。及移守胶西，意且一饱，而斋厨索然，不堪其忧。
日与通守刘君廷式，循古城废圃，求杞菊食之，扪腹而笑"。
杞是枸杞。比东坡小 18 岁的张耒刚当上官时读到此赋，曾深
受感动而作《杞菊赋》，其中说到"胶西先生，为世达者，
文章行义，遍满天下。出守胶西，曾是不饱。先生不愠，赋
以自笑"。到 1076 年春，东坡收集友人为他的超然台作诗赋，
找到张耒，张耒作赋曾追问："古之所谓至乐者，安能自名
其所以然耶？"他说，我以为，自以为超然而乐，大约心还
不免为其所累。为什么呢？因为世上的贱大夫，奔走劳役，
守尘壤，握垢秽，身在其中乐此不疲。超然者，是远引超然
一切而去，芥视万物，世之所乐，都不动其心，所以忘超然
为真超然，才能乐乎超然后忘乎可能。他对东坡超然的定义是：
超然而独得，犹存物我于其间，不过是一种无法超然的清高。

那天晚上，无好酒，也无佳肴，因当时密州连续两年闹

蝗灾、旱灾，而东坡当时本身就笼罩在一种悲凉心境中。他在农历七月五日咏新秋的诗中曾感叹："西风送落日，万窍含凄怆。念当急行乐，白发不汝放。"汝是你，意思是阻止白发竟生。之前六月，与友人登山作诗时，也用到了白发："人生如朝露，白发日夜催。弃置当何言，万劫终飞灰。"在这样背景上理解《水调歌头》，就能深切体会到他的真实心境。

此词第一句，为何是"把酒问青天"？现在一般都认为出自李白的《把酒问月》："青天有月来几时，我今停杯一问之，人攀明月不可得，月行却与人相随。"为什么称"青天"？不仅以"青"指向"天"是蓝，而且这"青"又通"清"。第三句"我欲乘风归去"，关键在"归"字。《列子·黄帝》中，确实用到"乘风而归，竟不知风乘我邪，我乘风乎"，但这"归"恰是想逃遁而飞翔到高寒之境，寒气砭骨，以后这高寒就成为月光的代称。第四句又借了李白的《月下独酌》的第一首："举杯邀明月，对影成三人。月既不解饮，影徒随我身"，"我歌月徘徊，我舞影零乱"，但"何似在人间"，反过来，接着前面的"乘风归去"，人影翩翩都在悲凉仙境中。后半阕，写月光从朱阁之上沉到绣窗之下，"不应有恨"，借用的是石延年的对联"月如无恨月长圆"，石延年以气节自豪，据说喜豪饮，一夜喝到天亮都无酒色。早在苏东坡儿时，他就死了。最后的"婵娟"，明显从孔周翰题壁诗引出，但它最早出自汉朝张衡的《西京赋》，原意是姿态妖蛊，到南朝梁沈约写雪，说"夜雪合且离，晓风惊复息，婵娟入绮户，徘徊惊情极"，已经变成美女了，多美的意境！唐诗中，刘长卿是最早将她用到月色中的，他的琴曲《湘妃》里用"婵娟湘江月，千载空蛾眉"。

东坡作此词后第二年，即 1077 年中秋，他在徐州当知府，苏辙到徐州，两人团聚同饮，因苏辙第二天就要去南京，东坡作《阳关曲》："暮云收尽溢清寒，银汉无声转玉盘。此生此夜不长好，明月明年何处看。"苏辙也作《水调歌头》作为对去年的回应："离别一何久，七度过中秋。去年东武今夕，明月不胜愁。岂意彭门城下，同泛清河、古汴，船上载凉州。鼓吹助清赏，鸿雁起汀州。坐中客，翠羽帔，紫绮裘。素娥无赖西去，曾不为人留。今夜清樽对客，明夜孤帆水驿，依旧照离忧。但恐同王粲，相对永登楼。"彭城就是徐州，翠羽帔，绿色的披肩；紫绮裘，紫色的皮袄，都为证明"高处不胜寒"。最后结尾是，恐怕我们要像建安七子中的王粲了——王粲怀才不遇而作著名的《登楼赋》，赋中风萧瑟而心凄怆，最后结尾是："夜参半而不寐兮，怅盘桓以反侧。"

月　赋

南朝宋谢庄的《月赋》并非《月赋》的开山之作，最早写《月赋》的是公孙乘。这个公孙乘是西汉梁孝王的门客，现在被收进《古文苑》的这篇赋相对简单，乃奉命为梁孝王所作，是个残本。它说，月光皎洁，反映着君子之德。仙鹤般的鹍鸡舞于拂动兰草的绿洲，蟋蟀在西堂鸣叫。您有礼乐，我有衣裳。美哉明月，当空而出。山云遮而如钩，城墙蔽如破碎的明镜。月徐徐高升增辉，至临庭而悬映。太阳难比它明亮，玉璧难比它洁净。它顺规则运行，以正阴阳。最后结尾是"文林辩囿，小臣不佞"。意思是，文人善辩者如林，小人不才。

此文无文采，自然后来要被淹没，于是谢庄的《月赋》就成为后人无法超越的经典。《月赋》以曹操的儿子曹植因好友应场、刘桢刚死而伤怀开头，悲伤挥之不去，招王粲作赋排遣。建安七子中的这三位，其实王粲、应场、刘桢都死于建安二十二年（公元 217 年）的那场瘟疫，时王粲 41 岁，应场、刘桢都是 43 岁。死在这场瘟疫中的建安七子还有徐幹 48 岁，陈琳 61 岁。5 人中王粲死于春天，应在应场、刘桢之前，而曹植被封为陈王是在太和六年（公元 232 年），也就是在王粲们死后 15 年。曹植死于这一年的农历十一月，由此谢庄写曹植与王粲论月，显然是在写冥境。

谢庄在这篇赋中先写楼阁青苔萌生，台榭蒙上尘土，曹植悲极而疚心疾首，悄的原意先是忧伤，忧心如焚才悄寂无声。这曹植忧伤到半夜难眠，清扫幽兰之路，整肃丹桂之苑，乘风腾越寒山，停在秋意弥散的山坡上。寒山是传说中北方常寒之山，《楚辞·大招》："魂乎无北，北有寒山。"这里的吹，我以为是《诗经·郑风·萚兮》"萚兮萚兮，风吹其女"中那种吹拂的意思，萚是落叶。弭是止息，盖是遮蔽。面对深沟怨路遥，登高山更伤远。此时天河偏东，正是吉时。北陆就是二十八宿中的虚宿，冬至时月在北方黑道虚宿北陆的位置，此时在北陆之南，天气已经凉了。白露弥漫，素月游于空中，曹植沉吟像《诗经·齐风·东方之日》中"东方之月兮，彼姝者子，在我闼兮"那样的句子。姝是美女，闼是门，意思是，东方之月啊，那个美女在我门口。又衷情吟诵《诗经·陈风·月出》那样的篇章，《诗经·陈风·月出》第一段是："月出皎兮，佼人僚兮。舒窈纠兮，劳心悄兮。"佼人：美人，僚；美丽，窈纠；窈是轻，纠是缠绕，劳心；劳思。然后准备毛笔、竹简，招王粲进殿。

王粲进殿跪称，臣偏远东部乡村的卑微孤介之人，学识肤浅、道理不明，虚奉明王之恩。臣听说沉潜为义，高明为经；沉潜为地，高明为天；沉潜克刚，高明克柔；于是日施阳德，月施阴精；法度成天经地义。月揽扶桑之光，也就是太阳之光盛于东方汤谷，汤谷在哪里呢？《梁书·诸夷传》说，扶桑国在大汉国东两万余里，日本由此才称自己为日出之地。而月生成于夕阳所落到的西冥神树若木之处，西冥即昧谷，一西一东，与汤谷相对，昧即冥。这昧谷在哪里？就没人认领了。

王粲随后用玄兔与素娥两个指称：引黑兔到天台，嫦娥进后庭，说月以朒朓（ nǜ tiǎo ）警阙，朏魄示冲。月，朔而见东方，农历初一为朒，朔，苏也，复苏而生也；晦而见西方，农历月底为朓，晦，灰也，死而为灰也。阙是残缺，警阙是警醒阙德，也就是提醒注意自己的过失。农历初三月初生谓朏、魄：大月称魄，小月称朏，以始生脆薄之形提示人要谦冲，不自盈大。月顺十二辰运行普照天下，从星而有风雨，使台室增辉，轩辕宫扬彩。台室指三公位，三公是古代三种最高官衔，按《史记·天官书》，它们围绕中宫天极星，主变出阴阳，佐机务。轩辕共十七星，蜿蜒如龙，则集成后宫之象。月色委照东吴，吴氏梦月生孙策，使吴业昌盛；它降精至汉庭，李氏梦月生元后，汉道由此光明。

下面是一段特别漂亮的写月色文字：气清地爽，云敛天高，洞庭始波，木叶微落，菊散芳于山顶，雁留哀于江滩。升清质悠悠，降澄辉蔼蔼，这蔼蔼据唐人李善的注释，是月光微暗貌，但蔼蔼本是盛多的弥漫，弥漫中还有温和。繁星退饰，长河韬映，大地凝雪，天净如镜，楼台绵延如披霜缟，阶梯层叠如冰清玉雕，于是君王厌晨欢，乐宵宴，收妙舞，停掉清亮的打击乐，走出燃烛之房，登上月光宝殿，置芳酒，献鸣琴。凉夜独自凄凉，风吹竹声成韵。亲友未随，羁客孤旅路遥，鹤声羌笛在秋声中引导，调琴弦、择音调，奏起徘徊的《房露》、惆怅的《阳阿》，声林俱静，池水波平，情郁结痛楚何处寄托？诉浩月而长歌。这里的纡轸借用于《楚辞·九章·惜诵》："背膺牉以交痛兮，心郁结而纡轸。" 膺是胸，牉是一半，纡为萦绕，轸为伤怀。

最后的慰藉之歌曰："美人远离兮绝音尘，隔千里兮共明月。临风叹兮怎能止，水路长兮不可越。"歌声未终，残余景色将尽，满堂宾客变容，迷惘怅惶如失。于是继续歌曰："月既没兮露将干，岁将迟暮无人同归，佳期可以还，微霜沾人衣。"曹植叫好，让手下送礼品赐玉璧，称一定铭记玉音，反复回味永不厌弃。玉音是对别人言辞的敬称。

读此赋可能的疑问是，谢庄为什么会独选王粲？我想，不仅因王粲的感伤情调与此赋相合，钟嵘对他评介是"发愀怆之词，文秀而质羸"，愀是萧条，羸是瘦弱。也不仅因王粲博学，生前就是曹魏众多礼仪文书的起草者。更重要是谢庄从曹植、王粲留下的文字中找到了一种气质关系，此赋实在是谢庄依据曹植《秋思赋》与王粲的《登楼赋》《伤夭赋》综合提升的结果。

也 说 月 饼

　　月饼的诞生，也许真与苏东坡的诗句"小饼如嚼月，中有酥与馅"有关。苏东坡这首诗作于元符三年（1100年），诗名为《留别廉守》。"小饼如嚼月"的典故其实出自北宋流传的天禧年间宰相丁谓（966—1037年）与翰林学士杨亿（974—1020年）所对的酒令。当时杨亿出"有酒如线，遇针则见"，丁谓巧对"有饼如月，遇食则缺"。虽然没有证据，我总觉得，"有饼如月"应该引发了月饼的诞生，这才有诗意。

　　宋以前肯定没有关于月饼的记载。月饼的记载始自南宋吴自牧（约1161—1237年）仿北宋孟元老的《东京梦华录》，记录南宋临安当时风貌的《梦粱录》。这部《梦粱录》成书年代不详，其卷十六"荤素从食店"中记载，当时的"蒸作面行"出售"芙蓉冰、菊花病、月饼、梅花饼、开炉饼"等。但此书卷四有中秋节的记载，说到了王孙公子登轩玩月，酌酒高歌；铺席之家登小小月台，安排家宴，团圆子女，以酬佳节；都未与"蒸作面行"所买的月饼联系，说明月饼在当时已经成为面点，但中秋团圆席上，还没成为一种象征。在北宋孟元老的《东京梦华录》（成书年代亦不详）中，当时中秋食品是以蟹为主："是时螯蟹新出，石榴、榅勃、梨、枣、栗、孛萄、弄色枨（橙）橘皆新上市。"按明朝大文人陈继儒的解释，

"榅勃"肉色似桃，上下平正如柿，气香味酸，但我们至今仍不清楚它是什么果子。

周密（1232—1298 年）在稍后的《武林旧事》卷六"蒸作从食"中，同样记载了月饼，卷二有关中秋的记录中，却没有提到月饼。

最早真正出现月饼与中秋联系的记录，应该是在明朝万历、天启年间太监刘若愚（1584 年—？）所著回顾当初宫中事的《酌中志》中。这部书是崇祯二年，刘若愚被列入魏忠贤党附入狱，在狱中以 12 年时间写成的。有悲剧意味的是，"刘若愚"这个名字，恰是因为他当时不愿与魏忠贤、李永贞同流合污而改，这桩冤案崇祯却迟迟不予平反，他只能自己在书中申冤，书成后才被释放。这部书第二十卷"饮食好尚纪略"中记载："八月宫中赏秋海棠、玉簪花。自初一日起，即有卖月饼者，加以西瓜、藕，互相馈送。至十五日，家家供月饼、瓜果，候月上焚香后，即大肆饮啖，多竟夜始散席者。如有剩月饼，仍整收于干燥风凉之处，至岁暮合家分用之，曰团圆饼也。"可见此时，中秋互赠月饼已经成习俗了，且所剩月饼贮存起来，到年三十还继续团圆。但月饼究竟何时起成为中秋的象征？却找不到文字记载。

到清朝，苏州顾禄在他的《清嘉录》中明确记载："人家馈赠月饼，为中秋节物"。他引了署名明朝冯应京（1555—1606 年）与戴任合著的《月令广义》说，"京都士庶，中秋馈遗月饼、西瓜之属，名'看月会'。"这部《月令广义》

二十五卷，我没找到原书，也就无从核对。冯应京在万历年间任户部主事，因清查贪官，反被贪官诬陷入狱，也是在狱中写书，万历三十二年（1604年）才被释放，释放不久就去世了。《月令广义》是否为狱中所作？没有证据。而戴任则是个布衣，身份、生卒年都不详。这部书，按《四库全书存目》的记录，大约是冯应京写后戴任续写，但究竟多少是冯应京原作也不清楚，如果此条是冯应京所记，应该是记在刘若愚之前的。顾禄在他的《清嘉录》"八月·月饼"中，还记录了当时吴中流传的一首打油诗："粉膏圆影月分光，不是红绫亦饱尝。只恐团圆空说饼，征人多少未还乡。"

清朝的月饼已经是酥皮月饼了。在乾隆年吃货袁枚（1716—1797年）的《随园食单》里记录了两种月饼："刘方伯月饼"与"花边月饼"。"刘方伯月饼"是用当时官府用山东细面做酥皮，松仁、核桃仁、瓜子和冰糖、猪油为馅。"花边月饼"则是猪油拌细面为酥皮，枣肉为馅，只不过饼有碗大，四边掐成菱花边，用两个火盆"上下覆而炙之"。可见当时月饼有大小之分。在也是乾隆年间江南盐商童岳荐开始抄录，后人不断充实的食谱《调鼎集》中，除"刘方伯月饼"，还记有"水晶月饼"与"素月饼"，也都是酥皮，只不过"水晶月饼"中加入了"生脂油丁"，"素月饼"不用"脂油"，以香油为酥皮。在"水晶月饼"记载中，记录成饼后"印花"，然后"上炉烙"。

先有酥皮月饼，后有广东月饼，这是肯定的。广东月饼大约应是清末民国初开始时兴的吧。

《清嘉录》、大闸蟹与李渔

　　"九月团脐十月尖"，按照节气，中秋时分吃蟹还显早，无非是文人墨客须在清风明月之下，有"朝饮木兰之坠露，夕餐秋菊之落英"之为陪衬。其实，按照陶弘景《本草拾遗》中的说法，蟹未经霜是有毒的，所以，应该说霜降后，蟹壳硬，才是吃蟹的最好季节。

　　现在，到阳澄湖吃正宗大闸蟹已经是宴请中品质之象征，上海的朋友纷纷传递信息，各公司都已把阳澄湖大闸蟹作为酬谢客户的一份厚礼，这推动了所谓正宗大闸蟹的价格。问题是，到底何为正宗？

　　阳澄湖又名"阳城湖"，于是有此地原为古代城池，后陷落为湖的说法。阳澄湖整个湖区连接昆山、常熟、吴县，现在昆山的巴城与苏州的阳澄湖镇则一直在争夺谁更正宗的地位。按巴城人说法，巴城历史要源于大禹治水之时，大禹部下巴解本身就是第一个吃蟹之人，他被封为"巴王"，"蟹"字本身就与他名字有关。这种说法实在牵强，此"巴王"实无处考。如第一个吃蟹之人，在《太平御览》中按说应该可以查到。但最早关于食蟹的记载是周代的蟹胥，也就是蟹酱。按东汉人刘熙《释名》中的说法，这蟹胥由海蟹制作，是在北方的吃法。但汉武帝时候已经有了煮着吃蟹的记录，《洞冥记》中记："善苑国曾贡一蟹，长九尺，有百足四螯，因名百足蟹。煮其壳谓之螯膏，胜于凤喙之膏也。"而蟹的名称，按《埤雅广要》的说法，是因为蟹生长如蝉蜕壳，一蜕一长，"蟹解壳，故曰蟹"。

阳澄湖因"大闸蟹"的名称而出名，但何谓"闸蟹"？我读到包天笑写过一篇《大闸蟹史考》，先考"闸"字来源于吴语卖"炸蟹"的叫卖声，吴语中的"炸"、"闸"混淆。后又引苏州古籍收藏家吴讷士的说法，"闸"字来自捕蟹的竹簖。因为捕蟹者会在港湾间以竹簖作闸，蟹好光，置一灯火，蟹见火光便会爬上竹簖，所以钻进簖里的就叫"闸蟹"。此种说法，其实来自清人顾铁卿的《清嘉录》。《清嘉录》记吴地四时风俗，卷十《十月》中有"炸蟹"一条："湖蟹乘潮上簖，渔者捕得之，担入城市。居人买以相馈贶，或宴客佐酒，有九雌十雄之目，谓九月团脐佳，十月尖脐佳也。汤炸而食，故谓之'炸蟹'。"此条后引《苏州府志》，"蟹凡数种，出太湖者大而色黄壳软，曰'湖蟹'，冬月益肥美，谓之'十月雄'。沈偕诗'肥入江南十月雄。'又云出吴江汾湖者，曰'紫须蟹'。莫旦《苏州赋》注云，特肥大有及斤一枚者。陆放翁诗'团脐磊落吴江蟹'。又云出昆山蔚洲村者曰'蔚迟蟹'，出常熟潭塘者曰'潭塘蟹'，软壳爪蜷缩，俗呼'金爪蟹'。至江蟹、黄蟹皆出诸品下。吴中以稻秋蟹食既足腹芒朝江为乐。又云，蟹采捕于江浦间，承峻流，纬萧而障之名曰'蟹簖'。簖，沪也。陆龟蒙《渔具》诗序'网罟之流，列竹子于海澨曰沪。'注：吴人谓之籪。《埤雅》：炸，瀹（yuè）也，汤炸也，音煠（zhá）。桂米谷《札璞》云，'菜入汤曰炸叶。'"这里已经讲得很清楚，"闸"是从"炸"而来，其变化显然源自上海食客的改造。包天笑是吴县人，对《清嘉录》应该再熟悉不过。

《清嘉录》中，并没有阳澄湖出名蟹的记载。查史料，当初最有名为吴江汾湖的"紫须蟹"，不仅陆游有诗，李斗《扬州画舫录》中也把它与松江长桥下的四鳃鲈鱼并列为江南美肴。今天此汾湖已不可觅，但昆山蔚洲村查考为今周市镇的城隍潭村，村中原有七十二潭，统称"城隍潭"。现在有潭中养殖的据说还叫"蔚迟蟹"，但谁还知道它过去的名号呢？

阳澄湖蟹出名的时间，最起码在民国初，因为大家现在都引用章太炎夫人的诗——"不是阳澄湖蟹好，此生何必在苏州"。

现在大家都热衷于讨论大闸蟹真假，其实想想"文革"前，好像阳澄湖蟹的地位并不突出，也可能因为 20 世纪 60 年代江南的湖塘大多还未被填平，水质污染还未大面积铺展，太湖的清水蟹又大又肥。既然都是野生，水质一样好，江南此蟹与他蟹实在无大差别。蟹之质地其实就在水质与河床质量，从这个角度，阳澄湖之成为育蟹宝地，首先因为它最靠近食客云集的上海；其次因为周边湖塘或被毁灭或像太湖般曾被严重污染。但阳澄湖其实亦有污染，那么主要还是要归功于食客哺育了。

　　吃蟹其实没有品质可言，一手持螯一手持酒杯，温文尔雅是不会有的。李渔说到品质，也无非是怒斥那些将蟹剔为蟹粉为羹或"断为两截，和以油盐"煎成"面拖蟹"，在他看来，此为对"蟹之美观多方蹂躏"，"使蟹之色、蟹之香、蟹之真味全失"。他在《闲情偶记》中记述，"蟹之鲜而肥，甘而腻，白似玉而黄似金，已造色、香、味三者之极，更无一物可以上之。和以他味者，犹之以爝火助日，掬水益河，冀其有裨也，不亦难乎！凡食蟹者，只全其故体，蒸而熟之，贮以冰盘，列之几上，听客自取自食。剖一匡食一匡，断一螯食一螯，则气与味丝毫不漏。出于蟹之躯壳者，既入于人之口腹，饮食之三昧再有深入于此哉？"而我读到周作人食蟹的文字，恰恰说到"别无什么好的吃法，只是白煮剥了壳蘸姜醋吃而已。

　　蟹虾类我们没法子杀它，只好囫囵蒸煮，这也是一种非刑，却无从改良起。腰斩是杀蟹的惟一办法，此外只有活煮了。别的贝类还可以投入沸汤，一下子就死，蟹则要只只脚立时掉下的，所以也不适用。世人因此造出一种解释，以为蟹虾螺蛤类是极恶人所转生，故受此报。"此番言论带出丰子恺先生画出很多护生画——看着鲜活的蟹在蒸汽中活活挣扎而成鲜红，这种吃法鲜美是因其在蒸汽中拼命活动，全身肉都是动的，于是与苏东坡那种"半壳含黄宜点酒，两螯斫雪劝加餐"的诗意相对比，实在为一种残酷之品质。

菊

菊是有气节之花，按古人说法，它在霜降前后才开花，霜降前后最重要一个节日是九九重阳，所以重阳节也叫菊花节。霜天林木衰、寂寥荒郊寒时，它冒霜吐颖，开始开花。此时天气高明，万物收缩，天地间变得疏朗。菊花开放的样子，古人用过两个词：箕舒翼张，晔晔煌煌。前一词，花像簸箕，后窄前宽，飘逸如展翅。后一词，晔晔是灿烂的耀亮，煌煌则是亮丽着的燃烧。而我以为，阳光下菊英之美，先是一种色调的有力喷溅，然后才是色彩持续飘逸的舒展。

菊从鞠来，《礼记·月令》用的就是鞠字。它说秋天第三个月，鸿雁从北方来，成为宾客，雀入海水化为蛤，鞠始开花，豺始咬禽兽，祭而杀之。流传下来蔡文姬父亲蔡邕的《月令章句》，解释这鞠是"有者非自己所有"。此时天气变冷，百卉凋瘁，花事到此穷尽，别人都开败了花，独它所有。而它之有，却又是土气感秋意，最后烘托成就，所以非自己所有。鞠字最早就是这养育的意思，《诗经·小雅·蓼莪》："父兮生我，母兮鞠我。拊我畜我，长我育我。"蓼是水草，莪是长在水边的莪蒿。这首诗表达的是父母养育与贫贱生活的不易。鞠是俯身而抱，母亲俯身而哺乳。

　　五行中，秋天是金，金风四起，金土之应，所以菊黄为上。天玄地黄，土地本色，黄为正。土地生长之物，每年都以初春萌发嫩黄始，到晚秋萎黄落叶归根。菊黄之灿烂，正因早植晚发，它类萎黄衰败，它却能借金水之精，开出最灿烂之花。菊黄于是就在清朗背景里变成最夺目之色。不仅古时王后六服中颜色最漂亮的鞠衣，就取这菊黄，汉武帝时，见黄鹄下建章宫，作歌"金为衣兮菊为裳"，所以它也是皇袍的颜色。

　　牡丹与春色，菊花与秋色，春雨滋润与霜露凝滞，两种花都不屑用香气撩人，不同气质与秉性，却成就截然相反的两样高贵。牡丹是在骄阳下傲然的艳媚，菊花是在夕阳下淡然的庄重。一个浓墨重彩居高临下的雍容华贵，一个不屑铅华超凡脱俗的宁静致远。冷淡中激发的高贵还是要比温润中繁衍的高贵有骨感。

　　都说菊花因为有屈原与陶渊明而抬高了身份，但换一角度，屈原的风骨正是菊所哺育。东汉王逸的《楚辞章句》，注《离骚》"朝饮木兰之坠露，夕餐秋菊之落英"这个名句，就解读成：清晨吸香木之坠露，吸正阳之精液；傍晚食秋菊落英，吞正阴之精蕊。陶渊明也染了菊傲睨风露之操，他的"采菊东篱下"的"东篱"，极有可能来自"东蔷"。《尔雅》称菊为治蔷，治是治理，蔷字，我以为原就指植物为篱，比如蔷薇。菊篱联系，本非从陶渊明始。这东蔷本是沙漠中生一种结籽的草本，因司马相如在《子虚赋》中"东蔷雕胡"的使用，才引起大家关注。雕胡就是六谷中的菰米，也就是茭白的果实。

最早写出漂亮的赞菊文字，应该是三国魏著名书法家钟繇的儿子钟会，他是司马昭的主要谋士，博学而有谋略，与邓艾一起灭了诸葛亮辛苦营造的西蜀。他的《菊花赋》描述菊之美貌为"华实离离，晖藻煌煌，芳颖四张，微风扇动，照耀垂光"。"离离"是闲散中的分披繁茂，自从西汉刘向的《九叹》用了"曾哀悽欷，心离离兮"，又笼上忧愁。藻是一种色调斑斓，芳颖四张就是暗芳丽质四处伸展。钟会以西施、毛嫱这样的妍姿妖艳，描绘这样一种秋色：抬起纤纤素手，露出玉臂香腕，仰抚云鬓，俯弄菊之芳荣。怎样抚弄呢？承以轻巾，揉以玉英，纳以朱唇，服之长生，纳之通神。钟会这样概括菊之五美：圆花高悬向天极，纯黄不杂向土色，早植晚华君子德，顶霜为颖像劲直，流中轻体神仙食。最后一句说的就是菊花酒。

古人认为，饮菊花酒可轻身、通神、长生。在钟会之前，魏文帝曹丕在写给钟会父亲钟繇的信中说："岁往月来，忽逢九月九日。九为阳数，而日月并应，俗嘉其名以为宜于长久，故以享宴高会。是月律中无射，言群木百草无有射地而生，惟芳菊纷然独荣。夫非含乾坤之纯和，体芬芳之淑气，孰能如此？故屈平悲冉冉之将老，思餐秋菊之落英，辅体延年，莫斯之贵。谨奉一束，以助彭祖之术。"这封信将菊花与九九重阳的关系表达得特别明确。菊花的养生作用，宋朝陆佃在他的训诂书《埤雅》中这样解释：因为菊得五行中金水精英，所以能益金水二藏，补水所以制火，益金所以平木，木平则风息，火降则热除。中医说法，金是肺，水是肾，木为肝，火为心。

　　我常感慨，对任何事物的体会，其实在汉魏已经穷尽，后人不过是在此基础上画蛇添足而已。我读过宋人刘蒙泉、史正志与范成大的三本《菊谱》，真没读到什么有意思的见解。史正志《菊谱》后序讨论菊花有无落英，引王安石有诗句"黄昏风雨打园林，残菊飘零满地金"，招欧阳修笑他"秋花不比春花落"，他再笑欧阳修"久不学之过"。查王安石诗名《残菊》，此句后还有一句对应："折得一枝还好在，可怜公子惜花心。"真正懂花，能构成些有趣见识的，倒还是清代李渔，他说，夭桃之美在荒郊篱落，菊花之美则全为人工扶植结果，从春到秋，因劳作延长，花工劳瘁万端，才会获得最终的丰腴。他说，牡丹、芍药之美全在天工，菊花之美则全在人工，倒是"有者非己所有"迥然不同的另一种说法。我读著名养花人黄岳渊、黄德邻父子所著《花经》，记有淡定轩主人一份"菊历"——从立春止肥、雨水酵土、惊蛰膏地、春分分秧，到寒露观赏、霜降衡品、立冬剪除、小雪培根，二十四节气，真正无一刻之闲，真如李渔所说，"竭尽劳力而俟天工"。从这个角度，咀嚼李清照的"帘卷西风，人比黄花瘦"，当悟出另一种滋味在心头。

重阳糕

农历九月九日，重阳节。"重阳"二字的原始意其实特别简单——《周易》以阳爻为九，两个阳爻相叠，自然就是"重阳"。就数字意义而言，六是阴爻，六六为顺不知何时开始构成吉数。古人称鲤鱼为"六六"，因为它身上有三十六片鳞，"具六六之数，阴也"。八的好处是因为八八六十四是六十四卦统称，《汉书·律历志》："统八卦，调八风，理八政，正八节，谐八音，舞八佾，监八方，被八荒，以终天地之功，故八八六十四。"所以说"八八推荡，运造纵横"。

古人观念中，九与一是两个最大的数。一二不能尽，就以三为多；三不能尽，就以九为极多。所谓"道生一，一生二，二生三，三生万物"。所以天有九重，按汉代扬雄《太玄》中的说法，这九重从"中天"开始，"中"是到达均分后的中央，然后从"羡天"开始一层层升腾，最后到九是"成天"——成熟、成全了，但不是尽头，而是通向高不可测。天有九重，黄泉也就有九重，"冥冥九泉室，漫漫长夜台"。为什么称黄泉？天玄地黄，土色黄居中，为中央正色；而泉也就是脉，九泉也就是地脉最深处，同样也是通向深不可测。天地各以九数为尽，方圆自然也就以九州、九塞、九薮等来表示辽阔。

道家就在此基础上，称万物之源为先天九气——天地混沌时为先天，有玄、元、始三气，三气各化生三气，合成九气："始气生混混气苍，混气生洞洞气赤，洞气生皓皓气青；元气生气绿，气生景景气黄，景气生遁遁气白；玄气生融融气紫，融气生炎炎气碧，炎气生演演气黑。"也就是"三"与"九"的关系。为顺应这自然，甚至人食用的也是九谷。九是数的尽头，实际也就是无限。从"九"到"一"，一是始也是无限，九也可以是始与无限，一切如此循环。

由此可见九月九这个日子在一年中的重要性。重阳登高的原由，现在都引南朝梁吴均所作志怪小说《续齐谐记》中的说法——汝南（今河南上蔡）桓景随费长房游学多年，一天费长房对他说，九月九日，你家中有灾，要让家里每人都做大红色口袋，装上茱萸，系在臂上，登高饮菊花酒，此祸可除。桓景按其说法，全家在这一天登山。结果日落时分回来，家中鸡犬牛羊全部替代暴死。这《续齐谐记》现存仅17条，该故事结尾说，登高习俗就始于此。吴均作此书约在梁武帝年代，在它之前，其实《南齐书》就记"高祖以九月九日登高"。再之前，晋人所作的《风土记》记，"九月九日，律中无射而数九，俗于此日以茱萸气烈成熟，折茱萸房以插头，言辟恶气而御初寒"。"无射"是古音十二律之一，位于戌，戌是地支第十一位，气象表现为秋风生哀，花落悲心。重阳时的节气是寒露，露水因寒而欲凝，九九阳阳重叠，万物既成而收藏，随阳而终随阴而起，"阴气盛用事，阳气无余也"，所以顺应天时地理，护生辟邪，登高原始就为祭祀。吴均只不过是把消灾护生的目的变成了具体故事而已。

重阳节有佩茱萸、登高饮菊花酒、吃重阳糕三大习俗，佩茱萸应该是最早的习俗，目的就为辟邪——茱萸气味浓烈，早时就用来驱鬼，邪不能近。到东晋葛洪撰录，称是西汉人刘歆所作的笔记小说《西京杂记》中，有一则"戚夫人侍儿言宫中乐事"，说"每到九月九日，佩茱萸，食蓬饵，饮菊花酒，令人长寿"。还注明"菊花酒"的做法是，"菊花舒时并采茎叶，杂黍米酿之，至来年九月九日始熟，就饮焉"。如《西京杂记》真是西汉著作，此时三大习俗已全都出现。但因最早著录它的《隋书·经籍志》不署撰者姓名，现在多数学者认为此书葛洪伪托的可能性很大。此书中提到"蓬饵"，"蓬"是"飞蓬"，一种所结果实可以食用的草，"饵"在西汉扬雄《方言》中已经说明就是"餤"。东汉刘熙的《释名》随后也有解释说："饵，而也，相粘而也。"以什么相粘呢？同样作于那个时代的《玉烛宝典》说："九日食饵饮菊花酒者，其时黍秫并收，以因黏米嘉味触类尝新，遂成积习。"可见用的是北方的黏米而非南方糯米。

那么，"糕"字是否就是"餤"字？古人笔记中曾有记载，说刘禹锡梦得重阳诗境，却遍找六经，就是找不到一个"糕"字。之后有文人曾根据此说，对比扬雄的《方言》，嘲讽他的学问。我感兴趣的是扬雄当时"餤"字的原意。值得注意的是，残存在《太平御览》《说郛》中有东汉人崔寔所作《四民月令》

中"冬至之日荐黍羔"的记录，这里的"荐"是祭献的意思，这个"羔"字我以为就是扬雄《方言》中的"餻"，后来又演变成"糕"字的原形。古人以黄米磨面蒸食的历史应该很早，做成羔状祭献玄冥、祖先，重阳的"糕"最初当然也就是羊羔的"羔"而非登高的"高"字之意。只有这样，献羔祭祀才能与节令所需的驱邪结合在一起——祭祀目的是求天地祖先庇护平安的生活。

　　与佩茱萸、吃重阳糕相比，登高在秋风萧瑟、秋阳残照中饮菊花酒是最有诗意的。因怀疑《西京杂记》的著作年代，研究中国食物发展史的日本学者认为，魏文帝曹丕是最早将菊花与重阳联系在一起的。曹丕的《与钟繇书》："岁往月来，忽复九月九日。九为阳数，而日月并应，俗嘉其名，以为宜于长久，故以享宴高会。"说重阳取"日月并应""宜于长久"之意而登高，是为在猎猎秋风中豪爽地"享宴高会"。这与唯恐阴气侵蚀而惶惶然靠茱萸辟邪，跑到高处去避灾延寿，真是完全不同的两种气度。在这样境界中，才需要菊英灿烂——"是月律中无射，言群木庶草，无有射而生。至于芳菊，纷然独荣，非夫含乾坤之纯和，体芬芳之淑气，孰能如此？故屈平悲冉冉之将老，思餐菊之落英，辅体延年，莫斯之贵。"从草木凋零联想"冉冉之将老"，却将菊英之缤纷明亮突出于阴霾遍地而起之上，于是重阳登高远眺，把酒高歌，一醉方休，以畅秋志，才真正有一种沐浴在高风艳阳中的飒爽。我以为，对深秋的态度，很代表一个民族的精神。

我们对自然的态度，眼看是一代又一代地退化，退化前提是越来越敬畏自然，刚烈的感觉也就越来越无立足之地。现在一说重阳，必是"夕阳无限好，只是近黄昏"，变成对衰老的仰慕。九九变成那样微弱的余光熹微，寒意自四周合拢，哪里还有那种归一后在潜藏中的勃勃萌动呢？我觉得，这不应是曹丕或者陶渊明过重阳节的原意——九九重阳若为始，这一切味道才可能根本改变，古代算学其实就以九九八十一为始。

霜枫如血

又到霜叶烂漫，传诵杜牧的《山行》时节。杜牧的诗文中，它在宋人补编的别集，也许就属杜牧临死烧掉之作，现在却普及最广——寒山在天际，登山石径绵延而遥遥无尽，所谓"山路难行日易斜"。这"寒"是冷漠清寂，粉墙黑瓦作为温存之家，只影绰在远处白云生腾中。周遭枫林夕照如火如荼，正是晚霞即将燃尽之际。老雁叫云，车难行而驻足，眼前连片凋零前的血红，浓艳过二月之花。

表达秋残夕阳之悲，杜牧此诗前，白居易的《答梦得秋日书怀见寄》中用了"霜红"，梦得就是刘禹锡。白居易这首诗作于文宗大和七年（833年），刘禹锡与白居易同年生，这一年都是62岁。晚年两人唱和来往极多，感慨"道情淡薄闲愁尽，霜色何因入鬓根"，那种缱绻极为感人。刘禹锡这一年在苏州当刺史，他寄给白居易的《秋日书怀》写道："州远雄无益，年高健亦衰。兴情逢酒在，筋力上楼知。蝉噪芳意尽，雁来愁望时。商山紫芝客，应不向秋悲。"白居易在洛阳当河南尹，回应道："幸免非常病，甘当本分衰。眼昏灯最觉，腰瘦带先知。树叶霜红日，髭须雪白时。悲愁缘欲老，老过却无悲。"用"霜红"对应刘禹锡所感觉到霜虫衰微时的雁来愁望，他说，悲愁是因怕老，到老心境反倒宁静了。

残幕降临，两人却不能同年死，刘禹锡最终比白居易早走了4年。

宪宗元和元年（806年），白居易写此诗前，韩愈在《游青龙寺赠崔大补阙》中用到了"去岁羁帆湘水明，霜枫千里随归伴"。这首诗赠好友崔群，崔群与韩愈同年进士，补阙是官衔，皇帝身边的谋士。韩愈写此诗时39岁，正到感怀年龄，崔群应该与刘禹锡、白居易同岁。到刘禹锡与白居易应和《秋日书怀》时，韩愈已经死了9年，崔群也死了1年。真正岁月无情，物是人非。

杜牧的《山行》，我以为承继了韩愈与白居易晚秋时节天不老人老的怅惘，由此霜叶也才沾染上迷人感伤，惹起离愁不去。此诗因不在杜牧死后他外甥裴延翰编定的二十卷诗文内，宋人后来搜集的别集外集中因有些作品真伪难辨，所以就无人，也不屑去考证它的真实写作年代。诗中的二月之花，应指暖风春雨滋润中的桃夭杏腴。但我找有关枫树的记录，嵇康的孙子，晋朝嵇含早在《南方草木状》中，就记载"五岭之间多枫木"。他说枫树容易长瘤子，瘤子长到三五尺，称"枫人"，能通神。枫树每年在农历二月开素净的白花，花开完结实成毬，然后到夏天有脂溢出，称"枫香"。

枫树是否国产？名称又是怎么来的？植物学词典的说法，它的大名应为槭，有 200 个品种，树形、叶子多种多样。晋朝潘岳的《秋兴赋》中用过这个"槭"："庭树槭以洒落兮，劲风戾而吹帷。蝉嘒嘒而寒吟兮，雁飘飘而南飞。"这里的"槭"是树叶凋落，枝干光秃秃的感觉，并非树名。《尔雅·释木》释枫为"欇欇"。单个"欇"，《尔雅》解释是"虎累"，"累"是攀缘植物，古人说"虎累"就是紫藤，我却以为，如是爬山虎更好解释。"聂"原是一个耳朵对着两个耳朵，是私语。单个"欇"是厚叶弱茎，风吹就鸣的藤蔓；两个"欇"变成树，风在弱枝厚叶间穿行，可见"枫"是招风之意。

"枫"因招风，而为"风灵所在"。宋代僧人赞宁的《物类相感志》中说，"枫木无风自动，天雨则止"，宋朝罗愿的《尔雅翼》则说"无风自动，有风则止"；把本意庸俗化了。因为风灵所在，八风集聚，枫树就庆幸地成为天的象征。"枫天枣地"是占卜器具，以枫木为盖，枣木为底盘。明朝陈继儒的笔记《枕谭》中记，他是从六典三式中看到，三式之一的六壬卦局，用阴阳五行占卜，两木盘，上有天上十二辰，枫木为天；下有地上十二辰，枣心为地。两盘相叠，转天盘得出干支与时辰部位占凶吉，由此枫尊枣卑。而正因风灵所在，也才有以枫木做马槽，马惊；以枫木做车轮，车翻的说法。

枫有悲伤、悲凉气息。《楚辞·招魂》的结尾就是"朱明承夜兮，时不可淹。皋兰被径兮，斯路渐。湛湛江水兮，上有枫。目极千里兮，伤春心"。"朱明"是太阳，此段意思，岁月逝往，昼夜相续，年命将老，不久相处，快归来吧。兰草覆盖了道路，江水茫茫，枫木独立，目极千里而伤心悲。这悲凉气息再上溯，可找到蚩尤的传说，《山海经·大荒南经》中说，"有宋山者，有赤蛇名曰育蛇，有木生于山上，名曰枫木。枫木蚩尤所弃其桎梏。"古国宋都为河南商丘，宋山应在宋领地内，桎梏是束缚。郭璞对此最原始的解释是，"蚩尤为黄帝所得，械而杀之，已，摘弃其械，化而为树也"。"已"是完后，械是用木制成的惩戒，束缚不让游走，还是枷锁。很类似夸父弃杖化为邓林，而制伏蚩尤之械显然有威仪震慑作用，这械沾着蚩尤之血扔出去，激起天地噫气、万窍怒号为风。

其实《山海经》没说蚩尤死在宋山，"大荒北经"中记，系昆之山，有人穿青衣，名曰黄帝女魃。蚩尤兴兵伐黄帝，黄帝让应龙迎战于冀州之野。应龙蓄水，蚩尤请风伯雨师纵大风雨，黄帝乃下天女魃，雨止，遂杀蚩尤。魃是旱神。《龙鱼河图》描绘这场大战，说蚩尤兄弟81人，"并身人语，铜头铁额，食砂石子，造立兵杖刀戟大弩，威振天下"。"万民欲令黄帝行天子事，黄帝仁义，不能制蚩尤。黄帝仰天而叹，天遣玄女授黄帝兵信神符"。什么神符呢？《玄女兵法》上说，是"三宫五音阴阳之略，太乙遁甲六壬步斗之术"。

枫的悲伤、悲凉还在枫脂，《西厢记》里崔小姐十里长堤送别张生，用了"晓来谁染霜林醉，总是离人泪"，我总因此想到枫脂。按南朝梁元帝萧绎撰《金楼子》中的说法，枫脂经千年无情岁月凝结就成了琥珀，变成古人的腰佩点缀。

秋 残 如 血

今年北京的秋拖得时间很长，立冬过后，那凄厉的大风还迟迟不到，将辛劳一年的树叶，红者磨砺成赭紫，黄者煎熬成焦黄。寒意一天浓于一天，那些焦苦之叶还在摇曳着残秋之色。秋是收缩，也就是敛干植物水分的过程，于是我觉得这些坚贞的草木整个是以自己积攒的生命哺以秋色媚人，水分耗尽，姿色也就尽了。所以秋拖的时间越长，对它们也就越是残酷。

可叹的是，人类对自然永远是把玩而无暇怜悯。

秋始于露气变白之时。春夏为露，秋冬为霜。老子说，"天地相合，以降甘露"。在春夏，露是以清绿覆盖润泽万物，草木因其润泽而成茂盛丰腴。等"一点新萤报秋信"，"梧桐尚覆阶前春，秋信先残水面花"，露色变白，它覆盖在万物之上也就变成焦虑，变成晶莹无力的忧伤。对秋有不同体会——万物成熟之时，其色调当然就是饱满的燃烧；而我从焦虑与忧伤角度，就看到草木因这忧伤所染而变色，秋的美丽也就建立在了感伤上。

很多文人在这感伤中，更多看到情色。秋开始收缩时候，天开始升高，风开始轻扬，云开始清淡。澄空秋素，大家就开始有好心情。所谓"炎蒸初退，秋爽媚人，四体得以自如，衣衫不为桎梏，此时不乐，将待何时？"窗外是秋水长天，草木鲜艳成娇红与嫩黄，这秋色撩人穿堂入室，李渔于是看到眼前姬妾都如久别乍逢。为什么？"暑月汗流，求为盛妆而不得，十分娇艳惟四五之仅存。此则全副精神，皆可用于青鬓翠黛之上，久不睹而忽睹，有不与远归新娶同其燕好哉？"所谓"眼色暗相钩，秋波横欲流"，盈盈间，窗外之色与室内之色相映，万物悲恍于是正是为欢即欲的极好背景。作为一个会玩之人，李渔说，"春宵一刻值千金，则秋价之昂，宜增十倍"，完全纵情放荡于秋色浩荡中。

在李渔之前，同是戏曲家的明代才子高濂身居杭州，追求品质闲适生活，写了一本《遵生八笺》，在情色中看到的倒是"色空"。他归纳的"秋时幽赏"十二条，第一条就是到"西泠桥畔醉红树"。他提出赏红的两个意境，一是在"影醉夕阳""霜红雾紫"中携小舟，吟赏中"得一二新句"，以红叶笺书之，"临风掷水，泛泛随流，不知漂泊何所"。

二是到晚上"月夜相对，朝烟凝望"，此时"露湿红新"，有西风将湿红之叶飘过来而体味"秋色怜人"。他身在其中，以道家身份，说"色即是空"，"重惜不住色相，终为毕竟空也"，将色彩全抹去了。

高濂的秋时十二条"幽赏"，后十一条分别是"宝石山下看塔灯"、"满家巷赏桂"、"三塔基听落雁"、"胜果寺月岩望月"、"水乐洞雨后听泉"、"资岩山下看石笋"、"北高峰顶观海云"、"策杖林园访菊"、"乘舟风雨听芦"、"保俶塔顶观海日"、"六和塔夜玩风潮"。清雅，却刻意而不是自然之气。比如最后一则写大家都八月去看钱塘江潮，不知在夜里观潮其实更有味道。他说他有一年在寺中，点塔灯，晚上月色横空，江波静寂，突然风声潮起，月影银涛，光摇喷雪，势如山岳声腾，于是想到自己一生也就在风涛中随波逐浪，"利名误我不浅"，想到"天下曾无英雄打破，尽为名利之梦沉酣，风波自不容人唤醒"。

秋色的味道在历代文人叙述下，我以为有三种经典意境。一是汉武帝的"秋风起兮白云飞，草木横落兮雁南飞"，很硬朗干爽清亮的初秋景象，令人想到大漠雄风穿长城而过，草木萋萋都在洁白的云影下，只有融化在长天中的雁阵有一点悲慨。二是《诗经》中的"蒹葭苍苍，白露为霜，所谓伊人，在水一方"，"蒹葭"也就是芦苇，芦苇沾白露而成衰黄，舞动在秋风中寄托对伊人的美丽思念。这是"孤烟袅寒碧，残叶舞愁红"的景象，缠绵而意境悠远。清人王士桢后来有"芦荻无花秋水长，淡云微月似潇湘"句，一幅霜寒而月色清淡中芦苇凝滞着摇曳的景象，秋就变得更为深沉。第三就是杜牧那首《山行》的味道——"远上寒山石径斜，白云生处有人家，停车坐爱枫林晚，霜叶红于二月花。"前两句秋风将山林梳理成清朗，秋容淡泊，也就是秋高云淡，粉墙乌瓦从变成清丽的林隙间跳跃出来，秋阳温软。后两句，夕天霁晚气，轻霞澄暮阴，有秋香高悬，"坐爱"在那里意气闲逸，旁若无人。"霜叶红于二月花"一句，表面看全无颓伤、悲怀之意，也就是对层林尽染的一点感叹。但要是将它凝视放大，在我看，那红就会强烈地浸洇、鲜艳、跳荡开来，在其中能读到啼血、滴血之貌。

　　我的观点，秋之色彩，美在天高气清与万物姹红嫣紫的对比，一种强烈的反差对应。这反差对应中，最感人的就是在秋阳中燃烧的万山之红中之黄、黄中之红。为什么感人？就因它们是在滤干了自己水分后奉献出那样颜色。你可以说，秋以它的成熟所展示的辉煌走近冬，冬的潜藏是春的开始，大自然就这样互为孕育，生生不息。但一年四季的这一环中，你毕竟面对一个丰腴生命的褪色、变形；在深秋寒意紧逼下，你近看那些枝叶，毕竟会面对那红黄与那还在挣扎着的绿其实都是接近枯萎前的枯槁之色。它们的感人在枯萎前要挤它们的血而拼着命展现它们的艳丽。正是这样的悲壮，一枝枝、一丛丛聚合出漫山遍野烂漫着的满目伤残之色，风吹这样的伤残群体，就会有连绵浩荡令你悲慨而不能自制的秋声。

　　这样的感受，我想到秋天的词是"肃杀"而不是"萧瑟"。"萧瑟"是一种被动的委顿与无奈，在"肃杀"中却有那种悲慨长歌、壮烈与酣畅的壮美。由此我体会到这等壮烈的秋的最好结局，就是在秋光不泄时劲风喉而威风凛凛、激雹之不及掩耳地如期赶到，奔腾呼啸着将那伤残之色一尽席卷而去，等大风过后只剩一天空碧，就省略了愁风哀雨阴柔的伤逝。

　　但实际上，秋高气爽与凄凉风物，总是秋无法逾越的阳刚与阴柔的两个阶段。万物在以伤残之色五彩斑斓地媚人后，还总须经凄风苦雨荡涤——将伤残之叶浸泡在寒冷中，再叶落归根，零落为泥，回到本质萧条后，才能一身素净地踏进冬的门槛。一年四季循环中，如果将冬为始，那么秋就是经脱胎换骨而走向重新新生的这样一个过程，落叶流风，夜寒秋思，将一个结束与一个开始联结在一起，秋也就在一年四季中承担了最沉重的负荷，最令人难以面对。

Dong

冬

冬 天 的 树

一到冬天就想起《山海经》中所记那个钟山之神"烛阴"，这个"烛阴"也就是"烛龙"，昆仑神，也就是"驾日之神"，睁眼能照耀天下，闭眼就是沉沉黑夜。他吹气为冬，呼气为夏，鼻息则为风，多大气势！按说"吹"与"呼"无多大差别，但联想"吹气若兰"，冬夏之间其实差别就特别明显——冬天是静的，万物收敛，贵贱若一；夏天是躁的，万物争荣，"吹"与"呼"明显有雅俗之分。晋人陆机的《感时赋》中说那静的意境是："天悠悠而弥高，雾郁郁而四暮。夜绵邈其难终，日晼晚而易落。"天气上腾而清寒，太阳早早就有了倦意，于是夜也就缠绵、深幽而又依依难舍。

冬是收缩。儿时早起排队买带鱼，还在熟睡时起床，天井里一地寒霜被月色照成晶莹，那月就悬在檐角之上。没风的日子，路灯拉着长长影子的青石街上极静，好像一街都是脚步的回声。那时买鱼不仅凭票，而且货少，鱼店门前的霜月里，以一个个被残月照成惨蓝的竹篮子排队，篮子里都压着砖头。要是篮子前已排了二十多个，就有可能排到也买不到好鱼，于是就要悄悄将无人守在跟前的篮子扔出队伍一些。南方冬天的土地，许是湿润缘故，寒鸡早晨，地都会冻缩得皱起来，就像蹙起的愁纹。而当繁霜吸收了颓丧的阳光，那僵土展开愁纹，地上也就变成湿漉漉、黏糊糊一片。

长大后到了东北，才知道真正寒冷滋味。如何为冷？呵气转眼到胡子上变成霜，到眼睫毛就结成冰，上下合在一起，就把眼睛封了。唾沫到地上就滚成小冰球。两层的玻璃窗，外层是厚厚的冰霜，里层是不断往下流的水汽。厕所里坑下的排泄物会像宝塔一样往上升，过两天就要用铁钎从根部将其凿倒。所有露在外面的皮肤极容易就会被冻白，这是轻度冻伤，需付出褪一层皮的代价。如果冻成透明之后变黑，那部位也就被冻死了。热手绝对不能去碰冻在室外的金属，包括门把，一碰就会被粘住，代价是被粘掉一层皮。那里即使处女之雪，也绝不会有柔软感觉——在飘的过程中已经变成了冰的遗骸，冰雪堆积，踩上去嘎吱嘎吱单调地响。

那是零下40多摄氏度的感觉，现在留在我最深记忆中的，总是那些树，闭上眼睛，总能看到被拖拉机的灯光射过去，那些坚韧地向像是凿破的冰窟窿的星空伸展的坚硬的枝，随拖拉机的吼叫与颠荡，那些枝连枝就不断向前延展，就像头顶一张透着寒气射向我的坚韧的网。那冷酷的月和反射雪光如大冰盘一样的天就被它阻隔在遥远处，它吸纳着全部锐利的寒，那些延展的枝在月光与雪光中由此变成通体银色。

我下乡的地方是小兴安岭北麓，但那里其实没有参天的红松，罕见一棵马尾松或落叶松，也总孤寂地远远站在那里。我所感觉坚韧的树其实不是它。在我看，松柏在隆冬依然靠针叶御寒，所以它们其实并没有坚韧舒展的美丽的枝。我们那里，成林的是桦——白桦与黑桦，相对白桦的雅洁，黑桦的树皮就像丑陋褐色的鳞片。还有最多的就是柞，东北人叫柞树，因为结橡子也叫橡树。最高贵的也就是椴树，老乡们都说椴木细腻，是打家具的好材料，但椴稀少，林间最多的也就是桦与柞混杂。桦挺直，往高处伸展枝丫；柞则更关注自己树冠，所以一般长不高。柞的叶子冬天枯干成黄褐是不掉的，寒风从它们周围穿行，发出的声音，居然并不震颤。

李渔说树的好处是"见雨露不喜，睹霜雪不惊"，所以能"挺然独立"，这是能高风亮节，不猥琐荫庇于他人之下的基础。由此树总是清高的，从春天萌芽那一刻起，它总是一片鲜艳的新绿，阳光在那绿上跳荡出无数光点，使那绿总是那般洁净。等秋天桦树叶子一片金黄，衬得柞树叶的深褐似乎也变成红的。而我自以为，树之最美还在所有叶子都被秋风撕扯之后。为什么？有叶子的时候，是叶叶交叠，一片繁华，各种绿色汇聚，只看到一片丰腴绿的波荡。深秋时节层林尽染，各种色彩交杂，被感动的还是色而不是树本身。只有随天气一天寒似一天，就像身上衣服一件一件无私褪去，树也才真正展示出它令人感叹之质。树的隆冬之美是在它向凛冽的寒舒展出了那么丰富的枝。你去看每一棵沉默在寒风中的树——生长得越久，就越多丰富的细枝末梢，它们一枝展开一枝越来越繁复地伸展，将自己坚韧、倔强地印在严寒的空中。天越寒，北风越肆虐，看到树的这种景象，我总有一种无法抑制的感动。

由此我就固执地认为，再美丽的叶子的弄姿，也远没有骨架本质凝冻在那里所构成的美有魅力，那是被凝固的树的清高的庄严。由此我最喜欢冬天的早霞或者秋天的夕照升到或降落到树冠剪影上的感觉。冬天，太阳从天寒地冻中升起时候特别有力量，早霞的玫瑰红黏稠到远比夏天的清丽漂亮。秋天，那巨大的夕阳掉到树冠上的时候，则有更强烈的光照，足以构成整个美丽的树都在透明中燃烧的景象。

冬天树的美，当然也与感伤联系在一起。冬天的树将内里的刚都用在裸露的枝干抗御严寒，内里也就是最软弱的。在东北，则只有冬天是砍伐季节，因为春花烂漫，树干里就会有太多水分，斧子落下去会被粘住无法拔出；只有冬天树才是脆的，最好杀戮。伐树时候，老乡告诉我们，第一斧应该以斜角深嵌进去，然后第二斧由下而上，将刀口合拢，砍下的树片就会飞溅开来。砍伐就是不断扩大断面的过程，这边完成后再到另一边作孽，到两边接近合拢时判断树倒方向，轻轻一推，生长多年的树就会自然倾倒。在东北冬天的劳作，主要就是伐树，以维持一冬供暖。我们一人一把斧子，每人带两个冻得梆硬的馒头，中午就在林子里将砍下的树枝点上火，将馒头烤成焦黄，污染得林子里到处飘荡蓝色的烟气。刚开始砍伐时，斧印都对不准方向，斧把时时砍到树干上，后来个个都变成砍树能手，林子里到处都是佯装强壮的歌声。

仔细追究，之所以现在喜欢冬天那些无畏伸展着的树，也许就与年轻时曾有过对那些美丽之树蹂躏的忏悔有关。李渔说，树之美德还在斤斧之时自认为是天数，于是才沉默、不避，无动于衷。

一个温暖的雪夜

　　"一个温暖的雪夜"好像是刘白羽作于 20 世纪 50 年代一篇记不得是散文还是小说的标题，之所以印象深刻，是因为它刊登在我下乡时在宿舍里流传的一本被翻得特别肮脏的《人民文学》里。这篇散文或者小说的情节与意境已经完全没有记忆，但"雪夜"给予一个温暖前置的标题却一直萦绕我心。在东北下乡时，这雪夜的温暖是烫得烙背的炕，是火炉里火烧柴禾像火车头一样喘息的轰隆声。此时双层窗玻璃上融化的冰霜像是泪痕，有雪片羽毛般飘到冰碴与水汽交融的玻璃上，便瘫软成微小的水珠，变成泪痕的一部分。这时想到的就是"夜幽静而多怀，风触楹而转响"。而东北这样静静的雪夜实际并不多，更多是趴在雪地中的小屋整个都被狂啸的风所颠簸，天上、地上、房上的雪肆虐成一片，雪涛烟浪。推门出去，风似利刃，坚硬的雪在风的速度中像是密集的子弹，根本分不清天地。

　　这是截然不同的两种感觉。童年的雪是被绵绵厚厚地包裹着像蘑菇一样的小木屋，灯光是在蓝盈盈的雪上拉出很长灯影的橙黄。那温暖的记忆是，还钻在暖暖的被窝里，母亲就把凉凉的手伸进来。"看看，"母亲说，"老天爷昨夜又做了好事。"此时从被窝口探出一只眼睛，呵气里窗玻璃已被阳光耀得发亮。那时家里冷到所有毛巾都冻成两片折叠的薄薄的板，好像稍一折都会断。母亲将衣服暖在夹层被子里，早上喝的粥装在竹壳热水瓶里，煤炉上水壶里袅袅飘着热气。这样的记忆，窗外的雪就是晶莹着的温润——让太阳照着是绵软的微微颤动的红，没阳光的地方，檐则被雪压成黑黑的凝重。童年的雪，"未若柳絮因风起"，轻盈中带有那种稚嫩的雪香，氤氲中没有气势，鲁迅所说"雨的精魂"的悲凉也体会不到。

早时感觉雪中的味道，都从梅那里去寻。也许就因为毛泽东那首《卜算子·咏梅》及"梅花喜欢漫天雪"一句的影响，揣摩味道在"雪意梅情"。"雪意梅情"中最有诗意的当是"踏雪访梅"，也就是李渔所说，在感觉天有雪意之时，要带着"帐房"进山，三面封闭留一面以待赏雪观花。帐房中要备炉炭，为取暖也为温酒。这雪梅关系是，风送香来，香随寒至，雪助花妍，雪花怒放便成为雪艳冰魂。按文人雅士们的说法，最佳观梅之地在苏州邓尉，那里团团密密、重重叠叠到处是梅花，称为"香雪海"。在梅花最深处有"吟香阁"，有《探梅歌》与李渔的诗意呼应："雪花如玉重云障，一丝春向寒中酿。春信微茫何处寻，昨宵吹到梅梢上。"我感觉的意境中，这雪应该就飘舞于清亮夜色中，如在寒皎中的嬉戏。它们是漫天飘飞的精魂，召唤千树万树梅花开成刺目的漫山遍野，雪色岚光于是充溢悲怆气味。

　　古人写雪的文字中，最经典者属南朝谢惠连的《雪赋》，其中写飘雪景象是，"散漫交错"，"霭霭浮浮"，"漉漉弈弈"。"散漫交错"也就是纷纷扬扬；"霭霭浮浮"，霭是悲风流霭，淡烟迷茫；浮不仅是飘荡，也有空寂。然后"漉漉弈弈"，"漉漉"是湿润成晶莹一片；"弈弈"本来是美貌，"忧心弈弈"，美也就成了感伤。这《雪赋》写飞雪，用"徘徊委积"与"萦盈"，"因方而为圭，遇圆而成璧"，都是纯洁高贵。那雨的精魂在感伤中翩然起舞，纯净地"萦盈"。落雪满阶，王维诗中说"洒空深巷静，积素广庭闲"，以素白洗涤又遮蔽了污秽，寥廓中当然也是感伤。要冲决这感伤，谢惠连的《积雪》之歌是："携佳人兮披重幄，援绮衾兮坐芳缛。燎薰炉兮炳明烛，酌桂酒兮扬清曲。曲既扬兮酒既沉，朱颜酡兮思自亲。"美酒佳人，明烛芳褥，在酒足神迷中也就沉湎于思亲。但更多雅士认为，只有把明烛灭了，看雪光映出窗棂，雪影拂窗，才足以领略雪夜之静谧。我喜欢贾岛的"堂虚雪气入，灯在漏处残"。雪夜里的酒是不能少的，但屋里炉火要一半已尽一半还红着，这样才能感受"狐裘不暖锦衾薄"与"雪窗休记夜来寒"。

　　由此想，雪夜的温暖其实都是在雪的纯净包围中的感叹，一下雪，这世界变得静了，净了，人在雪夜中就像蜷缩在厚厚积雪覆盖中。我烙印中的东北漫长雪夜，刚下完新雪，无风，空气中残留着雪的晶莹，天变成特别清朗，银妆素裹，崭新得亮到耀目的屋顶烟囱里都整齐飘着袅袅的烟，那烟在纯净的新雪之上美成那样的绛紫。而下完新雪，又是皓月当空时，整个视野中雪原的银亮好像都会被那月亮吸收，将它鼓胀成那样之大，天地间变成那样透明空旷，你也就真正能体会《雪赋》中"月承幌而通晖"一句的味道。在这种月华如冰，雪月相映中，从雪野走进林间，雪是一种干燥的声音，月光、雪光一齐流在树干上，那些连影子都没有的树干便亮成更加挺拔。我们经常在这样的夜里坐着雪爬犁去拉柴，严寒下要保证每个炉子整日整夜炉火不熄，柴禾就是山林里长了很多年的那些可怜的树。树属于林场，林场在那时就是禁伐的。我们白天坐马车或拖拉机偷进林场砍树，晚上夜深人静时再用雪爬犁将变成了柴禾的树偷偷拉出来。雪爬犁上装满堆得高高的柴禾，逆着月光、雪光，变成一种深蓝色。回连队路上，老战士们反复叮嘱不要睡觉，睡着了是会冻坏的。但往往晃着晃着，眼睛就会睁不开了——那时我们都还是孩子，于是就会被一次次地叫醒。现在想最感人的是，在蓝色的爬犁上，有个老战士总是抱一抱碎树枝将我的脚埋进去，然后自己坐在上面，以身体护住我的脚不被冻坏。记得下乡第一年冬天，大家最怕上厕所——刺骨的风从坑下钻上来，蹲一会屁股就会被冻僵。于是雪后大家干脆在宿舍墙根垒起高高的雪墙，建成一个雪厕。我们曾非常得意于这杰作——风钻不进来，蹲在那里漫天月光星光，排泄物落地成冰，无异味而周边又雪香四溢，大家都觉得充满诗意。

想谢惠连《雪赋》里最出色的其实是最后对雪"白羽虽白，

质以轻兮。白玉虽白，空守贞兮"的议论。他感叹雪是"素
因遇立"，所以"污随染成"。也就是说，纯净也最易被污染——
雪花飘落过程中涤荡纷秒后凝成冰肤雪肌，但冰肤雪肌却不
会有人怜爱，越纯净美丽反而越被世人践踏，零落成泥后，
也就雪魄冰魂全无。

　　在东北的冬季，新雪变成肮脏后会再有新雪飘飘然替代，
肮脏总被一次次遮蔽，要延迟到 4 月才大家都变成污泥。等
檐漏滴答时，我们那个雪厕积聚一冬的臭气就全都释放出来，
自然污浊不堪。

涮 羊 肉 的 问 题

现在公认，南宋已经有涮肉，文字记录来自林洪的《山家清供》。这林洪是福建泉州人，生于理宗年间，《全宋词》中收有一首《恋绣衾》词："冰肌生怕雪未禁。翠屏前，短瓶满簪。真个是，疏枝瘦，认花儿，不要浪吟。等闲蜂蝶都休惹。暗香来，时借水沉。既得个，厮偎伴，任风霜、尽自放心。"恋的是家里绣衾。《山家清供》是一部专门记录清雅饮食的笔记，共两卷，一百多则。其中有一则记林洪冬日到武夷山拜师，在雪天得一只兔子。其师告诉他，山间只能将兔肉片薄，用酒、酱、椒腌过后，以风炉坐上水，等水沸腾后，一人一双筷子，夹肉入汤，摆熟，以各自爱好蘸不同的汁。他评论这种吃法不仅简便，而且"有团圆暖热之乐"。这是山间偶然吃到的野味，还不算，因为据林洪记载，过了五六年，他在临安杨泳斋家里也见到这种吃法。这杨泳斋是个诗人，因此作诗："浪涌晴江雪，风翻照晚霞"。江雪、浪涌在锅里，晚霞则是肉片，林洪由此起了一个诗意名字"拨霞供"，并说明，除兔肉外，猪羊肉皆可。现在回想，说林洪创了涮肉，实际是强调了有关涮肉品质的两个背景——雪天夺目之处，黑白分明，银装素裹，那飞花散漫交错、徘徊委积中，炭火才具意境。

而这"涮"是在水火相交中"涤",所以一烫就熟。肉之红、菜之绿、风、雪、浪、霞都成就诗意。以此为基础,肉要切成放在青花盘里能映出盘上花纹,举在灯光下成为透明,这是一种典型的文人吃法(在唐朝时吃面食,文人就讲究"饼能映字",也就是薄到极致)。《山家清供》之后,正因为明清两代的诗词笔记、文人雅士对这种吃法再无记录,像明代高濂的《遵生八笺》、清代袁枚的《随园食单》这样典型雅士食俗中都不见踪影,所以有关涮羊肉的历史会成为问题。南方后来一直有暖锅,但那是所有食物都合在一锅之间沸腾,是各种味觉混沌,与过水即熟是截然不同的概念。

《山家清供》的写作年代今天已经不可考,但当时北方肯定已经是蒙古人的天下。由此形成关于涮肉纠缠不清的问题:这种吃法究竟是从南方开始还是从北方传到的南方? 20世纪80年代时,因为从内蒙古昭乌达盟敖汉旗出土一个据考是辽初期墓葬中,发现有涮肉的壁画——画上三个契丹人围一火锅席地而坐,有人正用筷子在锅中涮肉,锅前小方桌上有装调料的盘子、酒杯、酒瓶和装肉的铁桶。因此而有传说认为这涮肉为忽必烈所创,说他因急于打仗要吃羊肉,伙夫忙乱中没办法只得将羊肉在滚水中余了一下给他,开始了涮的历史。但我所见有关忽必烈的正史野史中实际并无相关记录,而且忽必烈打仗的年代也应该晚于林洪记载的年代。

清代有关于涮羊肉的记录:"京师冬日,酒家沽饮,案辄有一小釜,沃汤其中,炽火于下,盘置鸡鱼羊豕之肉片,俟客自投之，俟熟而食，故曰'生火锅'。"这是写《考吃》一书时我在徐珂编的《清稗类钞》中找出来的，很多人现在写涮肉时还在应用。在清代御膳档案中，有记录乾隆皇帝喜欢"野意火锅"，而乾隆四十九年、六十年的千叟宴上，每桌都有火锅两个，用羊肉、猪肉与鹿肉。可见清京城宫廷内外这涮肉已经吃得比较普遍。但这究竟是满人带进来的，还是从元、明承袭的？还是不清楚。为此我专门拜访过自称对涮羊肉有研究的洪老板。这位洪老板的父亲是北京"东来顺"的老人，他自己20世纪90年代初开第一家涮羊肉店，然后在北京城里开始将涮肉与"先生"联系起来——与朋友在蓝岛附近开了"羊先生"。大家广泛知道他是开在西单辟才胡同里的"洪运轩"——那里的涮肉好吃。按洪先生的说法，这涮羊肉从忽必烈的时代到今天七百多年历史，肯定不是满族人的食俗，因为满人吃的是白肉火锅、酸菜火锅。那火锅形状，他认为如果将盖盖上，是一个完整的蒙古包，将盖打开，不是蒙古骑兵的军盔就是蒙古姑娘唱歌跳舞的帽子。他说，在北京，有50年以上历史的汉民馆子里原来都没有涮羊肉，要吃涮羊肉必须上回民馆子，说明原来这涮羊肉其实是清真食品。因为是清真食俗，所以局限性大，没有得到广泛传播。他的判断，这涮羊肉应该是从元世祖时开始，从蒙古王族传到满王宫，再传到民间，在回族中先流传。他说《马可·波罗游记》中记载，马可·波罗在元大都皇宫中就吃到了蒙古火锅，但我查《马可·波罗游记》，找不到这个出处。

　　我以为洪先生的判断经不起推敲。因为如果真是在元朝贵族中开始流行，元代忽斯慧三卷本的《饮膳正要》就不可能没有记载。因为这个忽斯慧在延祐年间（公元1314年至1320年）当过掌管忽必烈之后，仁宗皇帝的御膳太医。《饮膳正要》中羊肉做法除了有炙羊心、炙羊腰、攒羊头、熬羊胸子外，就是羊肚羹、羊头脍之类，我以为，游牧民族不会有这样将肉切成薄片的雅兴。我的判断，是南方文人一种雅致的吃法北上，迎合了游牧民族豪放地吃羊肉的喜好。等这涮肉调料变成芝麻酱、韭菜花等，就一定是近代食俗了。

　　洪老板的一个判断是对的：不管怎么说，涮羊肉现在肯定是平民食品，所以利润空间有限，也不可能在装修上有很大投入。他的"洪运轩"开在辟才胡同时候，因不备洗手间，即使港台那些身价很高的明星慕名而去，也必须忍无可忍地在胡同里走着去上肮脏的公厕。洪老板提供关于吃涮羊肉实用的知识是，第一，衡量好坏的最起码标准是看装肉的盘子在肉化之后有没有血水，在锅里起不起沫。新鲜的羊肉盘子绝对是干的，锅也应该是越涮越清。按此标准，现在大部分店提供的都不是新鲜羊肉。第二，手工切羊肉那种质量，他认为只有在20世纪70年代以前的"东来顺"才有，按当时的"东来顺"标准，一斤肉切六寸长、一寸半宽的肉片40至50片，每片约0.9毫米厚，一个人一天只能切几十斤。当年就因供不应求才发明了切羊肉机。好的羊肉应该是绵的，现在大多吃起来艮的原因是肉质问题——将肉冻在一起后无法顺丝横切。第三，调料是在肉的基础上保证质地的根本，调料口味因人而异，而且每人口味也应在吃的过程中不断调整，所以他认为调料应该在吃的过程中换得越多越好，"用盘里的料找你要的味，始终让自己处在一个开始吃的位置上"。

开 水 白 菜

开水白菜其实是一道川菜，与鲁菜中有名的是奶汤蒲菜相似。蒲菜就是鲜嫩的香蒲，香蒲是季节菜，过时就老，就演变成奶汤白菜或金钩白菜。金钩也就是海米。其实鲁菜也煨清汤，不知为何，开水白菜的名称就让川菜夺了去。

奶汤与清汤，是吊汤的两种方法，"吊"是提升。吊汤所用原料，鲁菜用猪肘、猪骨、肥鸡、肥鸭。川菜用猪肘、猪骨、肥鸡，不用鸭子，而加火腿、火腿骨，由此川帮吊出的汤味道更香。

吊汤与修炼，其实别无二致：提升的都是境界。吊的过程，都须将所有原料炖烂锅中，使之在沸腾中精华全融于汤，只剩渣滓。差别是奶汤炖成只作过滤，清汤还须进一步提纯，所以在趣味上是两个品级。提纯方法，分别以鸡腿肉与鸡胸肉为茸，边继续入味边吸纳沸腾着的浑浊。此法非自己实践不能体会妙处：肉茸与炖好冷却的汤水调成糊，入炖好的汤加热，汤立刻变成混沌。而随之肉糊就会变成大小不一的肉渣纷扬而起，将它们仔细捞出，汤就渐渐见清。先用鸡腿肉，肉质粗，变成深色肉渣，称"红臊"。再用鸡胸肉，肉质细，变成雪白的"白臊"。这些"臊"捞出当然还可炒肉末，但鲜味已失。

按开水白菜的地道要求，"红臊"两次、"白臊"两次，最后还有一道工序：将提好的汤冷却进冰箱。因为汤变清后，残余油星还是无法解决，进冰箱变成晶莹透明度极好的冻，油星点滴残在表面，未捞尽的碎屑全沉淀在底。将两端仔细除去，才是真正的清汤。

这样的汤，成本当然太高。如总结，将原料精华全都消融进汤，是煨汤第一步境界，粤菜、闽菜煲的都是此汤，其中油腻与渣滓也是滤去的。将浓厚之汤再提纯为清淡，则是第二步境界。这样的汤非一天工夫难成，因为除小火煨须3小时，每次使用"臊"都须在冷却之后。所以王世襄之子王敦煌在随其祖辈、父辈学吃体会后撰成的《吃主儿》中，感叹"高汤真得高"。他记叙当初北京饭庄专有徒弟负责熬夜为白天吊汤，忙乎一夜就为吊一锅汤，感叹是："什么样的吊制方法，它能不鲜吗？但是它能随便在家制作吗？"

于是，开水白菜中所谓的"开水"是主角，大白菜只为配角。汤吊好后，选上好的白菜剥去外衣，只用接近菜心部分。外衣剥去一半后，雪白的帮上是晶莹的淡绿，越往里这绿越浅，黄就越浓，最后内心是晶莹的嫩黄。将它们切成段，在开水中焯后迅速捞出码在盘中，浇以吊成之汤。那汤在淡中自有浓厚之鲜，任何单纯的鸡汤、鱼汤、肉汤都无法相比，白菜在其浸润下，白、黄与绿皆脆而鲜净妩媚。按川菜原来做法，菜汤合成后还须入笼蒸过，洒上火腿、冬笋、冬菇，我以为是画蛇添足。一来汤之味已再无他物可配，二来汤中白菜珍贵就在润中之脆，此乃汤鲜中挺拔出的菜之鲜。密封一蒸，菜的真气、鲜气全失，在"开水"中瘫痪绵软，就难有那种婷婷袅袅与郁郁菲菲。

我喜欢此菜，就因色调中素简清白，得来又费尽心机。读过李锐先生一篇写得很好的文章，讨论冬天大白菜为什么百吃不厌。他说，白菜的好处在"最接近水性之淡，所以淡得最纯正"，引管子"淡者水之本原"的说法，认为正因这种本味，才同一切味相谋相济，"它平淡无奇，不自命不凡；它平易近人，不巧言令色；正像'水善利万物而不争'"。李锐先生所引文字出自《管子·水地》，其中说，水"淖弱而清"，"淖"是烂泥，"淖弱"是流动着的柔和，当然也包括流动中被泥沼吸纳杂质的过程。按管子说法，水清之素，五色不得不成，为五色之质；水清之淡，五味不得不平，为五味之中。这是这道菜最好的注解。

大白菜被称菜中之王，典自《南齐书·周颙传》。周颙在南北朝的齐国当到中书郎、国学博士，因长于佛理而清贫寡欲，每天蔬食；虽有妻子，却独居山舍。别人问他，你在山中吃什么，他说，"赤米白盐，绿葵紫蓼"。"葵"在元代王祯的《农书》中还被称为"百菜之主"，到李时珍《本草纲目》中已经说，"今之种者颇鲜"。"蓼"是一种水草。文惠太子当时问周颙，哪种蔬菜味道最佳，他说，"春初早韭，秋末晚菘"。两种菜，一种季节最早，一种季节最晚。大白菜只是菘的一种，南宋诗人范成大的名句"拨雪挑来踏地菘"，指南方冬天的塌菜，也是菘。"菘"因其傲雪凌霜命名，味道也来自冬日霜雪之逼——只不过塌菜长于南方室外，霜雪逼其茎叶深绿，甜在清苦之后；大白菜则在秋末初染霜时就收进窖内，以较低温度保证较浓湿度，才能养成鲜润淡雅的色调，由此才称"黄芽菜"。

按李时珍《本草纲目》所记，"黄芽"乃窖内从苗叶开始长成，他说燕京圃人是以马粪入窖壅培，因不见风日，才长成韭黄般鲜黄，脆美无渣。《燕京岁时记》沿用了这种说法。李时珍是湖北人，此说肯定来自传闻，其实，如此菜真在窖中长成，不仅难有那样晶莹的黄中之绿，也难成白菜。所以，还是南宋吴自牧《梦粱录》的记载准确："冬至取巨菜复以草，积久而去其腐，叶黄白鲜莹，故名'黄芽'。"也就是现在仍普遍在用的冬贮，那鲜黄是以牺牲外皮的方式捂出来的。

我总觉那堆积捂出的黄白有一种腐败气息，难有清新口感。记忆中吃到最好的白菜，是母亲入冬后在菜市买回肥大者，去其外叶，父亲以粗铁丝穿进菜根，一棵棵悬在梁上。厨房内早晚温度在零摄氏度以下，湿毛巾都会成冰，白天又有阳光温暖满屋，白菜就既保留水分，又因温差而色泽自然变化，菜心是一种自然养成的鲜莹。

现在都是温室调控，大白菜完全可以在调控好的气温中无忧无虑生长，省却贮藏的诸多麻烦，但那种季节中自然孕育的味道也就没有了。按王世襄先生的感叹，白菜、猪肘、肥鸡、火腿，原料都不对了，所追求的，也就不过是形式中的某种过程而已。

水　仙

接近岁末，家家都已离不开一盆在冬日阳光里娇羞着垂下花盏，散发出清浅幽香的水仙。按说松、竹、梅才是岁寒三友，我却固执地总将三者换为腊梅、水仙与天竺子。腊梅花开在水仙前，水仙花开又连接着红梅。按明代文人程羽文所作的《花历》，到腊月，先是"腊梅坼"，后是"茗花发，水仙负冰，梅香绽，山茶灼，雪花六出"。茗花就是茶花，而天竺子，花期本在梅雨时，但花谢后结籽，霜后籽由青变红，到腊月才粒粒殷红如火珠。冰雪封冻时，净案上一边是腊梅，一边是天竺，中间是水仙，暗香袅袅，冬日阳光从虚掩着的门斜射进客堂，闲洁雅静。这是我记忆中凝固了的腊月景象。

我喜欢程羽文在《花历》中对各等花态的形容。坼是撕裂，腊梅本像凝固的蜡制，坼字更显出天寒地冻的背景。而水仙负冰，则形象表现出它幽楚窈眇、凝姿约素，在冰雪之气压迫下吐出的春意。"负冰"一词最早见于被认为是上古三代遗留下来的《大戴礼记·夏小正》中，农历正月的"鱼陟负冰"，说寒冬鱼伏在水底，等东风解冻，阳气推动，追逐温暖，就从水底升至冰面之下。陟是上升。

明代文人雅士品花，真有众多值得回味处。袁中郎有一部专研究插花的专著叫《瓶史》，其中专有一章"使令"说衬托，使令是使伶。他说，就如宫中需要下等的侍妾与宫女，闺房伉俪需要侍妾陪衬。插花的搭配，如梅花以迎春、瑞春、山茶为婢，海棠以苹果花、林檎、丁香为婢，牡丹以玫瑰、蔷薇、木香为婢，芍药以罂粟、蜀葵为婢，石榴以紫薇、木槿为婢，莲花以山礬、玉簪为婢，木犀以芙蓉为婢，菊花以黄白山茶、秋海棠为婢，腊梅以水仙为婢。袁中郎说，各婢姿态各异，浓淡雅俗亦不同。比如水仙，"神骨清绝，织女之梁玉清也"。这梁玉清是《太平广记》里引《东方朔内传》中所记，被太白星拐骗下凡的织女侍女的名字。太白星拐骗织女的两名侍女，在卫城少仙洞中 46 天不出，使梁玉清有了个儿子。天帝怒而命五岳下界搜捕，太白星归位，梁玉清就被责罚到北斗下终日舂米。

之前先把水仙比作梁玉清的，是北宋大诗人黄庭坚，他的《王充道送水仙花五十枝》写道："凌波仙子生尘袜，水上盈盈步微月。是谁招此断肠魂，种作寒花寄愁绝。含香体素欲倾城，山礬是弟梅是兄。坐对真成被花恼，出门一笑大江横。""凌波仙子"由此成为水仙的别称。美女凌波纤步，轻盈欲飞，典出曹植的《洛神赋》，曹植描写洛神轻躯鹤立，将飞欲翔，招引众仙女齐集，然后"体迅飞凫，飘忽若神，凌波微步，罗袜生尘"。"凌波仙子"的美丽意境因此生发逍遥于清霜之夕、徘徊于明月之辰的清雅联想。黄庭坚之后，南宋另一位喜欢咏花的大诗人杨万里才有"韵绝香仍绝，花清月未清。天仙不行地，且借水为名。开处谁为伴，萧然不可亲。雪宫孤弄影，水殿四无人"的诗句。一身冰雪，一片凄凉，那花也就格外地引人伤思。

黄庭坚的《王充道送水仙花五十枝》作于建中靖国元年（1101 年）的腊月，当年他 56 岁，居荆南沙市，病魔缠身。当时留有《与李端叔帖》，可作为读此诗的背景。帖中说，"数日来，骤暖，瑞香、水仙、红梅皆开。明窗净室，花气撩人，似少年都下梦也。但多病之余，懒作诗尔"。"坐对真成被花恼，出门一笑大江横"是他自己当时境况，推门便见大江无情东去。黄庭坚死于这之后的崇宁四年（1105 年），56 岁这一年，他竟连续以 8 首诗咏水仙。其中《次韵中玉水仙花两首》更有味道，第一首是"借水开花自一奇，水沉为骨玉为肌。暗香已压酴醾倒，只比寒梅无好枝"，酴醾是美酒。第二首是"淤泥解作白莲藕，粪壤能开黄玉花。可惜国香天不管，随缘流落小民家"。从栽培，写水仙根需用猪粪培育，肥壤花盛，瘦地无花。此诗后来引出一段典故，南宋张邦基在《墨庄漫录》中说，这是黄庭坚对当时"目所未睹"的邻居，一位"闲静妍美、绰有态度"妙龄女子嫁给下俚贫民的哀叹。等数年后太史故去，当时宾客云散，此女已生二子矣。

水仙花喜静，好阳光与清冷空气，配以文石，因鳞茎时有黏液渗出，需时时清净。养水仙，最难是不使翠叶疯长，叶盛则无花。今人好切球茎而使翠叶盘曲成蟹爪，韭叶秀丛、兰香细幽的感觉也就因此而被破坏。水仙花状如酒盏，白花黄蕊称为"金盏银台"，以单瓣越纤薄越贵。其雅态，还是写《山家清供》的宋朝人林洪形容得好，他用"翠带拖云舞，金卮照雪斟"，卮就是酒盏。

　　水仙的名称，应是宋代文人因"凌波仙子"而起，之前未见有明确记载。明人呈彦匡的《花史》中有一句说，"唐玄宗赐虢国夫人红水仙十二盆，盆皆金玉七宝所造"，出处却无从考。我怀疑它非本土植物，乃唐代从国外进贡后引进。它属石蒜科，宋人倒也有"雅蒜"的称呼。李时珍在《本草纲目》中对花名的解释是："此物宜卑湿处，不可缺水，故名水仙。"值得注意的是，他引了唐代段成式的笔记《酉阳杂俎》中的记载："奈，只出拂林国，根大如鸡卵，叶长三四尺，似蒜，中心抽条，茎端开花，六出红白色，花心黄赤，不结子。冬生夏死，取花压油，涂身，除风气。"最后疑问是："据此形状，与水仙仿佛。岂外国名谓不同耶？"奈花，其实明朝杨慎的《丹铅录》中已经分辨是茉莉，拂林国倒就指东罗马帝国及其所属西亚地中海沿岸诸地。

除　夕

　　年夜饭是过年的一个象征，吃过年夜饭，守岁到零点，爆竹声中一岁除，这年就算热热闹闹地过去了。大年初一新年，总是从一地鞭炮残渣的冷清伊始。人们于是就感叹：生命中的又一年凝固成了记忆。

　　年夜饭在过年程序中，阖家团聚，究竟意味着什么呢？从字义，夏朝时称辞"岁"，商朝称元"祀"，到周朝才称过"年"。按照东汉刘熙《释名》的解释：岁是超越，超越故限。祀是已经，新气生，故气已。年是进，进而前。年三十称除夕，起码在晋朝周处记录风俗的《风土记》中已经有记载了。周处是江苏宜兴人，《风土记》在隋朝时记载有3卷，现在《说郛》中只有残存的1卷18段。其中有一段："蜀之风俗，晚岁相与馈问，谓之馈岁，酒食相邀为别岁，至除夕达旦不眠谓之守岁。"这里，三个顺序都说到了——先是互为馈送，再是年夜饭酒食相聚，然后才是达旦守岁。还有一段："除夜祭先竣事，长幼聚饮祝颂而散，谓之分岁。"吃年夜饭前先祭祖先，祭完才不分长幼欢聚，团圆饭也就是祭后结果，或是在祖先注视下，与祖先一起闭门团聚。守岁是为全家一起守候到凌晨的新与旧分岁，将旧岁送走，才安然变成新岁。

　　除夕的除是去，夕是日暮，此词从岁暮演变而来。岁暮的根源在《诗经·唐风·蟋蟀》里："蟋蟀在堂，岁聿其莫。今我不乐，日月其除。无已大康，职思其居。好乐无荒，良士瞿瞿。"聿在这里是助词，是将要，莫就是暮的古字。蟋蟀还在叫，一年又到岁末。今天不乐，日月将除。本无安康，须慎思其居，好乐亦不应有过，良士应多虑。我总觉得，这首诗是到除夕对自己最好的警示。

　　岁末夜要除残去秽，方能进入新年。为何要除残？吐故纳新，先要吐故。我在《左传·昭公元年》中，读到一段有意思的记载：晋侯病了，郑伯派子产去探问，与叔向有一段对话。他说晋侯的病一定不是山川、日月、星辰降临的灾难，而是自己劳逸、饮食或哀乐不当所致。他说，君子一天应顺应四时——"朝以听政，昼以访问，夕以修令，夜以安身"，才可顺应四时散发体气，不使壅塞。血气集滞，就生病了。这"令"并非政令，我以为指修善养身。古人倡导睡前修善，其实就为吐故，吐故后才能安身入睡，纳新进入新一天。

　　岁末除的另一种表达是送或逐除。《礼记·月令》中说，岁末第一要务是"命有司大难，旁磔（zhé）"，"出土牛以送寒气"。有司是指掌管驱疫的官吏，这个"难"是"傩"。吕不韦的《吕氏春秋·季冬纪》中也记录了这一句，据东汉高诱对它的解释："大傩，逐尽阴气为阳导也。今人腊岁前一日，击鼓驱疫，谓之逐除也。"驱疫建立在冬至后，阳气推阴气上升而弥漫的前提下，腊日是腊月初八，是进入岁末仪式的开端。从腊月初八开始就要以大傩，禳祭驱鬼，这驱鬼其实与除夕的祖先团聚相互关系——迎回祖先必须驱除外来邪气。"旁磔"，按唐朝孔颖达的解释是，在四方之门分别披挂肢解的牺牲，即鸡、羊与狗，与大傩目的是一样的。大傩的形式，在《周礼·夏官·方相士》中有清晰记载：专驱鬼怪的"方相士"由武夫担任，他们手掌要蒙熊皮，头戴面具，面具上以黄金点目，穿黑衣红裙，执戈扬盾，挥戈时要呼"傩，傩"之声。

东汉蔡邕，也就是蔡文姬的父亲，留有著作《独断》，比《风土记》早记载了很多民俗。他说方相士做大傩，主要驱除的是颛顼和他三个儿子。颛顼的三个儿子，一个死后在长江为瘟鬼，一个死后在四川雅砻江为魍魉，另一个专在宫室门角落处吓唬小孩。其实是变成了邪恶象征。《独断》中还说，以桃木制弓，荆棘制箭，通宵击土鼓，以赤丸、五谷播撒，立桃木俑，在门上悬苇草编成的绳索，画虎，以神荼郁垒为桃符，目的都一样，都为新年阖家安宁。苇索是神荼与郁垒的驱鬼工具，春联其实就是桃符。

整个腊月主题，就是祭与除，除是为祭。唐朝的孔颖达在注解《礼记·月令》时说得清楚：腊就是猎，"猎取禽兽以祭先祖五祀也"。五祀是指五种神祇，住宅内外的五种神。按东汉郑玄的注解是，门户、井灶与中霤，门户是人出入处，井灶是人饮食处，中霤是房中央，人所寄托处，也就是宅祇。为什么整个腊月主题都是祭与除呢？《礼记·郊特牲》说，

"伊耆氏始为蜡，蜡也者，索也。岁十二月，合聚万物而索飨之"。伊耆氏是神农，合聚万物是指各种祭祀，以隆重的祭祀驱除邪鬼，向祖先与宅灵索要保佑。《礼记·明堂位》说，伊耆氏蜡祭时使用的乐器是土鼓、蕢桴、苇籥。蕢桴是用土块捏成的鼓槌，苇籥是芦苇做的笛子。索要什么呢？《独断》中说："土反其宅，水归其壑，昆虫母作，丰年若上，岁取千百。"这个"反"是"返"，"母"是"勿"，"若"是"顺"。土地镇宅，水流归位，昆虫勿犯，丰年安顺，财运亨通。

在晋朝周处《风土记》之后，南朝梁宗懔有《荆楚岁时记》，现留存一卷，其中的最后一条记载："岁暮，家家具肴蔌，诣宿岁之位，以迎新年。相聚酣饮，留宿岁饭，至新年十二日，则弃之街衢，以为去故纳新也。"诣是一种境界，宿岁之位，我以为包含了对过去之年的怀恋情。有了这种怀旧迎新的感伤，宿岁饭也就不仅是为过年期间不再做饭，而是要在新年开始时留住已逝的旧年。在这样的背景下，阖家一起守与辞才有了意义——毕竟团圆与欢乐的日子是有限的。

年饭的味道

我记忆中最早的年饭依稀是沐浴在五颜六色的光芒之中的。在没换上透明的窗玻璃之前，家里的小木楼上每一个窗格都是镶着蠡壳的，那五颜六色就是年夜的灯光从那些蠡壳上喜滋滋地漾起来的。此时桌上，灯光眨巴眨巴，就落到玻璃杯鲜红鲜红的酒浆里了。祖母将它端到我的眼下，"喝一口，抿一点"。祖母一辈子只喝甜酒，酒甜而稠。那时我穿着母亲一针针缝成的立领花棉袄，还没桌子高呢。祖母先夹一朵木耳在我的嘴里，滑而沾满鲜汁，再夹给我一块酱牛肉。牛肉比猪肉香呢，祖母说，她笑起来，眼睛就都包在皱纹里了。牛肉捏在手里，肉是可以一丝丝撕开的。我问，木耳是什么地方长出来的呢？祖母说，地上。于是我就曾带着一帮小伙伴，走进离家很近的体育场，蹲在地上，低着头，一寸寸认真地在枯黄的草根下找木耳——等下乡后我才知道，木耳其实是长在倒在地上雨后的柞树上的，是林中弥漫的潮湿气息绽开的皱皱的黑色的花朵。

懂事后，窗上就都是坚硬而明净的玻璃了。年夜的窗玻璃总被热气熏染成朦朦胧胧，那时父亲舍不得用瓦数高的灯泡，除夕夜才换上 40 瓦，那橙黄色的光就从暖锅升腾的香气

里漾在满满一家人的脸上。南方是没有点炭火的铜锅的，那
铺着金黄的蛋饺、雪白的鱼圆、翠绿的菠菜，游曳着鲜红火
腿的满满一锅，从灶上直接端到桌上，绿黄红白就都在持续
的沸腾中颤颤巍巍，一家人就都被笼罩在其乐融融中。暖锅
中保证鲜艳色调其实是不易的，母亲是不让剪掉菠菜根的，
她称菠菜的绿叶红根是"红嘴绿鹦鹉"。而锅中主角，还是
大家都要抢的被鲜汤抬起的粉丝，我们叫"线粉"。儿时是
常拿着"线粉"，一根根将它伸向火炉，看着它会一点点膨
粗的。

　　等我下乡后探亲回家，父亲的背驼了，母亲站在面前则
显得矮了。这时才意识到年饭的氛围是从拥挤的厨房里一点
点积攒起来的。咸肉是母亲早早腌好的，她说最好的肉是"三
精三肥"，肥肉要晶亮到汪出油，中间的三道精肉则要鲜红，
市场上买的死咸，是不好吃的。风鸡也是母亲早早在屋檐下
让阳光与风吸走了水分，蒸出来干香干香。姐姐结婚后，每
年年饭，无锡的姐夫总是主厨。他做爆鱼、油爆虾爆成每一
虾壳都成透明、冬笋炒肉片的肉片滑嫩到如同鱼片。而压台
菜总要一大碗霸气的"走油肉"——用一大块最好的方方正
正的五花肉，在沸油中先"走油"去腻，使肉皮皱如波纹，
再由糖与酱油焖至肉皮酱红，皮下腴入口即化又不腻，腴下
瘦肉又极紧致。

　　记忆中最难忘的一次年饭，没有大家欢聚的氛围。那年
哥哥因车祸意外离去，白发人送黑发人，父母之悲伤不言而喻。

过年时外地姐姐没回家，本地姐妹也都各在自家，仅我们一家陪父母。年三十，父亲问我，年饭吃什么呀？我到菜场买了一兜大闸蟹回来说，吃蟹吧。那是唯一一次不像年饭的年饭。父母刚从老房子搬出来，只里外两个小间，我们住外间，他们住里间。那是一个下雨的阴冷的除夕夜，吃完饭父母早早睡了，我就站在阳台上，呆看烟花寂寞在绵密的冻雨之中。

后来父母搬到了小妹家，大家都珍惜与父母一年中这几天的相聚了。年饭是每年早早就在酒店预订好的，但在酒店里再好的饭，总不如家里的味道。值得惦念的倒是每到凌晨除岁钟声响过，在震天动地的爆竹与红红绿绿的焰火耀亮中那一碗馄饨了。北方吃饺子，南方吃荠菜肉馄饨，称馄饨为"兜财"。以猪油与青蒜叶为汤，荠菜为馅，鲜绿而有新春特殊的香气。

父母过世后，不再有一年一度急切要踏上归途的兴奋，也才意识到，家就在你肩上，年饭就是你自己要考虑的一种仪式了。保留那些传统罢——蒸咸肉，烧笋干，做爆鱼，做蛋饺，做面筋塞肉，无此一桌，当然难为年饭。而当三人在孤寂的灯光下面对大约一周都难吃完的这一桌时，忽然就会意识到：年饭的欢欣其实是在子孙满堂的回归中。当只剩一个个独立的彼此面对面的小家时，那种辛勤筹备的丰盛也就失却了意义——零落的爆竹声中，暖锅刚刚端上，转瞬也就会凉了。

饺　子

❄

　　水饺是北方人阖家团聚必不可少的面食，最早系统考证其名称的，大约是明末清初的方以智（1611 年—1671 年）。方以智是安徽桐城人，他年轻时就立志要博览群书，通过考证重新认识世间万物，其见识汇集于 52 卷《通雅》中。第 39 卷"饮食"里，考证了西晋束皙（约 264 年—约 300 年）的《饼赋》中所记"牢丸"与饺子的关系，认为蒸笼里蒸的"笼中牢丸"就是"馒头、扁食之类"（扁食可能就是今之蒸饺），汤中煮的"汤中牢丸"就是"元宵、汤丸或水饺饵之类"（元宵、汤丸显然都不对，因为《饼赋》所记是面食）。

　　束皙的《饼赋》记载，适宜四季的面点，春天用"曼头"，夏天用"薄壮"，秋天用"起溲"，冬天用"汤饼"，而"通冬达夏，终岁常施，四时从用，无所不宜，惟牢丸乎"。据方以智考证，这几种面点中，"薄壮"是"薄持"，"煎夹子"；"起溲"是发酵入油、糖之"蒸酥饼"；"汤饼"是"面条"。我却以为，与今对应，"薄壮"似应是"面衣"、"糊塌子"，"起溲"似应是"发面饼"，"汤饼"似应是"面片"。

　　按方以智的说法，饺子的"饺"是从"粉角"转来，北方人念"角"为"矫"，因此就把"角饵"读成了"饺儿"。

有关"粉角"的记载，在忽思慧元朝天历三年（1330 年）撰成的《饮膳正要》中，就有"水晶角儿"、"撒列角儿"、"蒔萝角儿"三条。这三种，"水晶角儿"是用羊肉、羊油、羊尾，拌以葱姜、陈皮、盐、酱等佐料，"以豆粉作皮包之"。"撒列角儿"是用羊肉、羊油、羊尾、新韭拌盐、酱等佐料，"白面作皮"，在平底锅上烙熟。也可用酥油、蜜和面，以葫芦、瓠子为馅。酥油拌面，烙为酥皮，今天我们尚未想到这样的酥油饺，这里的"撒列"是指烙后张开状？瓠子即今西葫芦。"蒔萝角儿"也是用羊肉、羊油、羊尾，拌以葱姜、陈皮、盐、酱等佐料为馅，却以"白面、蜜与小油拌入锅内，滚水搅熟作皮"。"蒔萝"是一种调料，"小油"是香油，这分明是烫面饺子了。

再往前追，在南宋吴自牧的《梦粱录》中，记当时百官参加皇帝的寿宴："凡御宴至第三盏，方进下酒咸豉，双下驼峰角子。"咸豉是用黄豆霉制成的调味品，即今豆豉。有关"驼峰角子"，在元代流传的，作者不详的《居家必用事类全集》中，详细记载了做法："面二斤半，入溶化酥十两，或猪羊油各半代之，冷水和盐少许，搜成剂。用骨鲁槌捍作皮，包炒熟馅子，捏成角儿，入炉燉煿熟供。素馅亦可。"这里的"搜"就是"和"，当初都称"搜面"；"剂"是调和；"捍"使之坚实，就是今之"擀"；"骨鲁槌"就是擀面杖；燉是干煎，煿是爆。这本书中，有关"蒔萝角儿"的记录更具体："面一斤，香油一两，倾入面内拌。以滚汤斟酌逐旋倾下，用枚搅匀，烫作熟面。挑出锅，摊冷，捏作皮。入生馅包，以盏脱之，作蛾眉样。油炸熟，筵上供，每份四只。"详细记录了烫面法，"枚"是搅烫面棍：古人称枝为"条"，干为"枚"；盏是塑"蛾眉巧笑"的模子。

宋朝再往前，唐朝留下的韦巨源食谱中，没有"角儿"的记载。但其中有一款"双拌方破饼"，注为"饼料，花角"。"双拌"是两种馅相拌，"方破"是圆，用圆皮包馅，应该就是"角儿"。还有"生进二十四气馄饨"，注为"花形馅料各异，凡二十四种"。在宋朝的"角儿"名称前，只统称"馄饨"。北齐颜之推（531年—约595年）就有馄饨"偃月形"的记载，偃月是半弦月，与蛾眉巧笑同，极贵之相，正是饺子状。明末张自烈《正字通》："今馄饨即饺饵别名。"在清代流传下来，可能是乾隆年间江南盐商手抄的饮食巨著《调鼎集》中，"水明角儿"就列在卷九"点心部"的"馄饨"类内。其做法是，"白面一斤，用滚汤渐渐洒下，不住手搅成稠糊，分作一二十块，冷水浸至雪白，放稻草上拥出水，入绿豆粉对配，擀薄皮裹馅蒸。"也用豆粉，就是《饮膳正要》中"水晶角儿"更细的记录。值得注意的是，《调鼎集》中说，苏州馄饨"用圆面皮，淮饺用方面皮"——现在，馄饨皮是方的，饺子皮是圆的，颠倒了。

那么，束皙《饼赋》中所说的"牢丸"究竟是不是饺子？究其描述，先以反复筛过，"尘飞雪白"的细面，要和到"胶粘筋韧"。馅用羊腿肉与猪肋条，半肥半瘦，切成蝇头大小，剁成"珠连砾散",再佐葱姜桂皮椒兰,和以盐豉。此时锅中水已滚沸,于是"攘衣振掌,握搦俯转,面弥离于指端,手萦回而交错,纷纷駆駆,星分霅落",我以为这是极形象的擀皮动作描写。包出来的是"姝媮洌欶、薄而不绽,隽隽和和,臒色外见,柔如春绵,白若秋练。""姝媮洌欶"是一种水份饱满的美貌,而"臒色外见"的"臒"是肥。确实像极了饺子。

"笼上牢丸"与"汤中牢丸"是唐朝段成式在他的《酉阳杂俎》中,列举当时食品所记。巧的是,《调鼎集》中有"汤馄饨"与"蒸馄饨"的做法,此"汤馄饨"、"蒸馄饨",明显就是当年的"汤中牢丸"、"笼上牢丸"。

逝去如烟如风

❄

年，是经历过风尘仆仆后，一年至头期待回家的一种心情。这种心情在我的记忆中，与旅行袋联系在一起。

我最早关于旅行袋的美好记忆是小阿姐赋予的。当时家里经济困难，她没念完高中就到农村一个信用社去当了营业员。每年过年的时候，她就会拎回一个好像是绿色的旅行袋，里面总是满满一袋的年货。带年货回家，是母亲对她的要求。那是一个什么都要凭票供应的年代，小阿姐是凭她的人缘，从乡镇商店走后门，一点点往外淘，或是借用了同事的副食本买出来的。包里有金针菜，那时金针菜也是配给的；有花生、西瓜籽，甚至还有罕见的香榧子；也有母亲喜好的"寸金糖"或"橘红糕"。"寸金糖"是一种一寸长细小的芝麻糖，有糖心；橘红糕是一种以橘皮提味的指甲盖大小年糕。

下乡后，旅行袋就变成我自己一年积攒等候的一种心情了：木耳、黄花菜与蘑菇是七八月雨后自己进山去采了晒干的，偶尔也有老乡给的猴头，它在当时也是稀罕物。然后是大豆与芸豆，还有更多的榛子，榛子也是东北到处都是。也给父母买过红参与鹿茸，那时没有保护野生动物的概念，有一回还带回一袋犴肉干，那肉坚硬，却极干香。母亲是特别喜欢我每年带回的木耳与大芸豆，她说，木耳又大又肥，她以它炖红枣，每天喝一大碗，才治好了她的头痛病。而芸豆又大又面，那时南方根本见不到这样的花豆，她以它做贺年羹，包圆子。

后来到了北京，一年一度的回家依然是一种期待。回家前，会专门去买天福号的酱肘子，那种入口即化的肥腴是父亲的最好。父亲一生都喜欢肥腴，他最喜欢鸭汤面，上面必须有一层浮油。他说，羊肉最好就是羊尾，越肥才越香。到王府井，则给母亲买酥糖和茯苓夹饼，当然还有果脯。其实，苏州的麻酥糖远比北京的好吃，茯苓夹饼也没什么好吃的，但母亲自从 20 世纪 60 年代到过一次北京后，就认准了这三样东西。每年，进了腊月，母亲就开始在电话里问了："啥时候回来呢？我一天天都在想啊。"现在，父母亲都已经远去了，从送走母亲离开上海的那一天起，我已经告诉过自己：从此到这里，再也不会有那种心情了。

那种期待已经断了。那个家只在记忆里，从不忘记地在牵动你的心。

那个小院是早就被拆掉了的。我还记得没盖上新楼时，我曾去凭吊的那一片废墟。那废墟里，有多少值得珍惜的东西呢？

院中本是有一口井的，那井其实并不深，井绳只需两米多一点。那井水，在冬天是冒着热气的，母亲就蹲那个瓷缸边，在那井水弥漫的热气中洗菜。我家住在木楼上，木楼在上，粉墙在下，灶间却在木楼的对面。灶间后门外，原是有腊梅老枝探过墙头来的，那是邻居李先生家后院的树，那是一棵老树，腊月里，腊梅的浓香就无孔不入，游动在灶房里。

灶间里原是有灶的，我依稀还有灶火熄了，早起灶帽里的水还是热的，可以洗脸的记忆。关于过年我最深的记忆，先是小巷里传来的"要伐切笋干"的吆喝。儿时，笋干是珍贵物，母亲每年都是早早就托人想法弄到，早早就在绿瓷缸中泡好，没有笋干的年是没法过的。切笋干的人扛着污迹斑斑的板凳，板凳上按着切笋的刀，他被叫进天井，瞬间就把几块笋干变成了细丝。有了笋干，还须有咸肉，咸肉是一进腊月母亲就早早地爆腌好的，她要腌肋条，也腌腿肉，要前腿而不要后腿。所谓"爆腌"，就是简单拍一些盐就交给阳光与风去调理，母亲说，不咸才有鲜，她最讨厌那些死咸到没有知觉的肉。现在仔细回想，这应该是我下乡之后，20世纪70年代的记忆了——在20世纪60年代，我们一家副食本上配给过节的肉，大概也买不成一条腿。

记忆里年前温馨的记忆，还有厨房里那盏昏黄的灯光。父亲是出奇地节约的，灶间里的灯自然只有十五瓦。冬夜天黑得早，晚饭后本来都是早早就都上了楼的，到年前母亲开始忙碌，上楼也就晚了。灯光下，最难忘的是她守着一桌的荠菜，一棵棵仔细地剪掉根，摘去黄叶的情景。过年，包馄饨、包汤圆、做贺年羹都离不了荠菜，但那是滴水成冰的季节，母亲总说，摘荠菜"最节头骨（手指）痛"。

那时过年，鱼、肉、鸡、蛋、豆制品甚至炒货，都是凭副食本供应的。例如每人猪肉半斤、鱼半斤之类，回民供应牛羊肉，汉民只供应猪肉。虽说凭本，能买到什么还是大有区别的。比如鱼，要买到大些的带鱼或青鱼，要要早早地就去鱼市排队，还要凭运气。于是寒冬腊月，我们就得成帮结伙，凌晨三四点就走过熟睡的冻成梆硬的街道，到了鱼市门口，或把已事先摆在那儿压上石头的菜篮子踢掉或者调换位置，再守候在寒风中自己排队的菜篮，待黎明到来。有时好不容易等到鱼市里灯光亮起，排门板打开，却开市就没有好鱼，就只能放弃而第二天再排。炒货也是这样，配给供应有几样可选，其中最珍贵的，无非是杭州小胡桃了，这是小阿姐最心爱的。于是，她发动我们轮流在副食店里进来出去地干等，一旦发觉小胡桃开卖，马上派人回来报信，大家就都飞跑而去。排在后面，卖完就不再有货了。

最难忘的过年氛围，是自家蒸年糕的场景。在我记忆里，母亲自己蒸年糕，也就是蒸了两年，那是在我下乡前，她最有心情的时候。

蒸年糕是一项特别复杂的劳动。先要泡米，还是那个湖绿色的瓷缸，母亲将糯米与粳米搭配，将米泡成银白色，然后要将它变成面。我依稀中记得，先是母亲提着盛着泡好米的桶，让我跟随她，顺着石板路往北，走过石桥，沿河边就到了一户有石臼的农家。一个圆圆磨得光光的臼，连着一块翘翘木板，木板头上是也磨得光光的杵。母亲站在翘翘木板一头，居然能一起一落潇洒地引导着杵，一下下有力地砸向臼里洒着的米，把米杵碎成粉。再一个场景，是用石磨将泡好的米磨成粉。家里是没有石磨的，母亲借来一个放在灶间，我们就轮流开始推磨，当然，主要还靠她自己。刚开始是新鲜的，舀一勺米堆在磨上，转动磨把，那米从孔里一点点塌落下去，磨便发出粗重的声音，碾出雪白的粉。但转上几圈，就觉那沉重声特别磨耳，石磨也变得特别沉重。每人转五十圈，在母亲强迫下，它成了苦活。磨成的粉要经过阳光的晒，再用细筛子筛过，才能待用。

做糕时候，母亲在大木盆里加上糖浆和面，糯米面和上水，极黏极黏，越揉就越发出咯吱吱瓷实的声音。母亲分别用红糖与白糖做成两种，借来糕模子，扣过来，就有了磨盘大的年糕模样。红糖做的用白成的粗些的粉，变成黄色，中间用核桃仁作隔断，糕面不用点缀，只用红糖水抹成光亮，称"黄松糕"。白糖做的用了石磨的细粉，除了用核桃仁隔层，面上还要按一层五颜六色的枣与果脯，杂以腌好的猪油，称"猪油糕"。糕成型后，就可以在笼屉里垫上竹叶，上笼蒸了。

母亲借来一个小火炉，小火炉上架大铁锅，大铁锅上架三层笼屉，显得头重脚轻，但一次可蒸成三盘大糕。等待出锅是最令人兴奋的，小火炉在天井里，不断往炉膛里添着木柴，炉火熊熊，环绕着铁锅的是钢蓝色。那铁锅里的水被烧开，乳白色的蒸汽开始霭霭浮浮，炉灶里冒起的青蓝色烟与蒸笼里冒起的甜香乳雾便交织在一起。蒸汽越冒越浓，出锅时，母亲一揭锅盖，甜香就喷涌而出。她和小阿姐一人端一头，下一层笼屉，就把一大圆盘热腾腾、湿淋淋的糕扣在了桌面上。

刚蒸好的"黄松糕"极松软，而我更喜欢细腻，糯软的猪油糕，那猪油就像水晶，入口便有甜腴特殊之香。蒸了糕的年，就有了大年的感觉。母亲把每一个大圆盘都切成一块一块，在竹编的笸里摆开，一盘糕就可以摆满一个笸。它们吹干了，便变成硬糕，每天早上如锅蒸一下，便是整个年节里的早餐。

整个年节里除了吃，还有一项劳动，便是切年糕了。母亲是宁波人，酷爱宁波水磨年糕。过年水磨年糕买回家，都是一块块粘成一个个小四方的，上面贴着红纸。它们掰开在水里稍稍浸软，我们的工作就是要把它们切成薄片。年糕又硬又韧，切片过程还是费力的，切多了，手上会起泡；切得厚薄，母亲是会监督的。切成片后，也是放在笸里摊开，有阳光的日子，母亲就踩着梯子，让我们在下面递，把笸摆到屋檐上，以充分享有阳光。待年糕片完全晒干，每一片上都有了裂纹，就用饼干桶把它们装起来。其用途不仅可以泡软了炒年糕、做年糕汤，更重要的是，听到"爆米花要伐"的吆喝，就捧着饼干桶飞跑出去，然后远远地紧紧地捂起耳朵，紧张地等待那达到了压力的爆桶进了补着补丁的麻袋。直等闷闷地"膨"地一声，就端着盆飞跑过去，换回一盘膨松雪白含上了糖精的年糕片，那也是美美的吃食。

儿时的年，记忆中父亲似乎是缺失的，操持的都是母亲。但有一年，父亲说年饭他要负责了，然后就有了期待。那一年，父亲买回了香肚，蒸后切盘，那种嫣红色确实改变了原有母亲的年夜饭面目，由此我也就对南京周益兴的香肚情有独钟。那一年父亲还蒸了蛋糕，小饭盒边抹上猪油，打好蛋浆蒸为糕，再仔细切成黄白相间的薄片。他第一次在年饭中引进了白切羊肉，羊肉是大伯送来的，捧来时，用还鲜绿的荷叶包着，切在盘里，皮下的冻是琥珀色。父亲对年饭真正兴致盎然，在记忆中似乎仅此一次，但这一次，给我留下了他区别于母亲的印象，一如他与大伯在祖母的房里喝酒吃蟹，一人一只蟹可以吃上两小时的细致。那其实是祖父留给他骨子里的东西，只不过平时他都把它隐秘在极深处了，那是一个改造一切的时代啊。

那一顿年饭，由此就那么深地镌刻在我的脑海里——父亲不再用碗，而用盘，他会仔细地挑选哪一种菜配哪一种盘子；他细细地片鱼片，糟溜鱼片上桌时候，亮亮的一层薄芡令鱼片若冰雪，糟香扑鼻。而一盘大葱炒肉皮，大葱居然青绿，配上发好的肉皮金黄，色香味俱佳。如果我的记忆没错，那一年应该是"文革"的前夜。那个年夜，他喝了很多的酒，母亲第二天说，他还没跑到弄堂里的公共厕所，就吐了一地。

那一年之后，"文革"开始，家里处在惶惶不安中，厨房后门一次次悄悄地烧书，母亲把我读的《三国演义》都烧掉了。父亲则偷偷把祖父留下的字画都在深夜里扔进了垃圾箱，在祖母的佛龛上都贴上了毛主席的像，这样的过年，自然就没有了心情，过完年不久，父亲就隔离了，然后，我就下乡了。

等我再下乡回家、工作后回家，无论父母单住，还是他们住到了小妹的家里，我再也没见父亲主持过年饭。他的角色，似乎永远是在饭前认真地摆好每一个碗、每一个小碟，小碟里每一把勺子，小碟边每一双筷子。

现在回想，在那困难的年代里，能让一家人饱满一种过年的心情，真是一种艺术。母亲做年夜饭，笋干总是主角，这是因为，我们家人都爱笋干。笋干有红烧、白烧两种，红烧用红烧肉煨，白烧以咸肉煨。我是最喜欢咸肉的，我固执地以为，咸肉一定要肥，打开蒸锅，那肥亮到汪出油来，之间有嫣红的细细的瘦肉分割，入口油香便满盈口腔最好。好的瘦肉，肉色也应是鲜红而干香，但一般都是枯槁色，咸而柴的。

母亲年夜里煮完咸肉后，要选最大的锅煨笋干，笋干要吸足了肉汤的油，被肉汤充分莹润后，才能激发出缱绻之鲜。笋干是越煨越香的，每次盛一碗，铺上鲜艳的咸肉再蒸，又一层油的光鲜再渗透进笋干，于是，必然，每人夹去一块咸肉后，笋干就会被乱筷夹空，一桌都是喜悦嚼笋的声音。除了咸肉，母亲还好准备一道白切肉——精选五花肉切成大块煮熟，粗盐炒熟后抹上，入瓷坛喷上酒密封，三天后开坛，酒肉香令人气短。将其切成薄片，肉质细腻到令人不忍下筷。年饭里，豆制品自然少不了，我们家人也都好豆腐。好在母亲与豆腐店里一个售货员成了亲家，豆制品就不受配给影响而显富足了。冬日早晨的豆腐店每天都是店面里热气腾腾，门前地上湿漉漉一片。母亲站在排队的人边上矜持地笑笑，再走到豆腐店旁的黑暗里，菜篮子里就摆上了最鲜嫩的豆制品。过年时候，油面筋要塞肉、豆腐皮要包肉、油豆腐烧粉丝汤，豆腐干炒韭黄肉丝。

计划经济时代，各种特权还是可以拿到各种配给买不到的东西的。哥哥那时在公社当过年轻的"财政部长"，过年总能提供给母亲起码一条大青鱼。鱼经常是趁着黑夜被重重包裹着拿来的，母亲就只能借着灶间投出的灯光在井边杀鱼。以鱼的中段做熏鱼，头尾用来滚粉皮。熏鱼要紧在汁，母亲调卤后，鱼炸透在卤中浸够后，还要下锅收一次卤的，为了使每一块鱼中的卤更丰盈欲滴。

年夜饭里要放几粒黄豆（那时花生是珍贵物），吃到就是福气，所以有"赤脚拣黄豆"之称。团年中大家都拿小酒盅象征性喝一点红酒，姐姐们就个个面若桃花。而结束总要靠暖锅——满溢的一锅，大家最喜欢的主角是蛋饺，其次才是粉丝、鱼圆与菠菜。儿时家里养鸡，父亲在厨房后门隔出个鸡栏，每天晚上用煤球炉灰扫鸡屎曾是分配给我的工作，而每下一个蛋，母亲就都会在蛋上记上数字，按数字吃先生的，那些蛋壳上，往往还带着血渍。母亲做蛋饺之利索是一绝的：她用黄芽菜头抹油，一勺蛋液，手腕将锅一转便成了圆形，夹上馅，锅铲一挑，便成了金黄小巧的蛋饺。奇怪的是。母亲一辈子却都不会做雪白的鱼圆，这不能不说是个遗憾，因此，每年所用都是亲家送来的。年夜饭上的蔬菜，水芹与塌菜是少不了的，一种是白茎与青绿，饱含春水之清香；一种是深沉的墨绿，饱含霜雪之甜香。而菠菜，母亲绝对是要留根的，她仔细洗净根上的泥，剪去根上的须，洗净后根是鲜红的。从小，母亲第一个让我猜的就是："红嘴绿鹦哥是什么？"——"菠菜"。

对于我们这些孩子而言，比年夜饭更值得期待的，其实是年饭后洗完碗、收拾完后的，一年一度的炒货，我们叫"炒划落"。将煤炉搬到灶间中央，姐姐们轮流开炒，母亲会嘱咐，要用旧锅，别把锅炒坏了。先要炒细沙，待沙炒热了再下花生、瓜子。花生叫"长生果"，自然是最宝贵的；然后是南瓜子与西瓜子，那都是夏天吃瓜时晒干攒下的；最后微不足道的是梧桐籽。院门前有一棵大梧桐树，到了秋天，风吹梧桐籽飘了满巷，它们像是一艘艘黄褐色的小船，每个上都附着两三颗小而圆的籽。梧桐籽太小了，但那时候，它们也是聊胜于无，也是零食。

炒完了，除梧桐籽不用分，每一样都均分为堆，母亲给每一堆都配上各种颜色的糖，我们一人一个小铁桶，就可以心满意足地上楼了。那时小阿姐是攒糖纸的，她搜集的糖纸夹满了厚厚的一本书，她就叮嘱我们，糖纸一定要留给她。从灶间上楼，我们穿过天井，三十晚上，天井上空的星星总是特别的多、特别的亮。

　　我们家是不放炮仗的。但每年初一，钻在厚厚的暖被窝里，听着一声又一声的"开门炮仗"，总有一种温馨。但儿时不识愁滋味，是意识不到这无忧无虑、被父母呵护着的温馨会过一年少一年的。

　　我们家新年的早饭，肯定是蒸年糕。新年第一天，是要迫不及待地起床的，其实这时阳光已经将屋檐晒得发亮，祖母已经在房里诵完她每天必诵三遍的《心经》，香炉里的三炷香已经燃尽，满屋已经都是她养的水仙花的香气了。我们给她老人家拜过年，她颤巍巍地塞给我们压岁钱，我们吃过年糕，顾不得再窝脚炉，便与院里的伙伴们相约，蹦蹦跳跳逛街去了。新年第一天，每人棉袄、棉裤口袋里都是装满了糖、花生、瓜子，各种值得炫耀的吃食，大家是要比较口袋的，母亲是每一年都要保证我们的口袋里比别人多的。

　　新年街上，最热闹要数小孩嘴里的哨子了，大家都在吹，此起彼伏。哨子一响，气球就一点点胀大，怕它爆了，赶紧住嘴，哨音便低落下去，而一味昂扬，气球瞬间便会爆裂。除了气球，还有套圈的，卖各种玩具糖人的，水果摊上，削出长长的甘蔗皮，炒得馋人的糖炒栗子，满地的花生瓜子壳。卖老菱的摊上捂着黑黑的棉被，棉被上仍在散发波纹一样的热气。

母亲过年总是要买些老菱的。好的老菱，两角弯弯，壳是硬硬的褐色，纹路很深。沿边缘仔细咬开，肉质饱满到不留一丝缝隙，干粉而甜。老黑菱的壳则往往是软的，咬开有水，肉脆却僵。除了老菱，风干荸荠也是必须的。好的风干荸荠，皮是皱皱的酱红，保住了内里极嫩极嫩的清白。这两样，都是初五母亲烧贺年羹的基本材料。

大年初一中午，母亲喜欢做炒面，家里来了客人，也是以炒面待客的。现在想，母亲的炒面习惯，可能是迎春的"五辛盘"，以她自己所好改造的吧。我至今非常怀念母亲的炒面，那是干干、素素的感觉，现在的炒面，没有足够的油，就没法分别一根根的面，足够的油就没法足够地干。也不知母亲是怎么做到的，她用很细的细面，菜料无非黄芽菜肉丝、韭黄与菠菜，但每一根面绝对都不含油，每一叶菜也绝对不含水，是一种干香馥郁。当然，锅底是会扒着一层的。小阿姐喜欢用锅铲细心去揭，一旦揭起，就会成为我们争抢的对象。奇怪是，那锅巴也并无油。那个年代，油本来就是那么宝贵的啊。

整整一个年，从初一直到十五，母亲是煞费苦心的。初五晚上是贺年羹，其实就是菜粥，荠菜为粥，配以莲子、荸荠与菱角。粥不为奇，熬到恰到好处却并不容易。那荠菜要有一种淡青游曳之色，粥的米粒化开，不稀又不稠，不厚又不薄，其中所有配料都融为一体，它们都来自水乡，能充盈出一种新春的水气。

桂花糖芋艿是必有的另一道甜食。母亲用那种苏州小芋头，一定保证糯软而细腻，桂花也是先就渍好在瓶里的。糖芋艿用冰糖煮，要紧的也是火候，芋头要煮到滑润而不散，而那桂花绝对要点到为止——它刚开时如金粟，浅香而甜浮，过于浓郁，便甜腻了。其中如再放少许芡实，就又是另一种水乡气息。

过年最后的压轴，自然就是正月十五的汤圆了。母亲做的汤圆，比一般人家的都个儿大，她做三种馅：猪油豆沙、猪油黑芝麻与纯肉圆。豆沙是煮熟冷却后用纱布挤出来的，黑芝麻是炒熟了用擀面杖擀碎的，猪油则也是早早剥下雪白的猪板油，用绵白糖腌好的。这三种馅，豆沙是长圆，芝麻是圆，肉的是带尖的圆。那汤圆在沸水中浮起时，圆鼓鼓挤成一片，雪白的皮下隐隐有红、黄、黑，盛在碗里，三个就是一碗。

正月十五夜，天井上空就只剩下一轮圆月了，所有的檐沟里都在淌着月光。我们吃完圆子，碗往前一推，点起兔子灯里的红烛，拉着它就满天井跑。那灯下有四个用线轴做的木轮，那烛光就在纸糊的兔身里跳跃，近处远处，鞭炮四起，宣告了又一年欢乐的结束。

这兔灯是哥哥用竹篾扎的骨架糊成的。他二十五年前就已经去世了，在去开会的路上，一辆失控的锈迹斑斑的客车突然冲向人行道，碾过了他的肉身。等我赶去，马路沿上他的鲜血都已经干了。

一切都是那么，轻易就逝去了。

但父亲似乎还坐在我身边，笑眯眯望着我问：喝点酒吧？喝什么酒？他自己就守着那个大茶缸。他一生都嗜酒，可从来都不喝好酒。困难时候，我帮他到副食店，打的是最便宜的土烧酒。等住到小妹家里，条件好了，他只喝黄酒，中午晚上，每顿一斤。开始还喝散酒，后来小妹事先给他买好，他也就只喝花雕。

母亲似乎还站在我身前，边摇头边摸着我的脸。"老了，都老了，"她说，"娘是老得不成样子了。"和父亲的嗜酒相对，母亲一生则都嗜茶。小时候，父亲喝最便宜的散装酒时，她喝的就一直是旗枪。她每天的第一件事就是泡茶，茶缸里总是半茶缸的茶叶。住到小妹家里后，她是喝遍了好茶，当然，她只喝绿茶。

一年年地过年，年复一年。当然，其实，父母亲那扇房门，本是早就向我们关上了的，里面不再有灯光，不再有声息。其实他们已经不再惦记、顾及我们了，他们是越走越远，越走越远，连背影都模糊不清了。